Peter Scholz

EXOTISCHE POSTEN

Peter Scholz

EXOTISCHE POSTEN

Was man im Auswärtigen Dienst so alles tun und erleben kann...

EOS

Die Deutsche Bibliothek – CIP-Einheitsaufnahme

Scholz, Peter:
Exotische Posten : was man im Auswärtigen Dienst so alles tun und erleben kann ... / – St. Ottilien : EOS-Verl., 1997
ISBN 3-88096-477-7

Inhaltsübersicht

Allen zum Dank,
die mir geholfen haben

Nichts von alledem war mir an der Wiege gesungen worden

Ratten, Ratten, überall Ratten! Im Kleiderschrank, in der Suppenterrine, in der Schreibtischschublade, im Bett, auf den Fluren und Treppen, im WC, neben dem Bidet, auf dem gerade Kartoffeln kochen. Ratten jeden Tag, Ratten jede Nacht, zweieinhalb Jahre lang. Am ekligsten, wenn sie im Schlaf über mich huschen. Sind sie nicht zu sehen, höre ich ihr genüßliches Nagen, Winseln, Quietschen. Nichts ist vor ihnen sicher, alles fressen oder knabbern sie an: mühselig eingeflogene Lebensmittel, meine Anzüge und Schuhe, die Medikamente gegen Pest und Malaria, auch die Kurierpost des Auswärtigen Amts aus Bonn, ohne den geringsten Respekt vor dem Stempelaufdruck »Nur für den Dienstgebrauch«.

So war es von Sommer 1976 bis Winter 1978 in Hanoi, im »Thong Nhat«, im »Haus der Wiedervereinigung«, dem »Métropole« der Jahrhundertwende französischer Kolonialzeit, wo nach dem Vietnamkrieg siebzehn meist westliche Botschafter und ihre wenigen Mitarbeiter kaserniert wohnten und arbeiteten. Zwanzig Jahre später ist das »Thong Nhat« renoviert, heißt wieder »Métropole« und trägt fünf Sterne!

Vierzig Jahre im Auswärtigen Dienst, davon zwanzig in Entwicklungsländern, achtzehn Jahre Botschafter. »Wo hat es Ihnen am besten gefallen, welcher war Ihr schönster Posten?«, sind häufige Fragen, nicht mit einem Wort zu beantworten.

Colombo, Dublin, Ottawa, Genf – 15.000 Kilometer mit dem Geländewagen in Sondermission durch sechs Länder Ost- und Zentralafrikas – Tokio, Kambodscha, Elfenbeinküste, Budapest, Hanoi, Madagaskar mit den Komoren und Mauritius, Togo, Manila. Dazwischen Stationen in Bonn in der Politischen Abteilung und bei Carlo Schmid, dem Koordinator für deutsch – französische Zusammenarbeit.

Immer wieder packen, auspacken, Bilder aufhängen, Kontakte aufbauen; dann wieder Bilder abhängen, einpacken, Abschied von Freunden...

Überall gab es Neues zu entdecken; nach beschwerlichem Anfang wurde es interessant, manchmal abenteuerlich, aufregend, nicht selten auch gefährlich. Immer blieb ein Stück von mir zurück, nahm ich dafür Erinnerungen an Menschen, Erlebnisse und Erfahrungen mit auf den Weg.

Nichts von alledem war mir an der Wiege gesungen worden, von diesem unsteten Leben, das im friedlichen Idyll eines schlesischen Dorfes begann und mir dann durch Krieg und Vertreibung ganz ungeahnte Wege wies. Chancen, wie ich rückblickend meine, die Welt zu erleben und ihre Menschen besser zu verstehen.

Als Kind hatte ich Pferdekutscher, in meiner Jugend in Schlesien Landwirt und dann nach der Vertreibung Farmer in Namibia werden wollen. In Windhoek fand ich den Weg ins Auswärtige Amt, wo ich 1954 mit 23 Jahren unter den ersten Mitarbeitern beim Wiederaufbau des

Dienstes und seiner Entwicklung über vier Jahrzehnte im Alltag dabei sein sollte.

Was immer an welchem der vielen Posten zu tun war, galt im Kern gleichen Zielen: Vertrauen finden, Beziehungen knüpfen, Zusammenarbeit fördern. Dabei unterschieden sich Ansätze und Schwerpunkte, aber immer ging es um deutsche Interessen, um politische, wirtschaftliche und kulturelle, um Entwicklungshilfe und zunehmend mehr um Dienstleistungen.

Lehrjahre, Erlebnisse, Begegnungen, Erfahrungen, Erinnerungen, die vermitteln, wie es war: ein Stück Zeitgeschichte.

»Lehren Sie Ihre Kinder hören und sehen ...«

Kardinal Kopp von Breslau
um 1900 zu meinem Großvater

Schlesisches Dorf-Idyll

Hat Fanny ein Fohlen?

Erinnerungen an mein Zuhause der Kindheit und Jugendjahre gehen zurück in die schlesische Stadt Neisse und das 14 Kilometer östlich davon gelegene Nieder-Hermsdorf, in dessen Mitte der Hof meiner Eltern war. Hier wurde ich 1930 geboren. Unser schlesischer Familienstammbaum reicht zurück bis ins 17. Jahrhundert, als Schlesien noch zu Österreich gehörte; erst 1742 wurde es preußisch. Die Vorfahren meiner Eltern waren Handwerker, Lehrer und Landwirte, aus Westfalen und Franken nach Schlesien gekommen. Mein Urgroßvater war Schmied und vielseitig talentiert. In den Gründerjahren der zweiten Hälfte des 19. Jahrhunderts hatte er in jener Gegend den Eisenpflug, eine Sämaschine und eine besondere Walze entwickelt und erfolgreich eingeführt. Mit den Erträgen erwarb und sanierte er die Porzellanfabrik Königszelt und kaufte Land für seine Nachfahren. Mein Vater bekam den Hof Nieder-Hermsdorf. Als wir diesen unter Artilleriebeschuß und Bomben der sowjetischen Armee im März 1945 verlassen mußten, umfaßte der Hof 150 Hektar Ackerland, eine Herdbuchherde mit hundert Rindern, eine Schweinezucht, zwanzig Pferde, zwei Traktoren, die Schmiede meines Urgroßvaters und alle dazugehörigen Gebäude und Maschinen. Da Schlesien mit

Kriegsende unter polnische Verwaltung gestellt und inzwischen endgültig polnisch wurde, verloren wir unser Eigentum. In den fünfziger Jahren erhielten wir im Westen Deutschlands eine Lastenausgleichs-Entschädigung in Höhe von DM 36.000,-. Das entsprach etwa dem Wert der Pferde.

Mit uns lebten und arbeiteten auf dem Hof elf Familien. Sie hatten freie Wohnung, ein Deputat an Naturalien: täglich Milch und jährlich Holz. Sie konnten zu Vaters Lasten Schweine, Hühner, Kaninchen halten, hatten einen Gemüsegarten und ein Feld für Kartoffelanbau. Den Überschuß vom Eigenverbrauch, etwa hundert Zentner Kartoffeln, verkauften sie. Die Arbeitsstunden wurden wöchentlich nach Tarif bar entlohnt – die Hofbewohner waren eine Großfamilie. Die Kutscher sprachen von »ihren«, nicht meines Vaters Pferden. Jeder war ehrgeizig darauf bedacht, daß seine Pferde besser als die des anderen waren; über die zugeteilte Futterration hinaus suchten die Kutscher hier und da zusätzlich Hafer oder Heu aus dem Bestand meines Vaters für »ihre« Pferde zu requirieren! Vater ließ es geschehen. Sein Verhältnis zu den Arbeitern war traditionell-patriarchalisch, umfassend fürsorglich und sozial geprägt. Die Mitarbeiter respektierten ihn und schätzten seine persönliche Bescheidenheit und Mitwirkung durch Handanlegen im Alltag. Zur Feldbesichtigung fuhr Vater auf einem alten Fahrrad, stieg ab, um Steine aus dem Weg zu räumen oder einem Kutscher zu helfen, der sich gerade mühte. Vater genoß leistungsbegründete Autorität und wegen seiner Menschlichkeit Zuneigung am Hofe und im Dorf. Die Arbeiter fühlten sich in die Verantwortung einbezogen, wenn Vater ihre Erfahrungen, ihren Rat suchte, wenn es um Zeit und

Zweckmäßigkeit von Arbeiten ging, ob man zum Beispiel hier die Gerste schon mähen oder dort schon ackern konnte. Was sie weniger mochten war, daß Vater bei unbeständigem Wetter meist eine zweite Aufgabe im Sinn hatte, sollte die erste Arbeit wegen Regen nicht mehr möglich sein. Er dachte stets weiter!

Noch keine vier Jahre war ich, als meine Mutter 1934 nach einer Operation starb. An sie habe ich nur eine lebendige Erinnerung, meinen Besuch im Krankenhaus am Todestag. Die Bedeutung dieser Stunde wurde mir damals noch nicht bewußt. Über Mutter hörte ich nur von anderen; sie sei gütig gewesen, sozial und in der Volksbildung engagiert, belesen! Früh habe sie das Böse des NS-Regimes erkannt und davor gewarnt.

Haushaltsführung und meine Erziehung übernahm Tante Trudel, eine Schwester meines Vaters. Sie war gerade dabei, als Hausdame mit einer holländischen Familie nach Indonesien zu reisen. Großvater beorderte sie in meines Vaters Haus! Tante Trudel führte ein strenges Regime, dessen Sinn und Ziel ich damals noch nicht, aber später umso dankbarer erkannte. Bescheidenheit, bei Tisch und Gesprächen Zurückhaltung zu üben, Gäste höflich zu begrüßen, aber auf einen Wink mit ihren Augen mich ohne Widerspruch zurückzuziehen. Ordnung, Hygiene und Rücksichtnahme gehörten zum Alltag. Wenn ich mit den Türen schlug oder beim Verlassen eines Zimmers das Licht zu löschen vergaß, gab es Mahnungen, bei Trotz oder Ungehorsam auch Strafen. Mit sechs Jahren lehrte sie mich, eine Taube mit Messer und Gabel zu essen, meine Strümpfe selbst zu stopfen, Knöpfe anzunähen, Hosen zu bügeln. Selten bekam ich ein neues Kleidungsstück, trug überwiegend Abgelegtes meiner zwei älteren Brüder, die wie meine Schwester auf Schulen in der Stadt waren. Weihnachten bekam ich deren aufpoliertes Spielzeug. Zu Verzicht und Entbehrungen wurde ich angehalten, zum Beispiel in der Fastenzeit oder im Advent nichts Süßes zu essen. An Ostern und Weihnachten gab es davon dann wieder genügend zur Belohnung. Bei Tisch bekam ich stets als letzter, nach den Älteren. »Demut«, sagte Vater stets, „ist eine Tugend, die Mut verlangt zu dienen«, und zu helfen sei nichts Erniedrigendes. Ich war kein Musterknabe. Nur langsam und mit den Jahren lernte ich, die Spannung zwischen Verzicht und Belohnung, Mühe und Erfolg für die Bewältigung schwieriger Situationen als hilfreiches Erlebnis zu erfahren.

Bei Tisch besprachen Vater und Tante das Arbeitsprogramm. Wenn es darum ging, den einen oder anderen Arbeiter zu einer Fahrt einzuteilen, zum Bahnhof oder in die Stadt, dann höre ich mich selbst heute noch rufen: »Da fahre ich mit!« Tante Trudel sagte dann: »Wenn der Bengel ein Rädl rollen hört, muß er mitfahren.« Ob sich damit schon damals Reiselust andeutete oder gar mein späterer Beruf?

Vater war Jurist und hatte auch Landwirtschaft gelernt. Bis 1933 war er, wie sein Vater, in der schlesischen Zentrumspartei aktiv sowie im Raiffeisen-Genossenschaftsverband tätig. Bis 1936 war er auch Amtsvorsteher von Nieder-Hermsdorf. Als er sich weigerte, in die NSDAP einzutreten, verlor er das Ehrenamt. Seine Hauptaufgabe blieb unser Hof. Nach der Frühmesse teilte er die Arbeiter ein und war bis Sonnenuntergang auf Hof und Feld. Abends erledigte er die Buchführung. Immer fand er Zeit, meine Schulaufgaben zu prüfen, später lateinische und griechische Vokabeln mit mir zu pauken und abends gemeinsam mit der Familie zu beten. Er war bemüht, seine humanistische, christliche wie liberale Grundhaltung so gut wie möglich schrittweise auch mir zu vermitteln und das Fehlen der Mutter zu ersetzen. Sein Vertrauen empfand ich als Ansporn. Als ich 1944, gerade erst vierzehn Jahre, zum ersten Mal verliebt war, ließ er mich die Angebetete zu uns einladen und auch sie besuchen. Er sagte nur: »Verhalte Dich so, daß ich dabei sein könnte.« Tante Trudels Strenge und Vaters Vertrauen und Vorbild ergänzten sich.

Der Alltag am Hof und im Dorf war vom Jahreslauf der Landwirtschaft geprägt. Wir hatten frostige, schneereiche Winter, milde Frühjahrszeiten, heiße Sommer und farbige Herbste. Anders als heutzutage, wo Landwirtschaft weitgehend Monokultur und industrialisiert ist, hatten wir Vielfalt und Abwechslung. Im Ackerbau Weizen, Roggen, Gerste, Hafer, Raps, Flachs, Luzerne, Kartoffeln und Zuckerrüben. Immer gab es etwas zu tun, auch für mich, nach der Schule und in den Ferien. Schon mit zehn Jahren durfte ich in der Erntezeit ein Pferdegespann führen. Arbeiter waren knapp, die jungen in den Krieg eingezogen. Aufstehen um fünf Uhr früh, Pferde füttern und putzen, dann aufs Feld, Getreide einfahren. Die Garben auf dem langen Leiterwagen so schichten, daß sie nicht rutschten und der Wagen nicht umstürzte. Sechs bis sieben Fuhren am Tag, so wie die Älteren; und abends todmüde, zerstochene, blutige Beine, aber stolz, mitgehalten zu haben. Zweimal stand mir ein Schutzengel bei: Beim Dreschen im Oberstock der Scheune schob ich Getreide in den Trichter der Dreschmaschine. Der Holzboden glatt, der Stoß und Schwung zu groß, rutschte ich mit in den Trichter auf das Mahlwerk. Maschinenmeister Adler war gottlob nahebei, hörte meinen Schrei und stoppte die Maschine! Sekunden später wäre ich zermalmt gewesen. Beim Pflügen war es meine Aufgabe, Mäuse zu töten. Ich wollte wieder auf den Traktor steigen, als mich der Sporn des Pflugrades an der Ferse faßte und zwischen zwei der drei Pflugschare zog. Wäre ich quer gefallen, hätte mich der Pflug zerteilt. Jahre später, nach anderen überstandenen Gefahren, wurde der Song »I believe in angels« zu meinem Evergreen.

Im Herbst rechte ich das Laub im Park zur Kompostierung, sammelte Kastanien und bekam für einen Zentner drei Mark. Mit dem Geld kaufte ich Kaninchen, deren Zucht und Erlös Weihnachtsgeschenke finanzierte, soweit ich nicht Laubsägearbeiten hierfür fertigte. Im Winter fuhr ich Heu für Hasen und Rehe auf die verschneiten Felder und half Oberkutscher Laufer Franz beim Herrichten der Schlitten. Unser Auto, ein »Adler«, war kriegsbedingt stillgelegt. Besuchs- und Einkaufsfahrten in die Stadt machten wir mit Kutschwagen oder Schlitten und Laufers Pferden, die aber auch alle anderen Feldarbeiten tun mußten. Franz war mein Idol. Wie er, wollte ich einmal Oberkutscher werden. Pferde waren meine Lieblingstiere. Leichter als sonst im Jahr sprang ich im Februar/März neugierig aus dem Bett und rannte zum Fenster. Standen Strohmatten vor der Tür zum Pferdestall? Dann hatte Fanny oder eine andere unserer Zuchtstuten nachts gefohlt. Seit ihr Mann im Krieg war, betreute Martha Ludwig die Fohlen. Den Kopf der Frischgeborenen pflegte sie auf ein buntbesticktes Sofakissen zu legen, worüber andere Kutscher lächelten ...

Zum Jahresverlauf gehörten Bräuche und Feste, vielfach kirchlichen Ursprungs. Karsamstag steckte ich geweihte kleine Holzkreuze an den Rand der aufkommenden Feldsaat. Fronleichnam, das Erntedankfest und einen Faschingsball feierten Hof und Dorf gemeinsam. Am Heiligabend vormittags trug ich Karpfen aus unserer Pferdeschwemme zum Pfarrer und Dorfarzt. Um 15 Uhr kamen die Familien des Hofes zur Bescherung in unser Haus. Gegen 18 Uhr folgte unser Abendessen, Karpfen und Mohnklöße, und dann kam die Bescherung der Familie und Angestellten im Hause. Mitternacht war Christmette, bei der keiner aus dem Dorf fehlte. An den langen Winterabenden im Januar kamen Frauen aus dem Hof zum »Federnschleissen«. Ich durfte dabei sein und helfen, die übers Jahr gesammelten Hühner- und Entenfedern vom Kiel zu trennen. Dabei gab es Kuchen und roten Punsch. Der löste Zungen und Phantasie der Frauen. Sie erzählten Geschichten vom Rübezahl und von Hunden ohne Köpfe, den Klatsch aus dem Dorf.

Märchen, Karl May, die Bücher von Nonni Svenson und viele andere waren meine Kindheitslektüre. Ein Buch aus dem Schneider-Verlag, den Titel habe ich vergessen, las ich immer wieder, viele Male. Es schilderte den Einfall der russischen Armee im Ersten Weltkrieg in Ostpreußen, die Flucht der Dorfbewohner, Qualen und Tod jener, die nicht entkamen. Das Buch fesselte mich, nicht ahnend, daß uns gleiches wenige Zeit später widerfahren sollte.

Anfangs langsam und schrittweise nur, begannen Ereignisse sich wie Schatten auf das Leben in Nieder-Hermsdorf zu legen, das mir bis dahin aus heutiger Sicht wie ein Idyll erscheint, aber für uns bald endgültig vorbei sein sollte.

»Wir haben kein Führerbild, Herr Lehrer«

Nieder-Hermsdorf war kein Hort des Nationalsozialismus. Unter den 1.200 Einwohnern – Bauern, Handwerker und Arbeiter – gab es nur zwölf Mitglieder der NSDAP, vorwiegend öffentlicher Ämter wegen. Gleichwohl, die Weisungen der NS-Parteizentralen gelangten auch in unser Dorf, nicht zuletzt über die Lehrpläne der Schule.

Ich war gerade vor Ostern eingeschult, als Klassenlehrer Streibel am 19. April 1937 fragte, wer denn morgen Geburtstag habe. Niemand meldete sich, bis ich rief: »Tante Grete!« Der Lehrer wehrte ab und meinte: »Morgen hat unser Führer Geburtstag. Aus diesem Anlaß bringt jeder von euch ein Bild des Führers mit zum Unterricht.« Wieder stand ich auf und sagte: »Wir haben aber kein Führerbild.« »Natürlich habt ihr ein Führerbild, das weißt Du nur nicht. Jede Familie hat ein Bild vom Führer«, erwiderte der Lehrer. Ich wußte es besser und sagte im Brustton der Überzeugung: »Nein, wir haben keines. Vater und Tante können das Aas nicht ausstehen!« Das war zuviel. Ich wurde aus dem Klassenzimmer verwiesen. Auf dem Heimweg trödelte ich nachdenklich, hatte ich doch nichts als die Wahrheit gesagt. Abends im Dämmerlicht, ich wässerte gerade mein eigenes Gemüsebeet, kam Lehrer Streibel durch die hintere Gartentür. Kurz danach wurde ich von Köchin Anna in die Kanzlei gerufen, wo mich Vater und Lehrer Streibel mit ernstem Gesicht empfingen. Ich erhielt meine erste Lektion in politischer Verhaltensweise: nie wieder etwas nach draußen zu tragen, was im Familienkreise kritisch über das NS-Regime gedacht oder gesprochen wird. Ich bekam einen Maulkorb und erfuhr erstmals von der Gefahr einer Denunzierung, einem mir bis dahin unbekannten Begriff. Danach wurde Köchin Anna zum Stawinoga-Kaufmann geschickt, um für zehn Pfennige eine Hitler-Postkarte zu kaufen. Die Mehrzahl meiner Schulkameraden brachten am nächsten Tag die gleiche Karte mit.

Am 10. November 1938 fuhren Tante, ich und unser Kutscher Laufer Franz nach Neisse. Dr. Singer, unser Arzt, sollte mich untersuchen. Dazu kam es nicht mehr. Sprachlos standen wir vor seinem Haus auf der Bismarckstraße, fassungslos! Türen und Fenster weit offen, türmten sich im Vorgarten Möbel, zerbrochene Bilder, Küchen- und ärztliche Gerätschaften in wildem Kunterbunt. Von den Singers keine Spur – sie waren nachts abgeführt und verhaftet worden wie alle anderen jüdischen Familien in Neisse, darunter zahlreiche Freunde unserer Familie. Tief betroffen fuhren wir zurück in unser Dorf und Laufer Franz sagte: »Wenn die Nazis so weitermachen, da wird es einmal böse enden«.

Im März 1938 war der Anschluß Österreichs. Ein Jahr später folgte der Einmarsch in die Tschechoslowakei. Wir bangten vor einem großen Krieg. Er kam und begann mit dem deutschen Angriff auf Polen, am 1. September 1939, und nahm dann seinen weiteren Lauf, der Zweite Weltkrieg! Die jungen Männer im Dorf, die meisten unserer Kutscher, auch meine Brüder Stefan und Walter wurden eingezogen, meine Schwester Maria mußte zum Arbeitsdienst. Ich mußte ins »Jungvolk«. Lebensmittel und Bekleidung wurden rationiert, die Fenster nachts verdunkelt; die Straßenbeleuchtung verlöschte ganz. Die Stimmung war gedrückt, im Dorf und auf dem Hof. Köchin Anna kam von ihrem Urlaub zurück und berichtete mit vorgehaltener Hand von einem KZ in der Nähe ihres Heimatdorfes, nichts Genaues, nur, daß dort politische Regimegegner inhaftiert würden. Auch von einem Bauern im benachbarten Kaundorf hieß es, er sei wegen regimekritischer Äußerungen in einem KZ. Solche, wenn auch unbestimmte Nachrichten, verbreiteten Angst, zusätzlich zu der Sorge um die Männer an den Fronten.

Im Sommer 1940 wurden uns für die Feldarbeit drei französische Kriegsgefangene zugeteilt. Mit ihnen kam ich gut zurecht, nur konnte keiner die Sprache des anderen. Wir verständigten uns mit Mimik. Ich wollte ihnen aber darüberhinaus meine Sympathie erweisen. Von Vater bekam ich damals ein wöchentliches Taschengeld in Höhe von fünfzig Pfennig. Hierüber mußte ich ein Kontobuch führen, das Vater jeden Sonntag nach dem Kirchgang kontrollierte. Eines Tages wurde Vater nachdenklich. Unter Ausgaben hatte ich notiert: »Vierzig Pfennig Zigaretten für die Franzosen«. Nach einer Weile meinte Vater: »Du hast zwar etwas Gutes getan, aber das darf schriftlich nicht erkennbar sein. Sollten wir eines Tages eine Hausdurchsuchung haben, wird man uns Deine Geste als Kollaboration mit dem Feinde auslegen. Ich muß Dich deshalb bitten, den Eintrag unleserlich zu machen und stattdessen etwas anderes, Bonbons für Dich, zu schreiben.« Ich verstand die Welt nicht mehr. Immer hatte Vater mich zu Gutem, zur Aufrichtigkeit angehalten, und nun sollte ich lügen. Ich dachte an die Sache mit dem Hitlerbild. Damals wurde ich verdonnert, Wissen und Wahrheit nicht immer auszuplaudern. Jetzt ging es um Verfälschung der Wahrheit. Mir blieb nicht verborgen, wie schwer diese

Lektion meinem Vater fiel. Oder war er allzu ängstlich, eine Hausdurchsuchung zu befürchten, Konflikte mit dem Regime?

Der Krieg weitete sich aus. Am Sonntag dem 22. Juni 1941 war ich mit den Leuten aus Dorf und Hof zu einer Wallfahrt in »Mariahilf« bei Neisse. Früh waren wir losgegangen von zu Hause, zwölf Kilometer. Um neun Uhr begann die Messe. Der Priester unterbrach seine Predigt und las von einem Zettel, der ihm gereicht worden war: »Deutschland hat mit der Sowjetunion Krieg begonnen«, teilte er mit. Kurzer atemberaubender Stille folgten Gemurmel, Seufzer und Weinen. Und beim Heimgang sagte Laufer Franz wieder:« Das wird böse enden.«

Propaganda, Kontrollen und Maßnahmen des NS-Regimes verschärften sich zunehmend, vor allem, als sich anfängliche Kriegserfolge wendeten. Um sich zu informieren, hörte Vater um Mitternacht BBC. Das war streng verboten und wurde schwer geahndet. Um keine Spuren zu geben, ging er um 23 Uhr, auch von außen sichtbar, in den ersten Stock zu Bett, löschte alle Lichter. Um Mitternacht schlich er sich im Dunkeln wieder nach unten, stülpte zwei Decken über Radio und Kopf und hörte die britischen Nachrichten. Eines Nachts fuhr ihm Todesschrecken in die Glieder, als es an der Außentür zur Kanzlei klopfte. Nachtwächter Rietsch wollte melden, daß eine Kuh Probleme mit dem Kalben hatte ...

Der 20. Juli 1944 war ein heißer arbeitsreicher Erntetag. Sieben Fuhren Weizen hatte ich eingefahren und ritt abends mit den Pferden in den Teich. Der Schweiß von Fanny ätzte meine Beine, und meine Waden spürten, wie sie mit tiefen Zügen ihren Durst stillte. Da rief Laufer

Franz von der Tür des Pferdestalls: »Peter, Hitler, das Aas ist tot!« Ruckartig zog ich die Zügel und im Trab gings zum Stall. Hitler tot, der Krieg zuende, schoß es durch meine Sinne, ja, da war wirklich ein Gefühl der Befreiung. Es sollte nicht lange währen. Die Nachrichten brachten bald anderes. Mit krächzender Stimme sprach Hitler, wie oft zuvor, von der »Vorsehung«, die ihn gerettet habe.

Wochen später, im Herbst 1944, fährt ein Bruder meines Vaters, Onkel Karl, im Zug nach Neisse. Ihm gegenüber ein Soldat mit amputiertem Bein, sagt Onkel Karl: »Du armes Schwein hast auch Dein Bein hergeben müssen für diesen Gröfaz.« (Größten Feldherrn aller Zeiten – ein kritisches Akronym für Hitler). Eine Woche darauf wird Onkel Karl bei der Feldarbeit verhaftet und wegen »Wehrkraftzersetzung« angeklagt. Vom Gefängnis in Neisse wird er nach Breslau, von dort nach Berlin verlegt. Die Großfamilie Scholz, auch wir, geraten in den Bann der Sippenhaft. Observation, Kontrollen, Hausdurchsuchungen erschweren das Bemühen, Onkel Karl beizustehen. Es gilt, den besten Anwalt zu gewinnen. Tante Trudel gelingt es, mit Koffern voller Hasen, Gänsen und Speckseiten nach Berlin zu kommen. Der Anwalt plädiert für Untersuchung der geistigen Zurechnungsfähigkeit. Onkel Karl wird nach Moabit eingewiesen. Wir versuchen, Zeit zu gewinnen. Der Krieg neigt sich dem Ende zu. Dennoch wird Onkel Karl von dem als Blutrichter bekannten Präsidenten des Volksgerichtshofes, Freisler, noch zum Tode verurteilt. Doch, Glück im Unglück! Auf dem Weg vom Volksgerichtshof zurück zur Haftanstalt: Fliegeralarm! Fahrer und Bewacher flüchten in Luftschutzkeller, lassen die »grüne Minna« allein stehen. Die Insassen pochen laut; beherzte Berliner halten auf ihrem

Weg zum Luftschutzkeller an, öffnen die Minna. Onkel Karl und seine Leidensgenossen fliehen in Richtung der russischen Front, die von Außenbezirken Berlins das Zentrum mit Artillerie beschoß. Onkel Karl war gerettet, aber welch ein Aberwitz danach! Weil er einen Hof von 105 Hektar hatte, stuften ihn die sowjetischen und späteren DDR-Behörden als Großgrundbesitzer und damit automatisch als antisozialistisch ein. Hätte er nur 99 Hektar besessen, wäre er »Bauer« und seines jüngsten Schicksals wegen NS-Opfer gewesen.

Vom unmittelbaren Kriegsgeschehen, Bombardierungen der Städte im Westen Deutschlands, blieben Neisse und unser Dorf lange Zeit verschont. Erst die deutschen Rückschläge an der Ostfront bekamen wir wieder zu spüren. Neisse wurde Lazarettstadt. Das Mädchenlyzeum und unser Gymnasium wurden zusammengelegt. 1943/44 gab es zunehmend, oft am Vormittag, Fliegeralarm. Amerikanische Bomber, die sogenannten »fliegenden Festungen«, überflogen Neisse in Richtung des oberschlesischen Industriegebietes. Sie unterstützten die vom Osten näherrückende sowjetische Front. Oft endete der Unterricht weit vor der Zeit. Wir mußten in Deckung gehen. Dabei lernte ich Betzi von Sierstorpff kennen, als wir unsere Klassenräume verließen. Statt in einen Luftschutzkeller gingen wir in den Pferdestall, wo Betzi ihr Pony abstellte, mit dem sie aus Franzdorf täglich zur Schule nach Neisse kam. Ich entdeckte, daß es außer Feld, Hof und Spielkameraden auch Mädchen auf der Welt gibt. Ich verliebte mich unsterblich. Betzi, die älter und reifer als ich war, heiratete später, nach der Vertreibung, im Westen einen anderen. Für mich blieb sie die erste große Liebe; unsere Freundschaft hielt bis zu ihrem frühen Tod.

Am zweiten Montag im Oktober 1944 fand kein Unterricht statt. Oberstudienrat Siegmund trat vor die Schulklasse und erklärte sinngemäß: der Unterricht müsse für kurze Zeit unterbrochen werden. Jetzt habe die Verteidigung des Vaterlandes Vorrang. Der Führer erwarte unseren Beitrag zum Endsieg. Mit diesen Worten unterstellte der Klassenleiter die Vierzehnjährigen dem Kommando eines holländischen SS-Offiziers.

Bereits im August hatte der Chef des Generalstabs des Heeres, Generaloberst Guderian, den Befehl gegeben, von der Ostsee bis Schlesien Verteidigungslinien zu errichten. Unsere Aufgabe war, Gräben auszuheben. Noch stand die Front im Oktober in Polen; der sowjetische Vormarsch hatte an der Weichsel angehalten. Wir begannen, die abgeernteten Felder mit Schaufel und Hacke aufzuwühlen. Der führerergebene Generaloberst Schörner hatte vom Hauptquartier der Heeresgruppe A in Oppeln die Parole »Kraft durch Furcht« ausgegeben. Da begann Mitte Januar 1945 eine sowjetische Großoffensive unerwarteter Schlagkraft. Die Sowjets überschritten die polnische Grenze und drangen in Schlesien ein. Den Bodentruppen voraus kamen uralte sowjetische Doppeldecker im Tiefflug, die wir wegen ihres Surrens »Nähmaschinen« nannten. Sie flogen so niedrig über Baumwipfel, daß sie von der Abwehr schwer zu orten waren. Sie warfen »Eierhandgranaten« und schossen mit MG´s auf alles, was sich unter ihnen bewegte. Es war ein eiskalter Januar. Die Erde war steifgefroren. Wir konnten mit Hacke und Schaufel nichts mehr ausrichten. Wir froren und hatten Angst. Da beschlossen einige Kameraden und ich eines Nachts »abzumustern«: wir hauten einfach ab und rannten nach Hause. Erschöpft kam ich nach Nieder-Hermsdorf, nicht mehr für lange Zeit. Bald kam das »böse Ende«, von dem Oberkutscher Laufer Franz vorausahnend gesprochen hatte.

Wir trecken - ins KZ Mauthausen

Mütter und Kinder, die seit 1941 wegen der Bombenangriffe aus dem Westen des Reiches zu uns gekommen waren und die wir in unser Haus aufgenommen hatten, verließen das Dorf. Sie wollten nicht in die Hände der russischen Truppen fallen. Solange noch die Reichsbahn verkehrte, fuhren sie zurück in die Ruinen ihrer Heimatstädte.

Neue Flüchtlinge kamen ins Dorf, von Osten her. Teils hatten sie Frontwechsel erlebt; sie berichteten Schlimmes, wie Frauen geschändet wurden. An Schildern der Treckwagen und den Geschirren der Pferde war der russische Vormarsch zu ermessen. Entnervend waren Nachrichten und Gerüchte, die Ungewißheit, widersprüchliche Weisungen. Sollten auch wir, dürfen oder müssen wir Hof und Dorf verlassen? Eines war klar: Wer zu früh floh, galt als Defaitist, die Männer riskierten ein Standgericht. Die Flucht vor der drohenden Front bedurfte der offiziell legitimierten Anordnung. Doch, wer war zuständig, fühlte sich verantwortlich für Zivilisten eines Dorfes? Es ging drunter und drüber, und es war unmöglich, Klarheit zu gewinnen. Tante Trudel notierte in ihrem Tagebuch:

11.3.45: *Schneesturm. Lage sehr ernst.*

15.3.45: *Früh 4 Uhr, Trommelfeuer bis abends 21 Uhr. Der Treck aus Bielitz, auch die Grübener durchgefahren. Ein Pferd krepiert. Angriff auf Friedland (30 km) mit Stalinorgel.*

16.3.45: Ununterbrochen Schießen, kommt immer näher. Um 15.30 Uhr hatte ich Wahner (den NS-Ortsgruppenleiter) wieder angerufen, ob trecken, er sagte: Heut kommt es noch nicht in Frage, höchstens übermorgen. Plötzlich, um 16.30 Uhr, telefoniert Wahner an: höchste Eile, um 20.30 Uhr Abfahrt des Dorf-Trecks von der Straße zum Bahnhof.

Für diese plötzliche Stunde »X« hatte Vater in der ihm eigenen Umsicht, die er auch mich immer lehrte, rechtzeitig vorgesorgt. Unsere Ackerwagen waren seit Tagen mit einer Plane bespannt, mit Hafer und Proviant beladen. Die Familien des Hofes und Bedürftige des Dorfes, die über kein Gefährt verfügten, waren den einzelnen Wagen zugeteilt.

Am 16. März früh, ein strahlender, kühler Sonnenmorgen. Frühmesse in unserer schmucken barocken Dorfkirche. Pfarrer Obst erinnert an das »Hedwigspiel« vor vier Jahren. Mit seiner Aufführung in der Kirche hatten wir der Schlacht von Liegnitz gedacht, wo Heinrich II., Sohn der Heiligen Hedwig von Andechs, 1241 den Mongolensturm auf Schlesien abgewendet hatte. Ich hatte damals die Rolle des Knappen, der Hedwig die Nachricht vom Tode ihres Sohnes zu überbringen hatte.

Nach dem Telefonat des Ortsgruppenleiters wurde es dann hektisch: die Wagen mit den wichtigsten persönlichen Effekten beladen, die Pferde noch einmal füttern und dann anschirren, die Kühe losbinden, die Schweinegatter, die Tore meines Kaninchenstalles öffnen. Die Tiere mußten sich die nächsten Tage selbst versorgen können, war unser Gedanke. Da passierte es. Eine überaus laute Detonation über dem Hof. Fanny, die hochträchtige Zuchtstute, schreckte auf und raste wie wild mit ihrem Passpferd und halbbeladenem Wagen in den Pferdeteich. Es gelang, das gottlob nicht umgestürzte Fuhrwerk wieder aufs Trockene zu führen und Fanny zu beruhigen. – Ich rannte noch einmal durchs Haus bis in den Weinkeller und packte zwei Flaschen Süßwein für Laufer Franz, der gerne „einen hob«. Mit seiner Familie waren wir elf Personen auf unserem Treckwagen, mit dem Franz vor unser Haus vorgefahren war. Alle Versuche, unseren Hund „Tell« zum Mitkommen zu bewegen, waren ohne Erfolg. Er winselte und wackelte mit dem Schwanz und blieb im Hausflur liegen.

Wir steigen auf, Franz sagt »he«, und der Wagen rollt, erst über den sandigen Parkweg, dann übers Pflaster der Hofausfahrt. In das Rattern der Räder mischt sich ein »Vaterunser« meines Vaters, Laufers Frau Therese heult, ihre Kinder schreien, und Tante Trudel flucht auf das Aas Hitler; Laufer Franz nimmt einen ersten Schluck Süßwein. – Ortsgruppenleiter Wahner hatte Vater zum Treckführer bestellt. Unser Wagen führte die zwei Kilometer lange Kolonne an. Fahrtrichtung war Freiwaldau, das Sudetengebirge, unser Glaube, nur der Front auszuweichen, unsere Hoffnung, bald wieder heimzukehren. Zu unserer Rechten sahen wir Neisse brennen; die Stadt war bereits belagert, wir umfuhren die westliche Hauptstraße auf Feldwegen. Die waren von Schneeschlamm aufgeweicht.

Die Pferde taten sich schwer. Zwei Wagen versackten und hielten den Treck auf. Über uns sowjetische »Nähmaschinen«, die den Himmel mit christbaumähnlichen Leuchtgeschossen gespenstisch erhellten und Granaten warfen. Am nächsten Morgen waren wir außer Reichweite der

Front. Es ging westwärts ins Sudetenland, über den Paß des Altvatergebirges in die Tschechoslowakei. Hier funktionierte noch deutsche Regie. Wir wurden zum Rasten und zur Proviantierung in Dörfer eingewiesen und waren dankbar, irgendwo schlafen zu können. – Einige ältere aus Dorf und Hof starben in diesen Wochen. Als wir Nachtwächter Rietsch beerdigten, dachte ich daran, wie er einmal Vater beim BBC-Hören in Todesangst versetzt hatte. Ich erinnerte mich auch, wie ich vom Rauschen seiner Sense und dem Duft des frischen Grases aufgewacht war, wenn er früh im Garten den Rasen mähte. – Auch Maschinenmeister Adler starb, der mit seiner Geistesgegenwart einmal mein Leben gerettet hatte. – Fanny gebar ein gesundes Fohlen. Der Treck zog weiter ins Ungewisse.

Anfang Mai 1945 hörten wir vom Selbstmord Hitlers. Hoffnung auf Kriegsende und Heimkehr wuchs. Der Treck hatte Wallern – die tschechische Grenze zu Bayern, die amerikanische Demarkationslinie erreicht. Hinter uns war tschechoslowakisches Gebiet, das die Russen noch nicht besetzt hatten. In das riesige Feldlager tausender Treckwagen mischten sich flüchtige deutsche Soldaten, die – wie wir – nicht in russische Hände geraten wollten. Zehn Tage flehten wir die Amerikaner an, uns nach Bayern zu lassen, ohne Erfolg. Wir wurden von amerikanischen Jeeps zurück in das »rote Herz« der CSSR, nach Tabor, geführt und, was wir befürchtet hatten, den Russen übergeben. Lachend und winkend fuhren die Amerikaner in ihren Jeeps davon.

Für uns begann eine schlimme Zeit. Die Russen nahmen uns Uhren, Fahrräder und Stiefel. Wir waren wehrlos, und niemand sagte uns, was jetzt mit uns geschehen würde.

Träge zog der Treck weiter, ohne festes Ziel, bis wir am 23. Mai 1945 nach Klosters, einen kleinen Ort nahe der tschechisch-österreichischen Grenze kamen. Da hieß es plötzlich: »Halt, absteigen, Handgepäck mitnehmen.« Dann kamen russische Soldaten und übernahmen Pferde und Wagen, die wir nie mehr wiedersehen sollten. Wir wurden in das verfallene Refektorium eines früheren Klosters eingewiesen. Etwa 200 waren wir da, als es fürchterlich zu werden begann. Betrunkene Russen wollten die Frauen. Die waren wehrlos, schrien um Hilfe und weinten vor Schmerz. Nichts konnte die betrunkenen Eindringlinge von ihrer Orgie abhalten. Waren sie fertig und davongetorkelt, kamen andere. Als einer die Gepäckstücke wegräumen wollte, unter denen sich Tante Trudel, meine Schwester Maria und unsere Hausgehilfin Hilde versteckt hatten, versuchte ich, ihn davon abzuhalten. Der Soldat wischte mir eine, daß ich taumelte. Aber auch er war gestolpert und gefallen. Ehe er wieder auf die Beine kam, waren unsere Frauen weggelaufen und fanden Hilfe beim Pfarrer, der sie im Kirchturm versteckte. Seiner Beute beraubt, nahm der Russe statt der Frauen mich und führte mich in das Dorfgefängnis. Hier wurde ich zusammen mit drei anderen, die ich nicht kannte, an eine Mauer gestellt. Vor uns stand eine Gruppe Uniformierter mit Gewehren und Flaschen in ihren Händen. Sie lachten, tranken und brachten wechselweise ihre Karabiner in Anschlag, zielten auf uns, ohne jedoch abzudrücken. So ging es, wie mir schien, eine Ewigkeit lang, bis endlich ein nüchterner Offizier erschien, der das Treiben beendete und uns laufen ließ.

Am nächsten Morgen ging es, nur noch mit einem Bündel am Rücken, zu Fuß weiter. Wir kamen auf russisch besetztes, österreichisches Gebiet und lagerten auf einer großen Wiese. Es begann zu regnen. Nach einigen Tagen brachten uns russische Lastwagen nach »Gusen II«, ein Nebenlager des KZ Mauthausen. Das KZ lag abseits der Straße, war in einen Steinbruch gebaut und von hohen Mauern sowie elektrifiziertem Stacheldraht und Wachtürmen umgeben.

Wie Sträflinge wurden wir behandelt. Frauen und Männer wurden getrennt in Baracken eingewiesen und durften sich nur in Abständen kurz sehen. Das Essen war karg und täglich gleich: 100 Gramm Brot, mittags Dörrgemüse und abends eine Blechtasse Graupensuppe. Die vierstöckigen Betten hatten keine Matratze, wir schliefen auf Brettern wie zuvor die KZ-Häftlinge. Jeden Morgen mußten wir zum Appell antreten und wurden zur Arbeit eingeteilt: im Steinbruch oder dem unterirdischen Stollen, wo wir ein ehemaliges Werk zur Herstellung von Flugzeugteilen abmontieren und zum Abtransport in die Sowjetunion verladen mußten. Dabei wurden wir von russischen Soldaten oder ehemaligen KZ-Insassen bewacht. Das Lager durften wir nie verlassen. Wir waren eingesperrt.

Wir waren von der Außenwelt völlig abgeschlossen und wußten nicht, was draußen passierte. Es gab keine Zeitung, keine Rundfunknachrichten, wir hatten keine Uhren. Die Isolierung und völlige Ungewißheit waren bedrückend und weit schlimmer als das unzureichende Essen und die Läuse und Flöhe, die mich plagten.

Nach Monaten – dem Sonnenstand und Wetter entsprechend mußte es Herbst geworden sein – erhielten wir Fragebögen. Woher wir stammten und wohin wir wollten, sollten wir angeben. Hoffnung kam auf, daß wir in absehbarer Zeit nach Hause zurückkehren könnten. Die 8000 Insassen von Gusen II wurden in Gruppen zu je 1000 eingeteilt. Vater und ich waren in der zweiten. Eines späten Nachmittags verließen wir das Lager. Wir würden zum Bahnhof gehen, hatte es geheißen. Doch das erwies sich als Gerücht. Stattdessen zogen wir zu Fuß schleppend donauabwärts. Wir nächtigten auf Wiesen, und morgens ging es wieder weiter, bis wir kurz vor St. Pölten angekommen waren. Und da, am nächsten Morgen, eine überraschende Weisung des uns leitenden Russen: Männer zwischen 18 und 40 Jahren sollten sich links, alle anderen rechts aufstellen, wo ich mich mit Vater und noch einigen aus unserem Dorfe einreihte. Wir seien frei und könnten gehen, wohin wir wollten, sagte der Russe und zog mit der jüngeren Männergruppe weiter.

Wir waren überrascht und erleichtert. Aber wohin gehen, ohne Geld und wir hatten keine Ausweise. Vater ging ins nächste Dorf zum Bürgermeister. Der hatte traurige Nachrichten für uns: zum ersten Mal erfuhren wir von den Potsdamer Beschlüssen der Alliierten, die Schlesien polnischer Verwaltung unterstellt hatten. Flüchtlinge dürften nicht mehr zurückkehren, noch in Schlesien verbliebene Deutsche müßten die Heimat verlassen. In dieser für uns lebensentscheidenden Stunde riet der österreichische Bürgermeister, wir sollten versuchen, möglichst schnell in die amerikanische Zone Österreichs zu gelangen, um nicht wieder in die Hände der Russen zu fallen.

Zwei Tage ruhten wir in einem Heustadel abseits der Hauptstraße aus. Dann ging es kurz nach Mitternacht mit einem jungen Österreicher, der sich auskannte, mühsam bergauf. Er wußte, wo oben die Demarkationslinie verlief und wann der russische Posten seinen Kontrollgang machte. Atemlos krabbelten wir über die grüne Grenze. Unten im ersten Dorf der amerikanischen Zone läutete es zum Angelus. Die Caritas und andere gütige Helfer versorgten uns ...

Schließlich kamen wir nach Bayern, wo wir auf dem Hof von entfernt Verwandten Tante Trudel, Maria und Hilde wiedersahen, die auf anderen Wegen dorthin gelangt waren. Vater half den Verwandten bei der Rübenernte. Ich hütete Kühe und lernte dabei Lateinvokabeln, um mich auf die Fortsetzung meiner Schulausbildung vorzubereiten.

Über Windhoek nach Bonn

In Königstein i.Ts. war das »Albertus Magnus Gymnasium« mit einem Konvikt für Ostvertriebene eröffnet worden, wo ich Aufnahme fand. Die Schulkameraden hatten ähnliche Erlebnisse wie ich durchgemacht. Das verband und begründete Freundschaften bis zum heutigen Tag. – Ich hatte noch drei Jahre bis zum Abitur. Wollte ich studieren, mußte ich die Gesamtnote »gut« erreichen; die war Voraussetzung für einen Studienplatz. Ich tat mich schwer mit Mathematik. Oberstudienrat Koch war manchmal verzweifelt: »Herr Scholz, was Sie sagen, ist zwar richtig, aber nicht die Antwort auf meine Frage. Ich habe Sie gefragt, wie spät es ist, und Sie beschreiben mir den Weg zum Bahnhof !«

Damals gab es noch keine Schulgeldfreiheit. Deshalb mußte ich in den Ferien und an Nachmittagen arbeiten. Als Hilfsarbeiter in einem Sägewerk, später auf einer Baustelle, bekam ich 45 Pfennig die Stunde. Das monatliche Schulgeld betrug 50,– Mark. – Wir waren, zwölf in einem Zimmer mit Stockbetten, in den Räumen einer ehemaligen Kaserne untergebracht. Das Essen war karg; bis zur Währungsreform waren Lebensmittel noch wie im Kriege rationiert. Manchmal fuhr ich mit Amerikanern ein Stück »Anhalter« in der Erwartung, der US-Soldat werde mir eine Zigarette anbieten. Die konnte ich dann am Schwarzmarkt für 7,– Mark verkaufen oder gegen 200 Gramm Brot tauschen.

Ab und zu erhielt Vater ein Paket von seinem Vetter Alfred; der war aus Sorge vor den Nazis 1931 aus Schlesien in die ehemalige deutsche Kolonie Süd-West-Afrika ausgewandert und hatte den Krieg auf seiner Farm Naos bei Windhoek gut überstanden. – Onkel Alfred schickte Pakete mit Lebensmitteln und Textilien an viele der großen vertriebenen Familie Scholz. Dazu schrieb er eines Tages: Sollte jemand Lust verspüren, auszuwandern und Farmer zu werden, sei er in SWA willkommen. Es gäbe Arbeit und Brot. – Ich überlegte: Landwirt hatte ich in Schlesien werden wollen, das ging jetzt nicht mehr. Sollte ich in Afrika Farmer werden? Je öfter ich darüber nachdachte, umsomehr packte mich Abenteuerlust. Vater war bei dem Gedanken nicht sehr glücklich; er stellte die Bedingung, erst das Abitur zu machen. Obwohl bis dahin noch zwei Jahre Zeit waren, beantragte ich schon 1948 beim südafrikanischen Konsulat in Frankfurt ein Visum für Südwestafrika, das damals noch von Südafrika verwaltet wurde. Jahr und Tag vom Konsulat ohne Antwort, hatte ich kaum noch damit gerechnet, nach Südwest zu kommen.

Im März 1950 bestand ich das Abitur mit »gut« und schrieb mich in Frankfurt als Student der Wirtschafts- und Sozialwissenschaften ein. Mitten im ersten Semester kam aus blauem Himmel das Visum. Was tun? Guten Rat gab mir Professor Wehrle: Diese Chance sollte ich nicht auslassen. Mein Studienbuch würde er verwalten und mir ab und zu Themen für Referate schicken, damit könnte ich einige Scheine machen, dann werde sich zeigen, ob ich überhaupt zurückkäme und das alles noch benötigen würde.

Schiffspassagen nach Südafrika waren auf zwei Jahre ausgebucht! Die Lufthansa gab es noch nicht, und ohnehin hatte ich keine DM 1.800.– für den Linienflug nach Johannesburg. Der Leiter der KLM-Vertretung im »Frankfurter Hof« wußte Rat: Die Chartergesellschaft RAPTIM fliege alle paar Monate Missionare von ihrem Heimaturlaub aus Europa nach Südafrika zurück, manchmal sei da ein Sitz frei. RAPTIM wollte mir einen kurzfristig freien Platz anbieten und dafür den Flugpreis von DM 900,– ein Jahr stunden.

Am 2. September kam ein Telegramm nach Bad Homburg v. d. H., wo ich seit Studienbeginn bei Vater wohnte: »Abflug Frankfurt Main 5. September 10 Uhr.« Mit dem alten Opel Kadett von Onkel Leo brachte mich seine Nichte Sigrid mit Vater, Tante Trudel und meiner Schwester Maria zum Frankfurter Flughafen. Der bestand aus einem einzigen Gebäude: Einer etwa 50 m langen Holzbaracke, karg möbliert mit einem alten Holztisch, zwei Stühlen und einer Getreidewaage. Die Bundesrepublik war noch nicht souverän, und es gab noch keine deutschen Pässe. Mein TTD (Temporary Travel Document) stempelte ein US-Offizier. Dann stellte ich mein Pappköfferchen auf die Waage, es wog knapp 10 kg. Der Ausgang war am anderen Ende der Baracke, die Familie konnte mitgehen. Hier stand das Flugzeug, eine DC 3, bemerkte einer der Missionare. Mir sagte das wenig. Dann hieß es, daß die Maschine im jugoslawischen Partisanenkrieg eingesetzt und dabei einige Male in Havarie gewesen sei; sie könnte nur 2000 Meter hoch und nicht über die Alpen fliegen; eine Woche würde der Flug bis Johannesburg dauern. – An diesem ersten Tag ging es über Marseille bis nach Rom.

Am nächsten Tag: Besuch der Peterskirche. Ich hörte vertraute deutsche Kirchenlieder und fragte die Pilgergruppe: »Woher aus Deutschland?« Die mürrische Antwort:

»Nous sommes Alsaciens«, Elsässer also. Um elf Uhr war Audienz bei Papst Pius XII. Voran marschierten die Missionare in schwarzen Kutten, an der Spitze Prälat Mund vom »Päpstlichen Werk der Glaubensverbreitung, Aachen«, das heute »Missio« heißt. Da, vor mir senkte die Schweizer Garde ihre Hellebarde: »Halt, nur Missionare!« Schmunzelnd kam Prälat Mund von der Spitze zurück, griff unter die Soutane und übergab der Garde eine Stange Camel-Zigaretten. Die Hellebarde ging hoch, und ich wurde zugelassen. Das hatte der Prälat wohl schon öfter exerziert!

Der Papst sprach mit uns und ließ jedem am Ausgang eine Medaille und eine Zweiliterflasche Chianti überreichen. Später am Flughafen riß die strohgeflochtene Halterung meiner Flasche, die zu Boden fiel und zerbrach. Der Flughafenbeamte bat um Nachsicht für eine kurze Verzögerung des Abflugs, er wollte Ersatz suchen. Damals gab es noch nicht die Vielzahl heutiger Boutiquen; der freundliche Italiener mußte weit laufen, um eine neue Flasche Chianti zu finden. Ich war dankbar und gerührt.

Die nächste Nacht verbrachten wir in La Valetta auf Malta. Nach dem Abendessen saß ich mit den Missionaren im Park vor unserem Hotel. In der lauen Abendluft tranken wir Chianti, und ich hörte viel Neues über Afrika. – So ging es weiter, am Tage flogen und abends übernachteten wir, in Wadihalfa, in Karthoum, in Entebbe ... bis wir Sonntag, am 11. September, im Dunkeln über Johannesburg kreisten; unter mir die erste nicht zerstörte und hell erleuchtete Großstadt meines Lebens.

Hier stand ich nun mit 45,– DM in der Tasche und meinem Pappkoffer und wußte nicht recht, wie ich nach Südwest weiterkommen sollte. Die Missionare wurden von Freunden begrüßt und abgeholt; einer der letzten nahm mich in ein Trappistenkloster mit. Am nächsten Tag ging ich in den Deutschen Club von Johannesburg. Fragen über Fragen an mich; ich war 1950 einer der ersten Einwanderer aus Nachkriegsdeutschland. Ein Handelsvertreter bot mir an, mich am kommenden Tag ein Stück mitzunehmen; bis zur Farm von Onkel Alfred waren es von Johannesburg noch etwa 2.500 Kilometer. Von Kimberley ging es nordwärts mit Anhalter weiter. Nach Tagen schließlich erreichte ich den Marktflecken Rehoboth in SWA und erinnerte mich meiner mündlichen Abiturprüfung in Biologie: Am Beispiel der Rehobother Mischlinge hatte ich über die Mendelschen Gesetze referiert. – Bis nach Naos waren es noch 30 Kilometer. Ich ging zur Missionsstation. Pater Baumgartner hatte Neuigkeiten: Auf Naos sei Beulenpest; der Schafhirte Jan sei vor einigen Tagen ins Missionsspital eingeliefert worden. – Jan sollte geheilt werden und noch lange leben.

Am nächsten Tag stand ich auf Naos vor einem ahnungslosen Onkel Alfred. Ich hatte nicht mehr geschrieben, weil alles so schnell gekommen und ich nicht sicher gewesen war, ob wirklich alles klappen würde. Auch waren Briefe nach Naos lange unterwegs. Nur einmal wöchentlich kam ein Postauto von Windhoek. Telefon gab es noch nicht. – Ich wurde Farmgehilfe, zählte bei Sonnenaufgang Schafe und behandelte die kranken, ehe sie ins Feld zogen. Von dem burischen Vormann Grobler lernte ich mauern sowie Pumpen, Zäune und Autos reparieren. Dabei half ich, so gut ich konnte. 20.000 Hektar groß war die Farm, steppenartig, dornig der Wuchs; für ein Rind waren 40, für ein Schaf etwa 10 Hektar der kargen Weidefläche nötig. – Wenn ich mit Grobler von früh bis spät über die riesige Fläche ritt, um Windmotoren zu überprüfen oder nach den Rindern zu sehen, kam ich mir wie im Wilden Westen vor. Die Weite und Stille der Landschaft waren berauschend. – Bei Sonnenuntergang saß ich mit Grobler auf der Steintreppe seines Zimmers; wir tranken ein kühles Bier, und ich lernte von ihm Afrikaans, die grammatikalisch einfache Burensprache aus holländischen, französischen und englischen Elementen, mit einer wunderschönen Poesie. – Wir aßen mit der Familie meines Onkels gemeinsam im Haupthaus. Ich hatte freie Logis und bekam monatlich DM 150,– für meine Mitarbeit. Davon zahlte ich die Flugreise ab.

So konnte es weitergehen, dieses Leben entsprach meinen Erwartungen. Doch dann begann ich zu überlegen: Wie lange würde ich brauchen, bis ich selbständig werden, eine Farm pachten und genügend Vieh haben könnte? Dann hörte ich von langen Dürrejahren mit viel zu wenig oder gar keinem Regen; ich dachte auch an den Konflikt der Apartheidspolitik; so ruhig würde es nicht immer bleiben, die Zukunft des Landes war ungewiß. – An den langen Abenden griff ich zur Bibliothek meines Onkels. Ich las Bismarcks »Gedanken und Erinnerungen«, Talleyrand, Frhr. vom Stein und dann das Buch von Hitlers Dolmetscher Paul Schmidt: »Statist auf diplomatischer Bühne«! – Erstmals lenkte diese Lektüre meine Gedanken auf den Auswärtigen Dienst, von dem ich bisher so gut wie nichts gehört hatte. Je mehr ich las, umsomehr reifte meine Entscheidung, der Farmerei nicht weiter nachzugehen; es schien mir aber nach wenigen Monaten auch noch zu früh, deshalb nach Deutschland zurückzukehren. Ich wollte noch überlegen, in der Zeit aber etwas tun, das mir beim weiteren WiSo-Studium nützlich sein würde.

Das Privatbankhaus Ohlthaver & List in Windhoek suchte einen Lehrling. Direktor Fröhlich stellte mich ab 1.2.1951 ein. Ich lernte Buchhaltung, Kassenführung, das Börsen- und Versicherungsgeschäft. O & L war ein vielseitig engagiertes Unternehmen mit nur 9 Mitarbeitern. Schon nach kurzer Zeit bekam ich selbständige Arbeiten übertragen, und mein Gehalt stieg am Ende des ersten Jahres auf 800,– DM, 1951 viel für einen Lehrling. Ich konnte sparen. Abends studierte ich und arbeitete Referate für Professor Wehrle aus, mit dem ich über meinen Studienfreund Othmar Jennebach in Frankfurt wieder Kontakt aufgenommen hatte. An Wochenenden nahm mich Familie Fröhlich zu Ausflügen mit, und abends spielten wir Skat. Dabei lernte ich Karin, die Tochter von Frau Fröhlich aus erster Ehe kennen; ich verliebte mich wieder einmal. Karin studierte jedoch in Kapstadt und war nur selten in Windhoek.

Windhoek hatte damals nur zwei geteerte Straßen, nur 10.000 afrikanische und 15.000 weiße Einwohner: Buren, Engländer, Juden und Deutsche, alte oder Nachfahren aus der Kolonialzeit, spätere und jüngere Einwanderer, zu denen ich gehörte. Mich verblüffte die Wirrnis von Kenntnissen und Meinungen über Deutschland. Deutsche, die der Kaiserzeit, Buren, die der Rassenpolitik der NS-Zeit nachhingen, und dann Juden und Engländer, die gerade deshalb antideutsch waren. Das ging bis zu Erlebnissen wie diesem: Eine jüdische Frau ließ die bereits gekaufte Brotbüchse am Ladentisch stehen und verließ empört das Geschäft, als sie das »made in Germany« entdeckt hatte. – Als Junge aus dem Nachkriegsdeutschland erschreckten mich die Vorurteile so vielfältiger Art. Vielleicht waren diese Erlebnisse mit ein Grund dafür, weshalb sich mein Interesse mehr und mehr dem diplomatischen Dienst als Beruf zuwandte. Das Angebot der Bank, mich nach Beendigung meiner Lehrzeit fest einzustellen, schlug ich aus. Um vor meiner Rückkehr nach Deutschland, zu der ich mich inzwischen entschlossen hatte, noch Südafrika kennenzulernen, schrieb ich mich im Februar 1953 für ein Semester an der Universität Stellenbosch ein. – Abschied von Naos, von Windhoek und Südwestafrika, das vierzig Jahre später unabhängig werden und seither Namibia heißen sollte. In der Zeit haben sich die Einwohner von Windhoek auf 250.000 verzehnfacht, ist die deutsche Kolonialkulisse der Stadt Hochbauten gewichen. Und wegen jahrelanger Dürre mußte der Sohn Hans von Onkel Alfred 1996 den gesamten Viehbestand der Farm Naos verkaufen.

In Stellenbosch lernte ich konservatives Burentum kennen. Als ich eines Sonntags mit einem Buch auf der Straße ging, mockierte sich eine mir begegnende Gruppe Frauen: ich sollte den Sonntag nicht durch Studien entheiligen und lieber in die Kirche gehen. Daß ich bereits in der Frühmesse gewesen war, sagte ich nicht, weil das die »reformierten« frommen, aber Katholiken nicht sehr gewogenen Kirchenfrauen noch mehr gereizt hätte. – Am Semesterende verließ ich Stellenbosch und schiffte mich in Kapstadt auf einem Postboot der »Union Castle Line« nach London ein. Am Pier stand Karin und weinte. Dreißig Jahre später sahen wir uns wieder. Karin war verheiratet und eine von Weiß und Schwarz geschätzte Ärztin geworden.

Die Fahrt nach London war meine erste Seereise! An Bord traf ich mit dem südafrikanischen Ministerpräsidenten Malan zusammen und befragte ihn nach seiner Rassentrennungspolitik. – In London verbrachte ich eine Nacht auf der Straße, der Mall, um am nächsten Morgen Elizabeth II. in ihrer Kutsche auf dem Weg zur Krönung zu sehen. – Mit der Fähre über den Kanal, ging es weiter nach Paris, Den Haag und Brüssel. Am 17. Juni 1953 traf ich wieder in Frankfurt /M. ein. In Ostberlin hatte der Arbeiteraufstand begonnen. Vater meinte bei meiner Begrüßung: »Vielleicht wärst Du doch lieber in Afrika geblieben.« Auf dem Weg zu Vaters Wohnung nach Bad Homburg hielt die Tram vor dem »Hessischen Rundfunk«. Ich stieg aus und fragte, ob Interesse an einem Beitrag über mein Gespräch mit dem Ministerpräsidenten Malan bestehe. Mit einem Fünf-Minuten-Kommentar verdiente ich mein erstes Geld als »freier Journalist«. Tage später übernahm die Frankfurter Rundschau für ihr Wochenendmagazin eine Bildreportage über Südwestafrika. Deutsche Auslands-Korrespondenten gab es damals noch kaum.

Ende Juni bot sich eine Gelegenheit, nach Bonn mitzufahren. Auf der Koblenzerstraße 125, der heutigen Adenauerallee, blieb ich stehen und las: »Auswärtiges Amt, Personalabteilung Wirtschaftsdienst«. Ich faßte Mut und ging in die kleine Baracke.

Im Auswärtigen Amt - das alle AA nennen

Meine erste Beklommenheit war bald durch die freundliche Art von Herrn Dr. Andreae gewichen, der mich wohlwollend und interessiert anhörte. Dann sinnierte er halblaut vor sich hin: »23 Jahre, englische, französische Sprachkenntnisse, dazu noch Afrikaans, WiSo-Studium begonnen, Banklehre und schon drei Jahre Auslandserfahrung, politisch unbelastet ..., solche Leute suchen wir als Wirtschaftssachbearbeiter für die neuen Auslandsvertretungen.« Ich sollte mich schriftlich bewerben und hätte gute Chancen, meinte er, während er mir einen Bewerbungsbogen gab und »also dann auf Wiedersehen« wünschte. Noch in der Tür riet er mir, in der Zwischenzeit mein Studium fortzusetzen und, wenn möglich, das deutsche Exportgeschäft ein wenig in der Praxis kennenzulernen, am besten in Hamburg !

Eine Woche später in Hamburg : Ich hatte bei der Friseurfamilie Wanner in Eimsbüttel ein Zimmer gemietet, mich bei der Uni eingeschrieben und konnte nebenher im Exporthaus G.L.Gaiser hospitieren. Ich kalkulierte Preise von Töpfen und Tassen für die Ausfuhr nach Nigeria, Preise einer Laborausrüstung für die Universität Addis-Abeba... An Wochenenden schrieb ich Sendungen für den Norddeutschen Schulfunk und war Beisitzer im Rat für Kirchenfunk.

Frau Wanner betreute mich wie ihren Sohn. Doch eines Tages war sie ganz verstört: zwei Herren hätten sie über mich ausgefragt: ob ich höflich und reinlich sei, von wem und woher ich Post und welchen Besuch ich bekäme... Ich beruhigte Frau Wanner; das sei offenbar Teil einer Sicherheitsüberprüfung und ein gutes Zeichen dafür gewesen, daß meine Bewerbung im AA auf gutem Wege sei.

Ende Januar 1954 kam das ersehnte Telegramm : ich sollte am 1. März meinen Dienst im AA in Bonn antreten ! Ich war selig. – Pünktlich meldete ich mich bei Dr. Andreae. Es gab einige Formalitäten zu erledigen. Dann lernte ich drei weitere Neulinge kennen, die älter waren als ich. Für uns vier begann eine intensive Zeit gemeinsamer Einweisung: Unsere Hauptaufgabe sollte die Förderung des deutschen Exports sein. Wir besuchten deutsche Firmen und Verbände der Außenwirtschaft, die Bundesbank und andere Fachministerien in Bonn und wurden mit theoretischen und praktischen Grundlagen unserer künftigen Arbeit vertraut. – Im AA folgte Einweisung in Grundkenntnisse der Verwaltung und Besonderheiten, z.B.: daß das AA, die »Zentrale«, den Auslandsvertretungen mit »Erlassen« »Weisungen« gibt und daß die Botschaften an die Zentrale »berichten«.

Schon im Juni sollten wir an unsere Posten ausreisen. Bis dahin gab es noch viel zu lernen und zu erledigen. Überstunden waren selbstverständlich, gewöhnlich gingen wir um 20 Uhr aus dem Amt, Samstag war Dienstschluß um 14 Uhr, niemand fand das ungewöhnlich. Alle wollten, daß es voran und aufwärts gehen möge, es war eine schöpferische und alle im AA verbindende positive Stimmung.

Bescheiden und sparsam ging es zu! Generalkonsul Schlange-Schöningen hatte im Juni 1950 die allererste Nachkriegsvertretung in London eröffnet und mußte lange Zeit in zwei Zimmern eines mittleren Hotels wohnen und amtieren, weil DM 60.000,– für den Kauf oder das Anmieten eines Hauses nicht verfügbar waren. – Kaum ein Mitarbeiter im AA hatte ein Auto, der VW Käfer hatte lange Lieferzeiten und kostete DM 4.000,–. Ich bekam damals als BAT VI-Angestellter monatlich DM 435,– netto, die Hälfte dessen, was ich als Banklehrling in Windhoek hatte. Aber der Unterschied zählte nicht; wichtiger war für mich die Erfüllung meines Wunsches, im Auswärtigen Dienst zu arbeiten und bei seinem Wiederaufbau dabei zu sein.

Neubeginn im Ausland hieß, Mißverständnissen und Feindseligkeiten, wie ich sie in SWA und Südafrika erlebt hatte, zu begegnen und neues Vertrauen zu begründen sowie durch den Krieg abgerissene Verbindungen wieder aufzunehmen. Wie schwer das sein sollte, hatte sich in London erwiesen. Erst ein Jahr nach seiner Ankunft war Generalkonsul Schlange-Schöningen durch einen Brief von Bundeskanzler Adenauer als »Geschäftsträger« und damit als politischer Gesprächspartner im »Foreign Office« akzeptiert worden.

Der Neubeginn des AA war intern auch ein Übergang : Unter den 500 Mitarbeitern, die es insgesamt in der Zentrale und an den fünfzig Auslandsvertretungen zu meiner Anfangszeit gab, trafen alte der »Berliner Wilhelmstraße« auf neue: die ersten nach dem Kriege ausgebildeten Nachwuchsbeamten des Höheren Dienstes sowie ältere und junge Angestellte, zu denen ich gehörte. Die Alten kamen aus einer anderen Zeit, hatten aber Erfahrungen; die Neuen hatten zu lernen und konnten wählen, was zu lassen oder zu übernehmen sinnvoll erschien. – Aus der »Berliner Wilhelmstraße« waren nur einige »nicht ganz

Unbelastete« und in der großen Mehrheit erfahrene Beamte der Verwaltung übernommen worden.

Einer der markanten Vertreter des alten Auswärtigen Amtes, dem ich anfangs in Bonn begegnete, war Herr Mühlenhaupt. Mit behinderter Hand geboren und wehruntauglich, war er bis zum Zusammenbruch Pförtner der »Berliner Wilhelmstraße« gewesen. Nach dem Kriegsende war er von Berlin nach Bonn umgezogen und übernahm das Pförtneramt des neuen Auswärtigen Amtes. Herr Mühlenhaupt beeindruckte. Stets adrett gekleidet, aufmerksam, höflich, hilfsbereit und humorvoll, wirkte er würdig und professionell wie ein guter Protokollchef. Er war ein Zeuge jüngster Zeitgeschichte. In Berlin hatte er in entscheidenden Jahren die Großen der Welt in der »Wilhelmstraße« kommen und gehen gesehen. Er kannte sie alle, wie er auch in Bonn bald wieder alle Besucher und Mitarbeiter kannte. Im neuen Bonner Auswärtigen Dienst gab es anfangs – wie früher im alten der »Wilhelmstraße« – nur einige hundert Mitarbeiter. Suchte ich einen oder wollte etwas wissen, brauchte ich nur Herrn Mühlenhaupt zu fragen. Inzwischen beschäftigt das AA an die neuntausend Mitarbeiter, von denen sich nur wenige untereinander kennen. Als ich jetzt Nachfolger von Herrn Mühlenhaupt nach ihm fragte, konnte sich keiner mehr seiner erinnern. – Ich hatte ihn nach seiner Pensionierung noch einmal in seiner kleinen Bonner Wohnung besucht, als er erkrankt war, um ihm dafür zu danken, daß er mir in meiner Anfangszeit geholfen hatte, mich im AA zurechtzufinden.

»Unter den Sternen von Colombo«

Dieser romantische Film lief gerade in deutschen Kinos, als ich meine Versetzung an die Gesandtschaft in Ceylon erhielt, wie Sri Lanka damals hieß. Bekannt für guten Tee, buddhistische Tempelstätten und palmengesäumte Sandstrände, war Ceylon erst vor kurzem unabhängig geworden und, anders als heute, ein friedliches Land.

Eigentlich war ich für das Konsulat in Melbourne vorgesehen; kurzfristig – wie Umdisponierungen im Auswärtigen Dienst häufig nötig sind – war daraus Colombo geworden. – Ich buchte einen Schiffsplatz bei Hapag – Lloyd. Damals waren Schiffsreisen für Versetzungsreisen üblich; sie waren keine vertane Zeit, sondern eine Gelegenheit, sich klimatisch umzustellen und sich durch Lektüre wie Begegnungen mit anderen Passagieren auf das neue, unbekannte Gastland vorzubereiten.

Meine Schwester Maria hatte mich bis Hamburg begleitet, und mit ihr nahm ich Abschied von Familie Wanner, ehe ich am nächsten Tag an Bord der »Frankfurt« ging: Ein brandneues kombiniertes Frachtschiff mit Kabinen für 80 Passagiere auf Jungfernfahrt nach Asien ! Während das Schiff durch den Suez – Kanal geschleust wurde, ging ich mit anderen Passagieren an Land, um Kairo und die Pyramiden zu besichtigen. – Nach vier Wochen guter Fahrt hatten wir die Reede von Colombo erreicht. Es war früh am Morgen. Über dem Hafen und der Stadt lag Nebel, die tropische Luft war feucht und schwer, zum Greifen.

Mein künftiger Vorgesetzter, Wirtschaftsreferent Dr. Ritzel, kam mit einer Barkasse an Bord, um mich abzuholen. Nachdem ich meine Koffer im Hotel abgelegt hatte, fuhren wir in die Kanzlei. Ich wurde dem Gesandten vorgestellt, der einen strengen Eindruck auf mich machte. Er hatte schon Rathenau im alten AA der Weimarer Zeit als Sekretär gedient, war 63 Jahre und nach dem Kriege zum ersten Mal Leiter einer Auslandsvertretung. Er war von der »alten Schule«. Seine Berichte begann er so : »Hiermit erlaube ich mir ergebenst, dem Auswärtigen Amt den nachfolgenden Bericht vorlegen zu dürfen.« Dieser Stil sollte mir später nicht mehr begegnen. – Der Gesandte verlangte, daß wir stets Krawatte trugen; das war bei der feuchten Hitze im Büro eine Qual. Klimageräte gab es noch nicht, und die Deckenventilatoren machten Wind, aber kühlten nicht.

War der Gesandte schwierig und auch launisch, strahlte sein »Ständiger Vertreter«, Prinz Solms zu Braunfels, Güte, Humor und Menschlichkeit aus. Stets war er bemüht, anderen behilflich zu sein, auszugleichen und zu vermitteln. Noch am Ende des Krieges war er schwer verwundet worden; die Ärzte hatten ihn bereits aufgegeben und seine Totenmaske anfertigen lassen. Aber die Krankenschwester wollte nicht aufgeben, Tag und Nacht hatte sie sich um ihn bemüht und konnte ihn retten. Später wurde sie seine Frau. – »Franzi« Solms verfügte über ein unerschöpfliches Reservoir an Lebensweisheiten und amüsanten Erlebnissen. Wir wurden Freunde. Am Lebensende hinterließ er mir seine Freundschaft zu den Deegs in Bad Kissingen und lebt in gemeinsamer Erinnerung fort.

Meine Hauptaufgabe in Colombo waren Handelsauskünfte: Nachweise von Liefer- oder Bezugsquellen sowie

Marktanalysen für deutsche Exporteure. Eine Hamburger Firma wollte Zigaretten exportieren. Ich erkundete, welche Tabakarten in Ceylon bevorzugt wurden, wer bisher den Markt belieferte und Konkurrent sein würde. Ich ermittelte Preise, den Zollsatz, Anschriften potentieller Importeure und nannte mehrere Anwälte, sollte etwas schief gehen. Ich erwähnte, daß nur in Englisch zu korrespondieren und vorzugsweise gegen Akkreditiv zu liefern wäre. – Jahre später übernahmen deutsche Auslands-Handelskammern diese Aufgaben.

Mein allererster Bericht! Das AA hatte mit einem »Runderlaß« 45 Auslandsvertretungen angewiesen, über die zivile Luftfahrt des Gastlandes zu berichten. Der Weisung lag ein Anhang mit vielen technischen Fragen bei, denen ich noch nie begegnet war. Nach einigen Wochen bekam der Gesandte ein persönliches Dienstschreiben von Abteilungsleiter van Scherpenberg im AA, von dem ich ein Doppel erhielt: »Unter den 45 angeforderten Berichten war der Ihrer Gesandtschaft einer der drei besten. Bitte übermitteln Sie dem Verfasser Dank und Anerkennung des Auswärtigen Amts.« Mein Herz pochte vor Freude. – An meinem späteren, übernächsten Posten Ende der 50er Jahre, in Ottawa, sollten der Botschaft noch einige Male solche Bestätigungen auf von mir verfaßte Berichte aus Bonn zugehen; dann, im Laufe der weiteren Jahre, verblaßte diese Geste. Die Zahl der Berichte wie der Mitarbeiter und deren Zeitdruck hatten zugenommen; der Umgang war distanzierter, unpersönlicher geworden.

In Colombo hatte ich erstmals in meinem Leben eine eigene Wohnung gemietet : zwei Minizimmer mit Dusch- und Küchenecke, zusammen 34 Quadratmeter, über der Garage eines tamilischen Villenbesitzers. An einem

Samstag hatte ich ein gebrauchtes Bett und vier Stühle ersteigert; als Tisch diente meine Seekiste, und für ein Bücherregal kaufte ich Ziegeln und Bretter. Der Gesandte fand die Wohnung bei seiner Besichtigung »angemessen«, und ich war zufrieden.

Das erste Curry-Essen meines Lebens: eine liebenswürdige ceylonesische Familie hatte mich bald nach meiner Ankunft in ihr Haus zum Abendessen eingeladen. Da ich noch nicht lange im Lande war, hatte die Hausfrau extra milden Curry bereitet. Mir war es dennoch so, als müßte ich glühende Kohlen schlucken. Tränen in den Augen, unfähig zu sprechen und dazu nur Wasser, das ich nicht anzurühren wagte. Der Tropenarzt in Bonn hatte strikt geraten, kein Wasser zu trinken, das ungekocht und nicht gefiltert sei; wie sollte ich das feststellen? Danach zu fragen, war ich zu scheu. Selten habe ich ein kühles Bier so genossen wie an diesem Abend nach der Heimkehr in meine Wohnung.

Der Hafen von Colombo sollte ausgebaut werden. Bei diesem Projekt lagen wir mit Frankreich in Konkurrenz. Die Gesandtschaft war aufgefordert, ausführlich und mit Fotos zu berichten. Für solche bautechnische Projekte kamen in späteren Jahren Fachdelegationen aus Deutschland, in der Anfangszeit mußten die Auslandsvertretungen so gut wie möglich helfen. – Eines Sonntags, als ich an einer anderen Arbeit im Büro saß, kam Prinz Solms und bat, ihn in den Hafen zu begleiten, um die erbetenen Fotoaufnahmen zu machen. Ich trug Apparate und Akten. Die Hände voll, rutschte ich auf der schlammüberzogenen Hafenmole aus und fiel unglücklich auf den Hinterkopf. Mir wurde übel...

Um eine lange Geschichte kurz zu fassen: Ich hatte eine anfänglich nicht erkannte Gehirnerschütterung erlitten und dann verschleppt. Ein Blutgerinnsel hatte sich nicht aufgelöst, war Wochen später gewandert und führte zu einer Seitenlähmung; zeitweise konnte ich nicht sehen. Im März 1955 mußte ich aus den Tropen zur Behandlung zurück nach Deutschland, auf einer Bahre mit KLM.

In Ottawa

»Wie groß ist die VW-Produktion?«

Nach langwieriger Behandlung in Deutschland war ich im Oktober wieder arbeitsfähig. Ich wurde an die Gesandtschaft Dublin nach Irland versetzt. Meine Tätigkeit war die gleiche wie in Colombo, jedoch war der Arbeitsanfall weit geringer. Ich fand Zeit, mein Studium zu beenden und wurde nach der Promotion über ein finanz-sozialpolitisches Thema Ende 1956 an die Botschaft Ottawa versetzt.

Weihnachten 1956 hatte ich noch im Familienkreise in Bad Homburg v.d.H. gefeiert und vor meinem Abschied am Rundfunk die Botschaft von Bundeskanzler Adenauer zum Jahreswechsel gehört. Er sagte damals, das deutsche Volk habe sich in Zeiten großer Not bewährt. Jetzt seien wir auf dem Weg zu Wohlstand; er hoffe und wünsche, daß die deutsche Bevölkerung mit dem Wohlstand ebenso wie mit der Not umzugehen verstehen möge.

Ich war am 31. Dezember früh in Montreal gelandet und erreichte Ottawa am späten Vormittag, noch rechtzeitig genug, um mich vor Dienstschluß um 12 Uhr zum Dienst zu melden; damals wurde an Heiligabend und Silvester vormittags noch gearbeitet. – Auf der verschneiten Treppe der Botschaftskanzlei begegnete ich dem Botschafter Hasso von Etzdorf. Er hieß mich willkommen, musterte mich forschend mit seinen hellen Augen und sagte: »Sie sollen in der Wirtschaftsabteilung arbeiten. Können Sie mir sagen, wieviel Autos das Volkswagenwerk seit Kriegsende produziert hat, und was etwa der gegenwärtige Jahresausstoß ist?« Ich nannte die Zahlen und hatte offenbar eine Probe bestanden. »Gut«, sagte der Botschafter, »dann kommen Sie doch morgen abend gegen acht Uhr zu einem kleinen Abendessen in meine Residenz, und bis dahin schlafen Sie sich aus und gut ins Neue Jahr«. – Mit dem Ausschlafen wurde es nichts. In dem Hotel, in dem ich abgestiegen war, feierten Holzfäller aus Nordkanada Silvester bis in den frühen Morgen. Nach den Neujahrstagen lud mich Familie Boos ein, bei ihr zu wohnen, bis ich eine Wohnung gefunden haben würde. Diese kollegiale Geste begründete freundschaftliche Verbundenheit.

Beim Essen am Neujahrsabend gab der Botschafter zum besten, wie es zu dem gerade aufgetischten Hasenbraten gekommen war: Stunden hatte er bei eiskaltem Winterwetter mit Kollegen gejagt, aber keinen Schwanz gesehen; dann seien sie bei einer einsamen Bauernkate eingekehrt, um sich aufzuwärmen. Danach hatte der Bauer die glücklosen Schützen in eine Scheune geführt, wo über 100 mit der Schlinge gefangene tiefgefrorene Hasen zu kaufen waren. »Na dann Waidmanns Dank«, sagte von Etzdorf, lachte schallend und wünschte »guten Appetit«.

Dem ersten Abend im gastfreien Haus des Botschafters sind viele gefolgt. In kleinem Kreis erzählte von Etzdorf dann aus seinem bewegten Leben: Als Sohn eines Landrats 1900 in Westpreußen geboren, hatte er die stürmischen Wechsellagen Deutschlands in diesem Jahrhundert erlebt: Die Kaiser-, die Weimarer und die NS-Zeit. Vor seiner Wiedereinstellung in das neue AA hatte der Deutsche Bundestag Dokumente gewürdigt, aus denen hervorging, daß von Etzdorf zwar nicht direkt dem Widerstand angehört, aber enge Verbindungen zu Widerständlern unterhalten und im Herbst 1939 eine NS-kritische Denkschrift ausgearbeitet hatte.

Von Etzdorf war kein Politiker, sondern wie es der Auswärtige Dienst erwartet: ein politisch denkender Beamter. Mich beeindruckten sein Intellekt, das universelle Wissen seiner humanistischen Bildung, sein Pflichtgefühl, die Präzision seiner Analyse und seines Ausdrucks und zu alledem sein tiefgründiger Humor. Mit Scharfsinn dachte er stets in großen Zusammenhängen und mit Umsicht an künftige Folgen des Heutigen. Ich habe viel lernen können und immer wieder gestaunt, wenn von Etzdorf deutsche, lateinische und griechische Klassiker zitierte.

Zum engeren Kreis des Botschafters zählten der Leiter der Wirtschaftsabteilung, Dr. Weddigen, und der Kulturreferent Martinus Emge. Weddigen war ein kenntnisreicher, lebenserfahrener Chef, den wir wegen seiner väterlich-menschlichen Art »Papa Weddigen« nannten. Wenn er Besuchern die Botschaft zeigte, meinte er mit seinem Berliner Humor: »Hier ist die Wirtschaftsabteilung, die verdient das Geld; hier der Stab des Militär-Attachées, der gibt es aus; und die politische Abteilung verdirbt uns beiden das Konzept«. – Zu Martinus Emge entwickelte ich freundschaftliche Beziehungen. Ehe seine Familie nachkam, hatten wir beide Ottawa und Umgebung gemeinsam ergründet und bei unseren soziologischen Studien manche Episode, beispielsweise diese erlebt: »That has not been very kind of you«, hatte Martinus einem Unbekannten nachgerufen, der wie ein Spuk in einer gesitteten Gesellschaft erschienen und wieder davongestürmt war, nachdem er einen Gast ohne uns erkennbaren Grund mit einem k.o.-Schlag ohnmächtig zu Boden gestreckt und ihm die Kinnlade gebrochen hatte. –

Martinus war Angestellter und hat das AA nach Ottawa wieder verlassen, um Professor in Bonn zu werden.

In meiner Arbeit war ich frei, Initiativen zu entfalten und über Themen zu berichten, die mir interessant erschienen, z.B. über »Erste Ansätze der Automatisierung der Verwaltung in Kanada« oder eine Analyse der »Chemie- und Kunststoffindustrie« u.a. mehr. Es war noch die Zeit, wo Beschaffung und Übermittlung wirtschaftlicher Hintergrundsinformationen zu wichtigen Botschaftsaufgaben zählten.

Meine Schreibarbeiten erledigte Frau Kuntz. Sie war mit ihrem Mann nach Kanada eingewandert und als Ortskraft bei der Botschaft angestellt. Täglich diktierte ich ihr ins Steno etwa 20 Handelsauskünfte; sie dachte mit, war flink und hilfsbereit. Diktatfehler korrigierte sie selbständig, wie sie einfache Briefe ohne Diktat beantwortete und zur Unterschrift vorlegte. Ab und zu half sie mir nach Dienstschluß bei rückständiger Privatpost. Später wurde Frau Kuntz Journalistin. – Ich habe im Laufe der Jahre oft an diese Zusammenarbeit gedacht. In der letzten Zeit in Manila, 35 Jahre später – im Zeichen der PC-Technik – sollte ich als Botschafter keine eigene Sekretärin mehr haben.

Ab und zu wurde ich vom Botschafter mit Sonderaufgaben betraut. So begleitete ich einen der ersten, damals noch seltenen offiziellen deutschen Besucher, Atomminister F.J. Strauß bei Besichtigungen in Kanada. – Beim Staatsbesuch von Bundespräsident Heuss konnte ich bei dem Essen dabei sein, das von Etzdorf zu seinen Ehren für einen kleinen Gästekreis in seinem Hause gab. Öfter wurde ich zu offiziellen Essen des Botschafters zugezogen. Bei solchen Gelegenheiten lernte ich Tischordnung,

Zusammenstellung von Menüs und richtige Auswahl von Weinen ... Dinge, in denen von Etzdorf Meister war.

Eines Tages übergab er mir einen Brief, den ihm der Vorstand von BMW geschrieben hatte. Aus Zeitungen war bekannt, daß es um das Unternehmen damals sehr schlecht stand. Nun hatte auch noch der kanadische Vertreter gekündigt und 175 Isettas (Kabinen-Kleinfahrzeug jener Zeit) im Zoll zurückgelassen. »Wenn auch dieser Wert noch verloren gehen würde, dann...« hatte der Vorstand geschrieben und um Hilfe der Botschaft gebeten. »Versuchen Sie, das Problem zu lösen«, sagte von Etzdorf zu mir. Ich hatte Glück und fand einen finanzkräftigen Kanadier, der an den deutschen wirtschaftlichen Wiederaufstieg glaubte und auf das Überleben von BMW vertraute. Er übernahm die notleidenden Isettas und wurde neuer BMW-Vertreter in Kanada.

Auch nach meinem Studienabschluß blieb ich in Ottawa Angestellter im Gehobenen Dienst. Bewährungsaufstieg in den Höheren Dienst war damals noch nicht möglich. In meine Überlegungen kam ein unerwartetes Angebot der BASF Ludwigshafen. Der Finanzvorstand suchte einen Direktionsassistenten und lud mich zu einer Vorstellung ein. Ich war fünf Tage im Unternehmen und hatte mit allen Mitgliedern des Vorstands und auch dem Vorsitzenden, Professor Wurster, gesprochen. Er machte ein finanziell verlockendes Angebot, riet mir aber, in Ruhe abzuwägen, ehe ich mich entscheiden würde. Zurück in Ottawa, dankte ich und war entschlossen, im Auswärtigen Dienst zu bleiben.

Ich wollte in den Höheren Dienst und bewarb mich deshalb um Teilnahme am Auswahlwettbewerb. Am Ende von drei erfahrungsreichen Jahren verließ ich Ottawa im November 1959. Nach Verabschiedungen im deutschen Kreis hatte mich der französische Botschafter Lacoste am Tag meiner Abreise zum Mittagesssen eingeladen und mich anschließend zum Bahnhof bringen lassen. Dort stand mit anderen Papa Weddigen, der dem anfahrenden Zug noch nachlief und mir in seinem Berliner Humor zurief: »Und grüßen Sie alle netten Leute in Bonn, da haben Sie nicht viel zu tun.«

Die falsche Prinzessin

Aus einigen hundert Bewerbern waren hundert zum Auswahlwettbewerb zugelassen und davon fünfundzwanzig, darunter drei Damen, in den 15. Lehrgang aufgenommen worden; auch ich hatte die fünftägige Prüfung bestanden. – Am 1. April 1960 wurden wir zu Attachés und »Beamten auf Widerruf« ernannt. Als ich meine Urkunde in Händen hielt, dachte ich an die Schriften des Freiherrn vom Stein: Mit der Bindung an Gesetz und Vorschriften hat der Beamte auch einen Ermessensspielraum und Gestaltungskraft. – Der Gedanke animierte.

Der anfangs theoretische Teil unserer Ausbildung sollte die Juristen, Volkswirte, Historiker und Soziologen unter uns auf den Einsatz in allen Hauptgebieten des Dienstes vorbereiten: als politischer, Wirtschafts-, Kultur-, Pressereferent und Konsul. Das Berufsbild eines Generalisten ergibt sich für den Auswärtigen Dienst aus der Vielfalt seiner Aufgaben und den durch Versetzungen notwendigen Wechseln.

Bekannte Hochschullehrer kamen zu Vorlesungen und Kurzseminaren, prominente Persönlichkeiten des Öffentlichen Lebens für Vorträge und Diskussionen. Wir besuchten Firmen und Verbände sowie Berlin und das Zonenrandgebiet. – Jeder von uns hatte ein zwölf Quadratmeter großes Zimmer in der gleichen Baracke, in der mich Dr. Andreae 1954 als Sachbearbeiter eingestellt hatte. Schon hatte der eine oder andere ein Auto; insgesamt war aber unser Attaché-Dasein spartanisch. Ich erhielt eine monatliche »Unterhaltszahlung« in Höhe von

DM 360,–, wovon DM 60,– für Kost und Logis einbehalten wurden.

Im September begann unser Praktikum. Ich kam in das Afrikareferat der Politischen Abteilung, deren Leiter Botschafter von Etzdorf war. – Das Afrikareferat hatte vier Mitarbeiter und war für »Afrika südlich der Sahara«, für ganz Schwarz- und Südafrika zuständig. Heute gibt es für den gleichen Länderbereich drei Referate. – Es war die Zeit, als zahlreiche afrikanische Kolonien selbständige Staaten wurden. Das AA hatte sich rechtzeitig eine Arbeitsgrundlage geschaffen. Referatsleiter Steltzer und sein Vertreter Löwe hatten ein »Konzept deutscher Afrikapolitik« ausgearbeitet, das von der Regierung und dem Deutschen Bundestag gebilligt wurde. Die sogenannte »Hallstein-Doktrin« war dabei maßgeblicher Leitfaden: Wir würden jeden jungen afrikanischen Staat anerkennen, in seiner Hauptstadt eine Botschaft errichten und ihm beim wirtschaftlichen Aufbau helfen, vorausgesetzt, daß der Staat die DDR nicht anerkennt und mit ihr keine Beziehungen aufnimmt. Die Nichtanerkennung der DDR war damals Grundpfeiler unserer gesamten Außenpolitik. Ich sollte der Problematik immer wieder begegnen.

Arbeit gab es in Hülle und Fülle: Die ersten Botschaften waren bereits eröffnet und tätig; ihre Berichte häuften sich zu Stapeln, wenn wöchentlich die Luftbeutel aus den afrikanischen Hauptstädten kamen. Damals wurde noch ganz überwiegend schriftlich berichtet, es gab weder Telex noch Fernkopien. Die Übermittlung von Telegrammen war teuer und deren Verschlüsselung mit Zahlengruppen und Kopfrechnen mühsam. – Die neuen Botschaften unterbreiteten Fragen und Anregungen, die der Referatsleiter alle selbst las und deren Bearbeitung er

Mit Chief Festus – nach dem Mauerbau – in Berlin (Foto:BPA)

durch uns verfügte; er war über alles im Bilde und wachte darüber, daß die Botschaften Antworten erhielten.

Die Unabhängigkeit weiterer junger Staaten mußte vorbereitet werden, die Entsendung einer hochrangigen Delegation, die Einrichtung unserer Botschaft und ihre Ausstattung. Anders als heute, hatten Referatsleiter der politischen Abteilung damals noch beachtlichen Einfluß auf Personalentscheidungen. Sie wußten aus Kenntnis der Sacharbeit, wer gut und geeignet erschien. Gegen das Votum von Herrn Steltzer wurde kaum einer Botschafter in Afrika, im Gegenteil, er schlug meistens die Kandidaten vor. – Neue Botschafter erhielten ausführliche schriftliche Instruktionen mit auf den Weg, für die ich u.a. Entwürfe fertigte. – Zunehmend kamen afrikanische Delegationen nach Bonn, die ich auch nach Berlin begleitete, wie beispielsweise den nigerianischen Finanzminister Chief Festus. Manchmal waren mehrere Delegationen verschiedener Staaten zugleich in Bonn. Bei zeitlichen Engpässen übernahmen damals bereitwillig die parteinahen politischen Stiftungen hilfsweise ihre Betreuung; sie waren eigentlich für Aufgaben der jungen Demokratie in Deutschland gegründet worden. Nicht zuletzt förderten ihre Kontakte mit fremden Regierungsdelegationen in Bonn das Interesse der Stiftungen, auch selbst im Ausland zu wirken und vertreten zu sein, wozu es im Laufe der Zeit immer mehr kam.

Während die meisten jungen afrikanischen Staaten unsere Politik der Nichtanerkennung der DDR respektierten, gab es auch Unsicherheitskandidaten. Einer von ihnen war der Staatspräsident von Guinea, Sékou Touré. Der Fall wurde Anlaß für eine hochrangige Sondermission: Ministerialdirektor Hasso von Etzdorf flog nach Conakry. Als er in der Hauptstadt von Guinea eintraf, hatte sich der Staatschef einer Begegnung durch eine Reise ins nördliche Inland zu entziehen versucht. Von Etzdorf bestieg einen Geländewagen und folgte dem flüchtigen Staatspräsidenten über 700 Kilometer ins Landesinnere. Dort überzeugte er Sékou Touré, von einer Aufnahme offizieller Beziehungen mit der DDR Abstand zu nehmen. Dieses Einvernehmen besiegelte von Etzdorf mit einer spontanen Geste: er streifte seine Armbanduhr vom Handgelenk und überreichte sie Sékou Touré. Wie von Etzdorf später zum besten gab, war dies natürlich nicht seine eigene, sondern eine Uhr aus der Asservatenkammer des Auswärtigen Amts.

Nach dem Praktikum in Bonn wurde ich für ein Jahr an das Generalkonsulat Genf versetzt, um die erforderlichen praktischen Kenntnisse für die vollen konsularischen Befugnisse zu erwerben. – Im Winter 1961/62 bekam ich einen Sonderauftrag. In Le Brassus, im Kanton Jura, waren olympische Vorentscheidungen der nordischen Kombinationswettkämpfe. Ich sollte verhindern, daß dabei die DDR-Mannschaft ihre Flagge, die in Bonn »Spalterflagge« hieß, hissen würde. Mit meinem VW erreichte ich mittags das winterliche Le Brassus, wo bereits neben anderen auch die DDR-Fahne wehte. Der Präsident des örtlichen Skiverbandes, Monsieur Piguet, hatte erst abends Zeit, mich anzuhören. Ich schilderte meinen Auftrag. »Ja, wenn das alles ist«, meinte er, ging mit mir auf die Straße und holte die DDR-Flagge eigenhändig ein. Was heute kaum noch zu verstehen ist, hatte damals hohen politischen Rang. Nicht nur erhielt der Generalkonsul auf seinen Bericht über meine erfolgreiche Mission ein anerkennendes Schreiben des damaligen Staatssekretärs Carstens, die Sache kam auch ins Kabinett.

In der Konsularabteilung konnte ich einem jüdischen Emigranten helfen. Er war Waise und vermeintlich in der NS-Zeit ausgebürgert und staatenlos geworden. Der standesbewußte Vater einer Genfer Bürgertochter hatte ihm deshalb die Zustimmung zur Heirat verweigert. Ich studierte die dicke Akte am Wochenende zu Hause. Dabei fand ich, daß man bei Ausschöpfung des Ermessens davon ausgehen konnte, daß eine Ausbürgerung nie erfolgt und der Mann immer noch Deutscher war. Die zuständige deutsche Inlandsstelle stimmte meiner Argumentation zu. Der Bräutigam umarmte mich und konnte seine Braut heiraten.

Anfang Mai 1963 hatte ich mit den anderen Kollegen in Bonn das Abschlußexamen bestanden und bekam danach wegen meiner Afrikaerfahrungen einen Sonderauftrag. Ich sollte eine auf Lkws montierte deutsche Wanderausstellung als Vertreter des AA durch sieben, teils schon unabhängige oder kurz vor der Unabhängigkeit stehende Länder Ost- und Zentralafrikas begleiten: Tansania, Kenia, Malawi, Sambia, Uganda, Ruanda und Burundi. – Die Exponate waren teils banal und für Afrikaner nicht neu: eine Nähmaschine oder ein Fahrrad. Teils waren sie peinlich: ein dicker unproportionierter Afrikaner aus Pappmaché, der sich seine Zähne putzte mit der Aufschrift: »Zähneputzen verhindert Karies«. Peinlich auch das sogenannte Tagesfeuerwerk, mit dem in die Luft beförderte Ballons als Zebras, Giraffen oder Elefanten und am Schluß die deutsche Flagge zu Boden schwebten. Die Zeitungen in den noch britisch verwalteten Ländern schrieben: »Wir müssen gehen, die Deutschen kommen, um zu übernehmen!« – Ich hatte keinen Einfluß, solche Dinge abzustellen; mein Bericht an das AA hat aber dazu beigetragen, daß das Unternehmen nicht mehr fortgesetzt wurde.

Für mich war die sechsmonatige, 15.000 Kilometer lange Reise mit einem Jeep Gelegenheit, den freudigen und erwartungsvollen Aufbruch der afrikanischen Bevölkerung in die Unabhängigkeit zu erleben, eine Stimmung, die Afrika damals prägte. In den Haupt- und Provinzstädten, in die ich der Ausstellung vorausfuhr, wurde ich eingeladen, in Schulen zu sprechen oder Interviews zu geben. In Uganda hatte mich Prinzession Elisabeth von Toro interviewt. Später ging ihr Name durch die Weltpresse. Sie war Mannequin, dann Außenministerin von

Idi Amin und – später von ihm verstoßen – ins Exil nach London gegangen. Als wir uns 1979 dort zum Essen trafen, standen sich zwei Unbekannte gegenüber. Die Prinzession löste das Rätsel: In Uganda war ich nicht ihr, sondern ihrer jüngeren Schwester begegnet. Sie hatte sich die ältere als Idol und deshalb auch den gleichen Namen gewählt.

Zur deutschen Wanderausstellung in Afrika war das Bundeswirtschaftsministerium durch Japan angeregt worden. Ein japanisches Messeschiff hatte Afrika umfahren und in den Hafen- und Handelsstädten für japanische Produkte geworben. Unser Plagiat hieß im Volksmund »Wanderzirkus« und wurde wegen des unzeitgemäßen nationalistischen Auftretens mit Marschmusik und Flaggenappell – jeden Morgen: »Hisst Flagge« – vom »Spiegel« als »Preussens Gloria« beschrieben.

Als ich Ende November 1963 nach Bonn zurückkam, erhielt ich einen Erlaß, mit dem ich als Wirtschaftsreferent an die Botschaft Tokio versetzt wurde.

Japan

eine völlig fremde neue Welt

Noch einmal und zum letzten Mal reiste ich mit dem Schiff an einen neuen Posten. Danach ordnete das AA für Versetzungsreisen den Luftweg an, Flugzeuge waren schneller, Fliegen war billiger geworden. – Am 29. Dezember 1963 schiffte ich mich in Genua auf der »Schwabenstein«, einem Schwesterschiff der »Frankfurt« ein, die mich zehn Jahre zuvor nach Colombo gebracht hatte.

Ich war auf dem Weg in ein Land, von dem ich so gut wie nichts wußte und für das ich mich auch nie besonders interessiert hatte; im Gegenteil: andere Kollegen hatten sich für den Posten in Tokio gemeldet, und mir war er zugeteilt worden. – Nachts in meiner Koje, oder wenn ich an der Reling stand, grübelte ich: Zum ersten Mal in meinem Leben würde ich in einer Millionenstadt wohnen und arbeiten. Wie würde ich mich ohne jede Kenntnis der schwierigen japanischen Sprache verständigen, wie Kultur, Mentalität, die Zusammenhänge und Hintergründe meiner künftigen Arbeit verstehen können? – Eine Brise ging über die »Schwabenstein« , und ich dachte: es wird wohl noch andere geben, denen es ebenso wie mir ergehen würde. Bei diesem Gedanken faßte ich wieder Mut... In der Ferne zeichneten sich die ersten Umrisse der Kulisse von Hongkong ab. Hier erhielt ich Weisung, den Rest der Strecke bis Japan zu fliegen. Die Botschaft erwartete mich schneller, als die »Schwabenstein« noch Zeit bis Yokohama benötigen würde.

Tokio – eine Stadt der Gegensätze! Das war mein erster Eindruck, der sich bei meinen Gehversuchen immer wieder bestätigen sollte: Enge, winklige Gassen und darüber kühne Konstruktionen gerade im Bau befindlicher Hochstraßen, kleine Holzhäuser mit Schiebetüren und Fenstern aus traditionellem Reispapier, dazwischen ein kleiner Fischladen wie vor hundert Jahren und um die Ecke: Wolkenkratzer mit Marmorfassaden, ein ultramodernes Warenhaus, das in New York oder Düsseldorf sein könnte. Auf der berühmten Ginza: Japanerinnen im traditionellen Kimono neben anderen im westlichen Mini-Look. Unweit vom westlichen Revue-Theater Nichigeki ist das klassische Kabuki-Theater auf Monate ausverkauft, obwohl kaum noch jemand seine altjapanische Sprache versteht – wer würde sich bei uns in ein mittelhochdeutsches Theater drängen? Eine Trauung im Shinto-Ritus im Meiji Schrein, die Braut im Kimono, der Bräutigam im westlichen Cut, der Empfang danach in einem der neuen westlichen Hotels. Und zu alledem: ungezählte Baustellen, Stahlgerüste, Kräne, Bagger, Bulldozer, zig-tausende Arbeiter, Tag und Nacht am Werk, um Hochstraßen, U-Bahnen, Hotels und Stadien zu bauen. Am 10. Oktober 1964 sollten in Tokio die XVIII. Olympischen Spiele beginnen.

Zweimal in einem Vierteljahrhundert war Tokio dem Erdboden gleich: 1923 nach dem schweren Erdbeben und 1945 am Ende des Krieges, den kaum eine Million der Stadtbevölkerung überlebte. Zwanzig Jahre später waren es elf Millionen Menschen und 90.000 Fabriken, die sich im Gebiet der größten Stadt der Welt kunterbunt zusammenballten!

Stadt und Land rüsteten sich, der Welt japanische friedliche Leistungskraft vorzustellen. Japans Ansehen im Ausland hatte durch seinen Angriffskrieg und in den Jahren danach am Weltmarkt unter dem Makel industriellen Nachbaus und der Unterbietung durch Dumpingpreise gelitten. Jetzt war die Welt geladen, in Tokio mit eigenen Augen ein neues Japan zu sehen. Erst sollte die Weltbank-Tagung und dann die Olympiade stattfinden. Beide Ereignisse sollten Japan ein »comeback« in die Weltgemeinschaft erleichtern.

In der Botschaft wurde ich freundlich, aber geschäftsmäßig empfangen. Niemand ahnte, wie unsicher ich mich innerlich fühlte, weil mir alles so fremd und unverständlich war. Etwas Hoffnung faßte ich, als mir Mori-san, mein künftiger Übersetzer, vorgestellt wurde. Der würde mir helfen, den würde ich alles fragen können, dachte ich, während mich Mori-san vertrauensvoll anlächelte. (Das an den Namen angehängte »san« entspricht unserer Anrede »Herr« oder »Frau«) Eine schon dreißig Jahre in Japan lebende Deutsche, die bei der Botschaft als Ortskraft tätig war, meinte, ich möge nie vergessen, daß Mori-san trotz seiner guten deutschen Sprachkenntnisse japanisch denke und empfinde.

Meine erste Aufgabe in der Botschaft war, den Pressereferenten während seines Heimaturlaubs zu vertreten. Zum Glück hatten die wichtigen japanischen Zeitungen englischsprachige Ausgaben, die mir halfen, den Pressevortrag in der Morgenbesprechung zu bewältigen. Für eigene Kommentare oder Berichte nach Bonn fehlten mir die Hintergrundkenntnisse.

Botschafter Dittmann, ein großgewachsener Westfale, 60 Jahre, seit 1929 im Auswärtigen Dienst und seit 1962 in Tokio, schien mit mir nicht zufrieden zu sein. Vier

Wochen nach meinem Arbeitsbeginn kam er in mein Büro und fragte mit Ungeduld, was mit mir los sei: » Schon einen Monat hier, und ich habe noch keinen einzigen Berichtsentwurf von Ihnen gesehen. Was denken Sie sich eigentlich?« Höflich, aber bestimmt erwiderte ich, berichten und bewerten könne ich nur, was ich kenne und verstehe. Nach vier Wochen sei Japan für mich immer noch ein Buch mit sieben Siegeln. Ich bat um Verständnis und Geduld.

In der Lage eines Greenhorns war ich nicht allein. Ich begegnete anderen Neulingen in Tokio: meiner Kollegin in der Botschaft, Eleonore Linsmayer, dem Korrespondenten der »Frankfurter Allgemeinen Zeitung«, Stadlmann, den Vertretern der Deutschen Lufthansa, von Goetz und Kaufmann, und den mit baltischem Humor stets positiven von Uexkülls, die um die gleiche Zeit nach Tokio gekommen waren. – Jeder von uns hatte die gleichen Schwierigkeiten des Zurechtfindens, der Verständigung und des Verstehens und machte dabei ähnliche Erfahrungen: bei der Wohnungssuche, mit dem Hausmeister, der Putzhilfe, beim Einkaufen... Die Japaner waren freundlich und lächelten, aber sie konnten kein, oder nur ein fragmentarisches »japanisches« Englisch, und wir kein Japanisch; unsere wenigen Brocken mit Gesten und Deuten verwirrte sie zudem, aber es war für sie auch schwierig zuzugeben, daß sie nicht verstanden, was wir wollten. Und so kam es immer wieder zu Mißverständnissen und Enttäuschungen wie dieser: Da es in der Millionenstadt keine Straßennamen, sondern nur Bezirke gab, pflegten Gastgeber der Einladung eine Wegbeschreibung beizufügen. Mein Taxifahrer hatte sie angesehen, meines Erachtens verstanden und war losgefahren. Er fuhr und fuhr und fuhr, wurde schließlich langsamer und kratzte sich verlegen am Kopf; ich konnte ihm nach über einer Stunde gerade noch bedeuten, daß ich zu meiner kleinen Wohnung nach Azabu Minato-Ku zurück wollte. Die Gastgeber hatten Verständnis für mein Nichtkommen, so etwas passierte Anfängern in Tokio immer wieder. Wir Neulinge tauschten unsere Pannen aus, lernten voneinander fürs nächste Mal und begannen langsam, uns weniger zu ärgern, schrittweise mehr Bescheid zu gewinnen und uns wenigstens zu orientieren.

Wie würde es bei der Olympiade werden und wie den vielen Ausländern ergehen, fragten sich Stadlmann und ich, wenn wir sonntags zu einem Spaziergang im Meiji Park zusammenkamen und über vieles rätselten: Um 73% war das japanische Bruttosozialprodukt in vier Jahren gewachsen; 1964 sollte Japan die deutsche Stahlproduktion überholen und einer der Weltspitzenproduzenten von Textilien, Chemikalien, Pharmazeutika, Kunststoffen, Papier, feinmechanischen Produkten wie Uhren und Kameras sein. »Japan startet Trägerrakete« – »Japan baut größte Schiffe, kleinste Transistoren, hat den schnellsten Zug der Welt« – »Japan Airlines eröffnet Weltrundflug«, waren Überschriften europäischer Zeitungsmeldungen. Um 1900 hatte Japan 75% seiner Schiffe im Ausland bestellt; 1964 wurde die Hälfte der gesamten Welt-Neubautonnage von japanischen Werften gebaut. Am Kriegsende 1945 zerstört und psychologisch geschlagen, hatte sich Japan in zwanzig Jahren zu einem der führenden Industrieländer und Konkurrenten westlicher Industriestaaten entwickelt.

Zwei Fragenkreise beschäftigten Stadlmann und mich: wie konnten Altes und Neues, wie wir es jeden Tag in

Tokio erlebten, miteinander existieren, und wie war es möglich gewesen, daß bei diesen offensichtlichen Widersprüchen die Wirtschaft Japans so erfolgreich gewachsen war? Einleuchtende Erklärungen hatte der deutsche Japanologe und Jesuit, Professor Roggendorf.

Tradition und Fortschritt: Kein Widerspruch

Pater Joseph Roggendorf S.J. war Rheinländer und 1938 als Professor der Sophia Universität in Tokio nach Japan gekommen. Er hatte Japans expansive Politik in Asien, Krieg und Niederlage sowie den Wiederaufbau miterlebt. Perfekte japanische Sprachkenntnisse hatten ihn über Jahre dem Verständnis japanischer Mentalität so nahe gebracht, wie es einem Ausländer überhaupt möglich sein dürfte. Dabei hatte er sich seine Zuneigung zu Deutschland und ein objektives Urteilsvermögen bewahrt.

Eines Tages hatte ich ihm von der Ungeduld des Botschafters mit mir erzählt und wurde versöhnt: Ich möge mir Zeit nehmen und mit mir und den Japanern Geduld haben, meinte er. Deutsche Eilfertigkeit und Zeitdruck führten in Japan zu keinen guten Ergebnissen. Japaner benötigten viel Zeit für ihre eigenen Überlegungen und noch viel mehr, um Vertrauen zu einem Ausländer zu fassen. Und dafür sei atmosphärisch das »Kimochi« eine ganz wichtige Grundregel: Dem anderen mit Höflichkeit und Respekt begegnen, sich um eine ausgewogene Stimmungslage bemühen, bei Konflikten Lösungen ohne Gesichtsverlust, Kompromisse im Konsens anstreben und keine hintersinnigen Unklarheiten zum Grübeln hinterlassen.

Pater Roggendorf war ein frommer, kluger und dem Leben aufgeschlossener Mann, dem Stadlmann und ich immer wieder gern zuhörten. Wir drei trafen uns häufig. Einmal saßen wir im alten Imperial Hotel zusammen. Hier hatte die Lufthansa mit ihrem Chefkoch Dittler und der Botschaft erstmals nach dem Kriege in Tokio eine Werbeveranstaltung für »Deutsche Küche« organisiert. Es war für mich schwierig gewesen, von der Regierung die notwendigen Lizenzen für die Einfuhr deutscher Lebensmittel zu erlangen. – Pater Roggendorf bestellte Rheinischen Sauerbraten, den er seit 1938, über 25 Jahre, nicht mehr bekommen hatte. – Wir fragten ihn nach dem Nebeneinander von Tradition und Fortschritt, das in Japan so auffällig und uns bisher unverständlich geblieben war. Der Professor sagte:

»Eine konservative Minderheit wollte Japan nach dem Krieg am liebsten wieder gegen die Außenwelt abschotten, so wie es vor der ersten Öffnung der Meiji-Reformen vor hundert Jahren gewesen war. Man wollte sich wieder ganz den alten Werten und Traditionen zuwenden. Schließlich hatte die Öffnung Japans zu expansiver Politik, Niederlage und Schmach geführt.

Eine Mehrheit erkannte jedoch das nationale Interesse des Wiederaufbaus, für den das rohstoffarme Japan Auslandsmärkte benötigte.

Aus den beiden Strömungen kam es schließlich zu einer doppelgleisigen Wirtschaftspolitik:

Liberalisierung nach außen, um für japanische Produkte Absatzmärkte zu gewinnen; gleichzeitig Abschirmung gegen Produkte und Investitionen des Auslands, die dem Aufbau und der Entwicklung der japanischen Industrie nicht nutzen und ihrer Wettbewerbsfähigkeit schaden würden.

Nach 1945 war kurzfristig erwogen worden, die für Ausländer schwierigen japanischen Schriftzeichen durch lateinische zu ersetzen, um den wissenschaftlichen Austausch mit dem Ausland zu erleichtern. Der Gedanke wurde bald wieder verworfen. Das Schutzbedürfnis der insularen Mentalität war stärker; die »gaijins«, die Fremden, sollten es nicht so leicht haben und allem in Japan nachgehen, jedem in die Karten schauen können.

Erhaltenswert und schutzwürdig war auch das patriarchalische Treueverhältnis zwischen Arbeitgeber und -nehmer, das schon fast mit dem Beamtenstand zu vergleichen ist: der Arbeiter gibt sein Bestes, und der Unternehmer sichert seine Lebensstellung und Versorgung, die im übrigen traditionell zu einem hohen Anteil durch Sachleistungen der Firma erfolgt. Lohn in Naturalien ist für die Firma kostengünstiger als entsprechend höhere Barlöhne, die Arbeiter in die Lage versetzen würden, Bedürfnisse individuell selbst zu decken. Dieses Lohnsystem entspricht ganz der traditionellen Mentalität kollektiven Gruppengefühls – gemeinsamer Firmenurlaub verbindet! Und ein weiteres Relikt, das nationale Momentum, das weiter gepflegt wird: Was du tust, tust du für Japan.

Das Phänomen zweier Welten, von Tradition und industriellem Fortschritt, ist kein Widerspruch, vielmehr erklärt die Verbindung von Altem und Neuem den japanischen Wirtschaftserfolg der Nachkriegszeit.

Irgendwie braucht der Japaner auch beides. Sein Ehrgeiz treibt ihn zu Höchstleistungen in Technik und Fortschritt. Die Seele aber braucht Halt und sucht neue Kraft im Altvertrauten. Und so ist das Leben eines Bankdirektors: früh und den ganzen Tag schuftet er im westlichen Maßanzug in seinem modernen westlichen Büro; abends tut er nichts lieber, als im Yukata und mit seinen hölzernen Getas ins Ofuro der Nachbarschaft zu schlurfen, um sich mit seinen Freunden im heißen Bad neue Kraft für den nächsten Tag zu holen.

Wie lange das alles so bleiben wird, muß man abwarten. Wahrscheinlich wird die nachwachsende junge japanische Generation eines Tages mehr als bisher nach dem Kriege den so ganz anderen westlichen Lebensweisen begegnen... da kann sich auch für Japan vieles ändern...«,

hatte Pater Roggendorf damals – vor dreißig Jahren – seine Ausführungen beendet, die ich festgehalten habe.

Wir drei hatten an jenem Abend noch einen kurzen Streifzug durch das Nachtleben der Nachbarschaft des Imperial Hotel gemacht und uns dann verabschiedet. Ich war in das stille Azabu zurückgefahren. Es war gegen Mitternacht, und durch die schmale Gasse um die Ecke meiner Wohnung ging ein alter Mann mit einer Holzklapper, wie sie Karfreitag in katholischen Kirchen benutzt wird. Nach alter Tradition gemahnte der Nachtwächter die Anwohner, ihre Feuer zu löschen, während nicht weit davon der Baulärm des aufstrebenden modernen Japan rund um die Uhr weiter wogte.

»Nie wird ein japanisches Auto einen VW überholen«

Als ich vom Pressereferat in die Wirtschaftsabteilung der Botschaft wechselte, erhielt ich einen interessanten Auftrag. Der Gesandte Boss meinte, es sei immer wieder, aber allzu generell, die Rede von traditioneller Freundschaft beider Völker. Das gelte zwar grundsätzlich, sei aber mehr auf lange zurückliegende Vergangenheit und vor allem auf kulturelle Gebiete bezogen. Vor hundert Jahren hatte Deutschland im Zuge der Öffnung Japans mit den Meiji-Reformen vieles zur Entwicklung des japanischen Rechtswesens, der Medizin und anderer Wissenschaften beigetragen. Die Werke der klassischen deutschen Philosophie und Dichter waren übersetzt und zum Gemeingut japanischer Studenten geworden. Übersetzungen moderner deutscher Schriftsteller fand ich als Bestseller in Tokioter Buchläden. »Aber die Wirtschaftsbeziehungen 20 Jahre nach Kriegsende, wie steht es um sie? Es wäre nützlich und an der Zeit, einmal eine Bestandsaufnahme zu machen, mit Perspektiven für die Zukunft«, sagte der Gesandte. Ich ging an die Arbeit und war für einige Zeit von den laufenden Tagesaufgaben befreit. – Japan hatte am deutschen Markt Fuß gefaßt und im Handel beachtliche Exportüberschüsse. Unsere liberale Marktwirtschaft machte es japanischen Firmen leicht, Niederlassungen in Düsseldorf und anderen deutschen Städten zu gründen.

Dagegen hatte es die deutsche Exportwirtschaft in Japan schwer. Sie begegnete dem japanischen Schutzbedürfnis, Schwierigkeiten mit der Bürokratie und zahlreichen Handelshemmnissen. Allein die Aufenthaltsgenehmigung für einen deutschen Firmenvertreter zu erlangen, war viele Jahre ein Problem. Ich hatte bei den Importen für die Lufthansa-Werbewoche erlebt, wie schwierig es gewesen war, dafür eine Lizenz zu erwirken. Die deutsche Wirtschaft war nicht nur über diese Hemmnisse verärgert, sie beklagte auch japanische Praktiken der Nachahmung durch Patentverletzungen, die es in den Nachkriegsjahren gegeben hatte. Aus dieser kritischen Grundstimmung hatte sich bei deutschen Unternehmern und Wirtschaftsverbänden eine Abwehrhaltung gegenüber Japan entwickelt. Da man nicht so recht weiterkam, erschienen weitere Bemühungen nur als Verschwendung von Zeit und Kosten. Zudem war die deutsche Wirtschaft fest davon überzeugt, daß ihre Überlegenheit in Technik und Fortschritt immer gelten und ihr gegenüber Japan einen Vorsprung sichern würde, so lästig auch die japanische Konkurrenz bereits am Weltmarkt geworden war.

Im »Gaimusho«, dem japanischen Außenministerium, war als neuer Referatsleiter für Europa Ryohei Murata mein Gesprächspartner geworden. Er hatte Anfang der fünfziger Jahre in Freiburg i.Br. studiert, war in Bonn und Wien auf Posten gewesen, sprach fließend Deutsch und war deutscher Mentalität ähnlich nahe gekommen wie Professor Roggendorf der japanischen. Mit diesen Voraussetzungen und Erfahrungen hatte ich in Murata-san einen ungewöhnlichen, aufgeschlossenen Japaner als Partner für meine Aufgabe. Wir wurden Freunde. Wir waren uns in der Problematik und im Ziel einig: Die Friktionen im deutsch-japanischen Wirtschaftsverhältnis müßten durch Zusammenarbeit in Partnerschaft überwunden werden. Die Förderung der deutsch-japanischen

Beziehungen sollte Ryohei Murata zeitlebens ein Anliegen bleiben, später als Planungschef, als Vizeaußenminister, und am Ende seiner Laufbahn als Botschafter in Bonn. – Für meine Recherchen half Ryohei Türen zu öffnen. Mit Mori-san als Dolmetscher besuchte ich Unternehmen, Fabriken, Werften, Verbände, Gewerkschaften und Märkte. Ich besichtigte die Anlagen und diskutierte mit Direktoren wie Arbeitern, mit Professoren wie Studenten. Ich sammelte Fakten sowie Eindrücke durch Augenschein und Meinungen. Die Ergebnisse verarbeitete ich am Ende mit Statistiken zu der gewünschten Bestandsaufnahme, wobei ich die für uns besonders interessanten und wichtigen japanischen Wachstumsbranchen herausstellte. Der Bericht beschrieb den Umbruch der japanischen Industrie: die Umstrukturierung von lohnintensiven Billigerzeugnissen der einfachen Konsumindustrie hin zu Investitionsgütern und Hochtechnik, den innovativen japanischen Trend zur Mikroelektronik, die Pionierrolle der Lasertechnik..., eine Eigendynamik, die nicht mehr wie anfangs nach dem Krieg auf Nachahmung baute.

Es schien geraten und an der Zeit, sich mit dieser japanischen Entwicklung näher zu befassen, einen konstruktiven Dialog zu suchen und über die Perspektiven der Zukunft partnerschaftlich ins Gespräch zu kommen. Der Zeitpunkt sei günstig, noch sei die deutsche Industrie insgesamt im Vorsprung und hätte bei einem Dialog eine vorteilhafte Position, bemerkte ich und gab Anregungen. Ich schlug vor, eine hochrangige Delegation des »Bundesverbandes der Deutschen Industrie« (BDI) solle nach Japan kommen und mit dem analogen japanischen Verband »Keidanren« Gespräche führen. Dafür sei Zeit und

Muße nötig. Ich erwähnte Besonderheiten japanischer Mentalität und Geschäftsusancen. Mit einer deutschen Industrieausstellung sollten wir auf Japan zugehen. Technische und wissenschaftliche Zusammenarbeit könnte durch Symposien, Leistungsschauen, Austausch von Wissenschaftlern, Studenten und Praktikanten erschlossen und belebt werden, und anderes mehr.

Als ich Botschafter Dittmann den umfangreichen Bericht vorlegte, war er zufrieden. Das Echo der deutschen Wirtschaftsverbände und führenden Unternehmen hat ihn dann jedoch enttäuscht: für eine Industrieausstellung in Japan sei es viel zu früh, hieß es. Sie fand erst zwanzig Jahre später statt, als Japans Industrie und Forschung sich bereits der Zusammenarbeit mit den USA zugewandt hatten! Beim BDI bestand kein Interesse an einem hochrangigen Delegationsbesuch bei Keidanren. Da der Botschafter aber mit weiteren Briefen drängte, teilte der damalige BDI-Präsident, Matratzenfabrikant Berg, folgendes mit: Eine große Delegation von 49 Spitzenvertretern der deutschen Industrie werde nach USA reisen; eine kleine Gruppe würde über Tokio fliegen. Ankunft Donnerstag abend, Weiterflug Samstag. Ich sagte zum Botschafter, eine derartige Stipvisite im Transit würde nichts bringen und die Japaner verstimmen. So kam es: Keidanren reagierte verstört und es sollten Jahre vergehen, ehe BDI und der japanische Unternehmerverband Gespräche aufnahmen. – Zeitdruck und unzureichende Bereitschaft, sich auf japanische Geschäftsusancen einzustellen, damals und bis in die 90er Jahre: »Herald Tribune« hatte bissig über eine sich anbahnende umfassende Zusammenarbeit zwischen Mitsubishi und dem Konzern Daimler-Benz als »Wiedergeburt einer deutsch-japanischen

Achse« berichtet. Die Vereinbarung kam nicht zustande, weil Edzard Reuter unter Zeitdruck war. Die japanische Seite zog sich zurück.

Es gibt andere Beispiele, wo deutsche Unternehmer trotz ungünstiger Rahmenbedingungen mit Ausdauer und Einfühlung seit Jahrzehnten in Japan erfolgreich sind. Die Elektrofirma Braun gehört dazu wie Triumph. Als Herr Spiesshofer 1965 in Tokio die Chancen einer Miederwarenproduktion sondierte, wies ich auf die von der Natur bedingte, offensichtlich geringe Bedarfslage der Japanerinnen hin. Herr Spiesshofer dachte anders und meinte, wenn mit dem Produkt erst einmal die Form gegeben sei, würden Inhalt und Nachfrage schon wachsen! Herr Spiesshofer hat Recht behalten: Triumph hat nicht nur in Japan, sondern später auch in ganz Südostasien erfolgreich Fuß gefaßt.

Als Staatssekretär Wolfram Langer, der Japan kannte, wieder einmal nach Tokio kam, sagte er: »Junger Mann, Sie haben in Deutschland nur einen Freund, mich; ich teile die Sorgen und Gedanken Ihres Berichts voll und ganz. Aber für die deutsche Wirtschaft und die Verbände kam er zu früh und hat nur Ärger und Ablehnung ausgelöst. Ich war dabei, als der Bericht bei VW vom Vorstand erörtert wurde. Generaldirektor Nordhoff war rot vor Zorn und nahe einem Herzanfall. ›Nie werden japanische Autos einen Volkswagen überholen‹, hatte er ausgerufen und den Bericht vom Tisch gefegt«.

»... ich werde für Japan sterben..«

Von Japans Wirtschaftsaufschwung und Expansion waren die Zeitungen in Tokio voll. Kein Wort jedoch, auch nicht in Gesprächen, über die Vergangenheit. Dieses Thema schien tabu zu sein. Nach dem schmachvollen Ende des Krieges hatte es einen Kriegsverbrecherprozeß gegeben, sieben Hauptschuldige waren hingerichtet worden. Seither lag über Krieg und Vergangenheit der Mantel des Schweigens. Wirklich ganz? Ich hatte vom nationalen Heiligtum des Yasukuni-Schreins erfahren. Er war nach 1945 für die Bevölkerung geschlossen und erst jetzt, zwanzig Jahre danach, wieder geöffnet worden. Im Yasukuni-Schrein hatten sich japanische Feldherren und einfache Soldaten Segen geholt, ehe sie an die Fronten zum Kampf in Südostasien und im Pazifik gezogen waren. Ich war neugierig.

Bei einer modernen Kunstausstellung hatte ich Yasuko-san kennengelernt. Sie war 23 Jahre und Tochter eines Abteilungsleiters im MITI, dem japanischen Wirtschaftsministerium. Sie hatte in New York studiert und sprach fließend Englisch. Irgendwie waren wir auf den Schrein zu sprechen gekommen, den auch Yasuko-san noch nicht kannte. Nächsten Sonntag wollten wir zusammen dorthin gehen. Dafür mußte aber zuvor noch, nach guter alter Sitte, durch Mori-san die Zustimmung des Vaters eingeholt werden.

Auf dem Weg zum Schrein fragte ich Yasuko-san, ob unser Besuch in ihren Augen einem »Heiligtum« gelte oder ...? Kurz meinte sie: »Meine Generation steht über den Dingen der Vergangenheit, ich denke, wir gehen eher in ein Museum.« Am Parkplatz warnte ein Schild, das Yasuko-san übersetzte: » Nur für Japaner, kein Zutritt für Ausländer!« Als Yasuko-san dem wachhabenden Shinto-Priester versicherte, daß ich Deutscher und kein Amerikaner sei, bekamen wir beide Zutritt. Auf dem Parkplatz standen Omnibusse aus allen Teilen Japans. Im Tempelvorhof in Weiß gekleidete ältere Frauen, Witwen und Mütter von Kriegstoten. Ein Shinto-Priester im vollen Ornat mit Lackhelm schwenkte ein Büschel über die Pilger, das er immer wieder in einem Brunnen tränkte. Im Inneren des Schreins befand sich das reichverzierte Sonnensymbol, davor Opfergaben, Reis und Wein. – Die Pilger klatschen, der Priester spricht: »Die Toten, Eure Männer, Väter und Söhne werden es Euch danken, daß Ihr gekommen seid. Sie sind für eine große Sache, für Japan gestorben. Vergeßt sie nie und haltet sie in Ehren!«

Wir gingen in das Museum des Schreins: ein lebensgroßes Bild des Tenno auf gerüstetem Schimmel, der Kaiser als Feldherr, der Hirohito im Grunde selbst niemals gewesen war. Dann Relikte, wie sie überall auf der Welt in Kriegsmuseen zu finden sind: Waffen, Uniformen, Fahnen und dann noch etwas Besonderes: Abschiedsbriefe. Ich bat Yasuko-san, mir einen zu übersetzen: Ein 15-jähriger Japaner hatte seinen Eltern geschrieben, ehe er sich als Kamikaze mit einer Einwegrakete auf ein amerikanisches Schiff im Pazifik stürzen wollte: »Ich freue mich, hochverehrter Vater, hochverehrte Mutter, diesen Brief schreiben zu können. Es ist eine große Stunde meines Lebens. In wenigen Minuten werde ich das Beste tun, was meinem Leben beschieden sein könnte. Ich werde für Japan sterben. Ich habe keine Furcht. Im Gegenteil, ich bin glücklich, daß mir dieses Los beschieden ist. Lebt wohl. Sayonara!« Yasukos ohnehin verhaltene Stimme war am Ende noch leiser geworden, und sie fuhr sich mit einem Taschentuch über die Augen.

Pünktlich um 18 Uhr mußten wir beim Haus ihrer Eltern sein, ihr Vater hatte es so gewollt. Beim Abschied sagte Yasuko-san: »Vorhin das, wirklich, glaube mir, das war nur, weil ich eine Frau, eine Japanerin bin. Im Grunde finde ich es so traurig wie sinnlos, daß so viele Japaner für einen Krieg gestorben sind. Ich bin sicher, das wird nie wieder vorkommen.«

Zwei Jahre hatte ich keinen Urlaub mehr nehmen können. Ich beschloß, Länder der näheren und weiteren Umgebung Japans im südostasiatisch-pazifischen Raum zu besuchen. Ich war Tourist und hatte für acht Wochen viele Ziele: Taiwan, Hongkong, Saigon, Kambodscha, Thailand, Malaysia, Indonesien, Australien, Neuseeland, Neukaledonien, Fiji, Samoa, Tahiti und Hawaii.

Ich kam in Länder und auf Inseln der südostasiatisch-pazifischen Region, auf die sich der japanisch-amerikanische Krieg ausgeweitet hatte. Japan hatte ihn 1941 mit dem Überfall der amerikanischen Flotte in Pearl Harbour ausgelöst. Rivalisierende Wirtschaftsinteressen der USA und Japans waren der Anlaß gewesen und hatten die gesamte riesige Region in folgenschwere Mitleidenschaft gezogen. – Wenn ich auf dieser Reise sagte, daß ich aus Tokio kam, spürte ich Vorbehalte. Noch heute, fünfzig Jahre nach Kriegsende, bestehen in der Region noch immer Ressentiments gegenüber Japan. Sie gründen auf Kriegserinnerungen und bekommen neue Nahrung: während zwar derzeit die friedliche wirtschaftliche Zusammenarbeit der Region floriert, kündigt sich neue

Spannung an: das rivalisierende Ringen von China und Japan um den regionalen Führungsanspruch. Die Nachbarn beider benötigen Japan und China als Wirtschaftspartner – und fürchten zugleich hegemoniale Absichten einer jeden der beiden Mächte.

Es war ein großes Glück, daß ich vor dreißig Jahren Länder, Städte und Inseln der südostasiatisch-pazifischen Region noch als individuell Reisender erleben konnte, ehe der organisierte Massentourismus jene Gebiete überrollen und manches Ursprüngliche verdrängen sollte. In Bali gab es noch kein Hotel mit westlicher Dusche – ich schöpfte mit traditioneller Holzkelle aus einem Bottich. 3000 Touristen hatte Bali damals jährlich, inzwischen sind es Millionen geworden. Unvergessen die Nacht beim holländischen Maler Han Snell in Ubod, dessen zierliche Frau und ihre Schwestern zwei Freunden und mir ein Fest gaben und uns bis in die frühen Morgenstunden mit Tänzen und balinesischer Musik in eine schwerelose Traumwelt zauberten...

Auf Westsamoa, das von 1899 bis 1914 deutsche Kolonie gewesen war, hatte mich Aggie Grey schon erwartet. Eine aus ihrer Familie benötigte einen Arzt. Mein Visum war von Tokio telegrafisch für »Dr.« Peter Scholz beantragt worden. Ich begriff das Mißverständnis, traute mich aber nicht, Aggie Grey zu enttäuschen. Die Kranke hatte einen bösen Furunkel. Damit hatte ich als Kind Erfahrungen gemacht und erinnerte mich, was zu tun sei. Ich sterilisierte eine Rasierklinge in einer Kerzenflamme, bat zwei, die Kranke gut festzuhalten, und öffnete das Geschwür. Zwei Tage später war die Arme auf dem Weg der Besserung. Aggie Grey lehnte es ab, daß ich mein Zimmer bezahlte.

Nach acht Wochen mit solchen Erlebnissen und mit vielen Erinnerungen war ich auf dem Rückflug nach Tokio. Noch einmal dachte ich an die besonderen Stationen, wo ich gewesen war, an das kriegsnervöse und dennoch quirlige Saigon, an den Kontrast zur benachbarten Hauptstadt Kambodschas, Phnom Penh, die damals als die schönste und gepflegteste Stadt in Südostasien galt. Angkor Vat, die alte Königs- und Tempelstadt aus der Hochblüte von Macht und Kunst des ehemaligen Khmerreiches, hatte es mir angetan: die von riesigen Wurzeln umschlungenen Ruinen, die Reliefs der Sandsteinmauern und die Apsaras, die grazilen Tempeltänzerinnen. In Angkor hätte ich lange verweilen können, und ich dachte, da möchte ich noch einmal hin.

Der Letzte der Wilhelmstraße

Botschafter Dittmann war seit längerem von schwerer Krankheit gezeichnet. Ohne Rücksicht darauf erfüllte er seine Pflichten, die für ihn in der Zeit der Olympiade mit der Betreuung vieler deutscher Gäste besonders anstrengend waren. An einem Nachmittag hatte er die deutschen Olympioniken, die Sportler und den Troß, einige hundert Gäste, in sein Haus eingeladen. Wie stets bei solchen Empfängen halfen wir Mitarbeiter, die Gäste zu betreuen. Als schließlich alle gegangen waren, bat mich der Botschafter, seinem japanischen Personal bei der Auflistung der verbrauchten Getränke für die Abrechnung mit dem

AA zu helfen. Da, wie ein Blitz aus heiterem Himmel, kamen vier der deutschen Gäste mit zwei Waschkörben zurück, riefen dem versteinerten kranken alten Herrn zu: »Ganz ruhig bleiben, ist alles von unseren Steuergeldern bezahlt,« räumten den Bartisch und verschwanden wie ein böser Spuk. Wir waren fassungslos, aber am peinlichsten schienen die japanischen Angestellten berührt zu sein. »Das sind die neuen deutschen Botschafter, neue Zeiten«, meinte der müde, erschütterte Botschafter resigniert und zog sich zurück.

Etwa ein Jahr später, im Sommer 1965, beendete Botschafter Dittmann die Morgenbesprechung mit seiner unerwarteten Verabschiedung. Er werde abends mit Lufthansa nach Deutschland fliegen, das sei plötzlich notwendig geworden. Er habe noch vieles zu erledigen und bitte um Verständnis, wenn er sich hiermit von allen gemeinsam und nur kurz verabschiede. Der Botschafter dankte allen für gute Zusammenarbeit, und beim Hinausgehen aus dem Konferenzraum zupfte er mich am Ärmel und meinte: »Sie möchte ich aber doch noch kurz sprechen, kommen Sie!«

In seinem Büro meinte er, sichtbar geschwächt: »In den ersten Wochen hatte ich meine Zweifel, aber dann haben wir gut zusammengearbeitet. Ich habe Ihre Arbeit schätzen gelernt. Dafür wollte ich Ihnen noch einmal danken. Machen Sie weiter so. Alles Gute.« Dann wurden die Augen dieses knorrigen Westfalen feucht, während er mich noch zur Tür geleitete. Nie hatte ich solche Regungen bei ihm vermutet.

Abends begleitete ich, als Personalrat in Vertretung aller Mitarbeiter, den Botschafter als einziger zum Flughafen und bis in die Maschine der Lufthansa. Wir haben ihm Blumen in die Klinik nach München geschickt, für die er mir wenige Tage vor seinem Tode mit gestochener Handschrift und herzlichen Worten dankte. Dann kam die Nachricht von seinem Ableben.

In einer Trauerstunde sagte der Gesandte Walter Boss: »Die Welt, in der Herbert Dittmann lebte, war festgefügt, und festgefügt in bewundernswert tiefen, sittlichen und moralischen Gesetzen war auch seine Persönlichkeit, die diese Welt ausfüllte. Nie kam ein Wort der Klage über seine Lippen. Mir scheint, das Ordnungsprinzip seines Lebens sei ganz einfach die tiefe Liebe zu seinem Volk, zu Deutschland gewesen. Dieses Prinzip, das er in die Tat umsetzte durch eine nimmer erlahmende Schaffenskraft und ein beispielhaftes Pflichtbewußtsein, ist der Schlüssel zu dem Menschen Herbert Dittmann, der den Sinn seines Lebens in der Arbeit, ja im selbstverständlichen Opfer und in der Aufopferung für sein Land, für dich und mich gesucht und gefunden hat. Damit hat er sich selbst erhöht und ist für uns ein Beispiel und Vorbild geworden, dem wir dankbar folgen sollten«.

Für mich war der Verstorbene der letzte Botschafter der »Berliner Wilhelmstraße« aus der Weimarer Zeit, dem ich begegnen sollte und von dem ich gelernt habe. Er war eine ganz andere Persönlichkeit als von Etzdorf – das alte Auswärtige Amt war nicht nur aus »einem Holz« geschnitzt gewesen. – In Japan lebt das Gedenken an Botschafter Dittmann fort. Da er mit seiner Frau kinderlos war, ist die Hinterlassenschaft der »Herbert Dittmann Stiftung« zugeflossen, die sich alter und bedürftiger, in Japan lebender Deutscher annimmt.

Tempelrelief: Angkor Vat (Foto: Höbel)

Kambodscha

bei den Apsaras

Unverhofft erhielt ich in Tokio vom AA eine Weisung, mit der ich kurzfristig für vier Monate nach Kambodscha abgeordnet wurde. Ich sollte den Leiter unserer Vertretung in Phnom Penh, Herrn Berendonck, während seines Heimaturlaubs vertreten.

Von heute auf morgen würde ich aus dem industriell pulsierenden Japan, wo Wirtschaftspolitik und -expansion alles und von Außenpolitik wenig zu spüren war, in eines der ärmsten, unterentwickelten Länder Asiens kommen, dessen Existenz geradezu vital von seiner Außenpolitik abzuhängen schien. Kambodscha lag im Schatten des Vietnamkrieges. Trotz Bemühens um Neutralität war das Land in den Strudel des Ringens der Großmächte um regionalen Einfluß geraten. Prinz Sihanouk tat alles, um sein Land aus den kriegerischen Auseinandersetzungen herauszuhalten. Mit einer »neutralen Schaukelpolitik« war er bemüht, sich den Wechsellagen anzupassen und im Konflikt zwischen den USA, China und der Sowjetunion untereinander, so gut es ging, »Äquidistanz« zu halten. – Diese ohnehin fragile Situation hatte Sihanouk nicht zusätzlich mit Fragen des geteilten Deutschland komplizieren wollen – es gab lange Zeit keinerlei deutsche Vertretung in Phnom Penh. – Irgendwann aber hatte Sihanouk sowjetischem Druck nachgegeben und der Einrichtung eines DDR-Generalkonsulats in Phnom Penh zugestimmt. Bonn hatte Sorge, daß sich daraus eine diplomatische Aufwertung und völkerrechtliche Anerkennung der DDR ergeben könnte.

Bisher hatte unsere Nichtanerkennungspolitik der Hallstein-Doktrin in den Staaten der Dritten Welt gehalten. Ein Durchbruch, gerade im »neutralen« Kambodscha, sollte vermieden werden, und Bonn bemühte sich um Beziehungen zu Kambodscha. Der Aufnahme voller diplomatischer Beziehungen stand Sihanouks »Politik der Äquidistanz« entgegen. Bonn allerdings beharrte auf einem höheren Status als dem des DDR-Generalkonsulats. Der findige Sihanouk wies den Weg: Wir würden keine Botschaft, nur eine schlichte »Vertretung«, aber diplomatischen Status haben. Damit war uns politisch und protokollarisch Genüge getan.

Bei der Übergabe der »Geschäfte« betonte Herr Berendonck, es sei meine Hauptaufgabe, diese delikate Struktur zu erhalten. Gegenüber dem DDR-Generalkonsul sei deshalb absolute Quarantäne geboten, jeder Handschlag oder freundliche Blick sei zu vermeiden. Solche Zeichen würden in dem kleinen Phnom Penh bemerkt und politisch gedeutet werden. Wie sehr dies zutraf, wie politisch kleine Gesten in Kambodscha gewertet wurden, sollte ich noch erleben. Sihanouk bediente sich ihrer für seine Politik, sie waren Instrumentarium eines kleinen, armen, schwachen Landes.

Die Teilnahme an einem Staatsbegräbnis war nicht nur das erste Erlebnis kambodschanischer Tradition wie aus »Tausend und einer Nacht«, sondern wurde auch die erste Bewährung für meine Mission. Aber zuvor galt es, noch ein technisches Problem zu lösen: Herr Berendonck hatte mir zwar einen seiner, dem offiziellen Anlaß angemessenen, weißen Leinenanzüge hinterlassen, aber keine schwarze Krawatte. Auf dem Basar konnte ich nur einen einzigen schwarzen Schlips auftreiben, allerdings mit einer Stickerei – einer Badenixe unter einer Palme. Da Herr Berendonck ein gutes Stück größer als ich war, reichte seine Hose weit über meine Taille und verdeckte die Dame.

Zwischen Blumenbeeten am Ufer des Tonlé Sap, einem Arm des Mekong, waren die Tribüne für offizielle Gäste und, hundert Meter entfernt, der Sarg unter einem buddhistischen Tempeldach aufgebaut. Langen Reden folgte Trauermusik. Es war brütend heiß, und der Schweiß troff mir von der Stirn und entlang den Waden in die wenig saugfähige Leinenhose. Reverenz dem Toten: Prinz Sihanouk und der Königin Mutter folgten die Botschafter, dann ich als »Geschäftsträger« und nach mir die Konsuln. Wir legten Sandelholz am Sarge nieder. Dann der effektvolle Höhepunkt: Königin Mutter hielt eine Räucherkerze an eine Lunte, die vom Maul durch den Leib eines vor ihrem Thron aufgebauten hölzernen Tigers über gabelartige Stützen zum Sarge führte. Mit lauten Knallen entzündete sich am Ende ein riesiges Feuer, das Sarg und Tempeldach in himmelwärts steigende Rauschschwaden hüllte. Bei der Abfahrt begleitete uns gedämpfte Musik. Mein Dienstwagen hatte sich ordnungsgemäß vor den des DDR-Generalkonsuls plaziert. »Mission accomplie« dachte ich erleichtert und: welch ein Erlebnis und welch großes Zeremoniell. Wir hatten den in Jugoslawien tödlich verunglückten kambodschanischen Botschafter beerdigt!

Wir hatten eine Mini-Vertretung in Phnom Penh. Außer dem Leiter, den ich vertrat, gab es noch zwei deutsche Sachbearbeiter und zwei Sekretärinnen sowie einige sehr liebenswürdige kambodschanische Hilfskräfte. Nie hätte ich mir damals vorstellen können, daß aus einem Volk von Buddhisten mit ihrer sanft anmutenden Mentalität brutale Fanatiker und Massenmörder wie Pol Pot hervorgehen könnten. Im französischen Volksmund hieß es über die Völker Indochinas: »Die agilen und emsigen Vietnamesen pflanzen Reis, die Kambodschaner schauen ihnen dabei gemächlich zu, und die Laoten wundern sich über beide.«

Die Hauptaufgabe der Vertretung war, präsent zu sein. Verglichen mit der Hektik in Tokio ging es in Phnom Penh geradezu geruhsam zu. Der Todesfall einer betagten deutschen Touristin in Angkor Vat war ein Ereignis. Kanzler Maurer begab sich in die alte Tempelstadt, um die Leichenüberführung und Hinterlassenschaft zu regeln. Dabei fand er 14 hartgekochte Frühstückseier, jedes mit Datum und dem Ort des bisherigen Reiseverlaufs beschriftet. Welch eine skurrile Souvenirsammlung!

An einem Dienstag kam telegrafische Weisung aus Bonn: Die Reinschrift eines Vertrages über einen Kredit für den Bau des Bahnhofs Sihanoukville sei bereits unterwegs und werde am Freitag mit Luftbeutel in Phnom Penh eintreffen. Noch zuvor, sofort, möge ich mit dem zuständigen kambodschanischen Minister einen Termin für eine feierliche Unterzeichnung vereinbaren. Der Zeremonie käme politische Bedeutung zu. Der wieder dem Westen zuneigende Kurs Sihanouks solle gestützt werden.

Der Minister war hocherfreut und schlug den nächsten Dienstag für die Unterzeichnung vor. Andere Kabinettskollegen und Persönlichkeiten sowie Pressevertreter würden dabei sein. Am Freitag kam der Vertrag und mit ihm eine mich völlig überraschende Weisung: vor der Unterzeichnung sollte ich einen der Paragraphen des Vertrags

Vertrag über 20 Millionen DM Kredit für den Bau des Bahnhofs Sihanoukville (Foto: privat)

neu verhandeln und eine für uns günstigere Formulierung erreichen. Ich studierte die dicke Akte unserer Registratur und fand, daß gerade über diese Frage mehr als ein Jahr strittig verhandelt und mit Mühe ein Kompromiß erzielt worden war. Jetzt sollte ich dieses Problem erneut aufrollen, und dies unter dem Zeitdruck des Unterzeichnungstermins. Ich suchte Freitag nachmittag den Minister auf und trug ihm mein Problem vor. Der meinte, ich mache wohl einen Scherz und fragte, ob wir seine Regierung unter Druck setzen wollten. Wir hätten uns doch geeinigt.

Es war Freitag abend und in Bonn schon Wochenende. Es gab kein Telex, und die Telefonverbindung über Peking würde Stunden brauchen und abgehört werden. Ich hatte ein schlafloses Wochenende – müßte eigentlich den ersten Vertrag meines Lebens entgegen einer Weisung unterschreiben. Ich hatte keinen deutschen Gesprächspartner in Phnom Penh. Rat fand ich beim britischen Geschäftsträger Leslie Fielding: Ob die Bundesregierung mit dem Kredit ein Geschäft oder Politik machen wolle, stellte er in den Raum und half mir bei meiner Entscheidung. Wie vereinbart, fand die Unterzeichnung ohne Neuverhandlung am Dienstag statt. Ich schickte den unterschriebenen Text, wie üblich, ans AA, ohne auf den Weisungs-Wirrwarr einzugehen. Später erklärte mir die zuständige Referatsleiterin in Bonn, man hätte es noch einmal versuchen wollen, eine für uns günstigere Formulierung zu erreichen.

In Phnom Penh waren überwiegend die kommunistischen und die Staaten der Dritten Welt, nur wenige westliche Länder diplomatisch oder konsularisch vertreten. Ich war auf Rat und Hilfe der westlichen Kollegen angewiesen. Dazu gehörten der Gesandte Charles Malo, Vertreter des französischen Botschafters, der australische Botschafter Noël Deschamps und der britische Geschäftsträger Leslie Fielding. Zwischen Phnom Penh und London hatte es vor einiger Zeit Ärger gegeben, weshalb die jeweiligen Botschafter zurückgerufen worden waren und Leslie Fielding die britische Botschaft als Vertreter leitete. Bald sollte sich auf Sihanouks Art eine Änderung andeuten.

Ich erhielt einen Brief, mit dem das Diplomatische Corps zu einem Empfang des Staatschefs eingeladen wurde. Prinz Sihanouk schrieb, die Sterne stünden günstig, die Astrologen am Hof hätten den nächsten Tag, den 19. November, für die Hochzeit seines Sohnes, Prinz Norodom Chakrapong, mit der Tochter eines Generals, Mademoiselle Kethy Tioulong, empfohlen.

Der Staatschef hieß seine Gäste persönlich an der Tür willkommen und meinte bedauernd, die Armut des Landes erlaube es nicht, uns mit Kaviar und Champagner zu bewirten. Es werde aber genügend Säfte und Bier geben, und zum Ausgleich würde er selbst das Tanzensemble mit dem Saxophon anführen, und seine Frau, Madame Monique, werde singen.

Es folgen die üblichen Pflichttänze mit der jungen Braut in protokollarischer Rangfolge. Leslie Fielding ist an der Reihe, und Prinz Sihanouk intoniert eine heiße amerikanische Melodie. Leslie zögert: soll er so wild tanzen wie er kann oder sich formell verhalten? Er wählt den Mittelweg. Alle wundern sich über die Wahl dieser Melodie, denn Sihanouk mag die moderne amerikanische Tanzmusik nicht. Am Ende greift Prinz Sihanouk zum Mikrophon: Trotz seiner persönlichen Abneigung habe er dieses Stück gespielt, weil ihm bekannt sei, daß »Seine Exzellenz«, der britische Geschäftsträger, es liebte und besonders gern wie gut tanzte. Er habe ausgezeichnet getanzt und verdiene dafür eine Auszeichnung! Sprach´s und überreichte Leslie eine kambodschanische Silberarbeit. Leslie errötete. Beifall. Der chinesische und sowjetische Botschafter, die schon seit längerem nicht miteinander gesprochen hatten, schauten sich spontan an. Sie und wir anderen verstanden Sihanouks Geste als einen ersten Schritt zur Normalisierung der Beziehungen mit London. Schon drei Wochen später wurden wieder Botschafter ausgetauscht!

Der übernächste war mein Pflichttanz. Welch eine vergnügliche Pflicht, mit der 14-jährigen zierlichen Braut, einer wahren Apsara, zu tanzen. Als um Mitternacht DDR-Generalkonsul Kleineberg an der Reihe gewesen wäre, war er eingenickt.

Kambodschanische Apsara

Phnom Penh war damals eine friedliche Stadt. Nur wenn der Wind aus Richtung Vietnam kam, erinnerten Detonationen an den nahen Krieg, der schließlich wenige Jahre später auch Kambodscha nicht mehr verschonen und zu dem Schreckensregime von Pol Pot führen sollte.

Mutchi-san war davongelaufen

Phnom Penh hatte ich nicht ohne Wehmut verlassen und war in ein winterliches Japan zurückgekehrt. In den Neujahrstagen 1966 hatte es in Tokio geschneit. So sauber und so still hatte ich die Stadt noch nie erlebt, doch der weißc Traum war nur von kurzer Dauer.

In Phnom Penh hatte ich zum ersten Mal Würde und Bürde erfahren, vertretungsweise eine kleine Dienststelle zu leiten. In Tokio reihte ich mich wieder in die hierarchische Ordnung einer Großbotschaft ein. Ich war erst Legationssekretär und beim japanischen Protokoll als »III. Sekretär« angemeldet. – Jetzt würde ich Berichtsentwürfe wieder zur Billigung und Unterschrift vorlegen, nicht wie in Phnom Penh selbst unterschreiben. Für mich war das unproblematisch, hatte ich doch in den zurückliegenden zwölf Jahren schon die Notwendigkeit des Dienstes und seine ihm inhärent häufigen Wechsel von Aufgaben, Ort, Klima und Stellung öfters erfahren und mich daran gewöhnt. In dieser Vielfalt lag gerade der Reiz des Dienstes. Nicht alle Mitarbeiter des Auswärtigen Dienstes bewältigen diese krassen Wechsel unbeschadet.

Das letzte Jahr in Tokio sollte schneller als die ersten vergehen und leichter als diese werden. Was zu Anfang befremdet hatte, war vertrauter geworden. Die umständlichen Förmlichkeiten, immer Zeit und Geduld zu haben, hatte ich besser verstehen und Erfahrungen mit Höflichkeit und Kundendienst als hilfreich schätzen gelernt. Auch wenn ich keinen Grund sah, hatte die Werkstatt meinen Wagen alle drei Wochen abgeholt, »um für alle

Fälle sicher zu sein, daß nichts fehlt, nur um mal nachzuschauen,« und ihn dann, kostenlos gewaschen, zurückgebracht. – Wenn ich mit dem »Hikkari«, dem »fliegenden Pfeil« von Tokio nach Osaka unterwegs war und es eine Verspätung von zehn Minuten gab, hatte sich der Schaffner bereits im Abteil dafür entschuldigt, und der Zuschlag war mir beim Aussteigen an der Waggontür in einem Umschlag erstattet worden. – Als ich einmal nach dem Kauf eines Gerätes telefonisch reklamierte, kam ein Vertreter des Warenhauses in meine Wohnung und tauschte den Artikel wortlos um.

Japanische Akribie für Details und Formen hatte ich nicht nur als Ausdruck der Ästhetik, die Neigung zu Miniaturen der Kunst und der Bonzais, die Handfertigkeit beim Ikebana nicht nur als Teil japanischer Kultur, sondern auch als Erklärung für die Pionierrolle Japans mikro-industrieller Innovationen verstanden.

Ich hatte die hohe Wertschätzung für das Alter und für Erfahrungen beobachten können. Wo betagte Vorstände großer Unternehmen in den Ruhestand gingen, wollten ihre jüngeren Nachfolger nicht auf ihren Beistand als weiter aktive Ratgeber verzichten. Pensionierte Botschafter waren – und sind es bis heute noch – gesuchte Berater der Wirtschaft und Mittler ihrer Auslandserfahrungen, von denen Japan nicht genug haben kann.

In den Schlußberichten meiner letzten Wochen hatte ich diese Eindrücke und Erfahrungen noch einmal festgehalten. Ich hatte auch zu überlegen gegeben, wie es sein würde, wenn eines Tages die südostasiatischen Nachbarstaaten ähnliche Talente wie Japan entfalten sollten. Ich hatte in den Jahren in Japan, in Kambodscha und bei meiner Reise durch die südostasiatisch-pazifische Region viel gesehen, erlebt und einiges verstehen gelernt, aber längst nicht alles verstanden.

Mein Hausstand und die Koffer waren gepackt, die offiziellen Verabschiedungen und die von Freunden lagen hinter mir. Nur eines war noch nicht möglich gewesen: mich von Mutchi-san zu verabschieden. Wir waren Jahre befreundet gewesen. Sie hatte mir mit ihren guten Englischkenntnissen oft und viel geholfen. Mutchi-san sprühte von Ideen und Energie und ließ ahnen, mit welchen Kräften Japans die Welt noch zu rechnen haben werde. – Über meine nahende Versetzung hatte ich nicht gesprochen, aber Mutchi mußte etwas gespürt haben. Wochen hatte sie keine Zeit oder war nicht zu erreichen gewesen; sie hatte sich entzogen. Endlich, am Morgen meines Abflugs – ich hatte um sechs Uhr noch einmal bei ihr angerufen – nahm sie den Hörer auf. Ja, ich könne gleich kommen, meinte sie.

Im Nu war ich angezogen und in wenigen Minuten mit einem Taxi bei ihrem Haus, das im altjapanischen Stil gebaut war. Die Tür weit offen, das Bett war leer. Mutchi war davongelaufen, hatte sich dem Sayonara nicht stellen wollen. Betrübt fuhr ich zum Hotel zurück und erinnerte mich dabei der Schilderung des »kaiserlichen deutschen Gesandtschaftsattachés«, der kurz nach 1900 bei seinem Abschied von Tokio gleiches erlebt hatte. -Stunden später, am Eingang zum Flughafen, standen Umeko-san und Waka-san; beide hatten mir im Haushalt geholfen. Sayonara mit Tränen in den Augen. Mori-san, der treue Helfer, war auch gekommen.

West-Berlin sollte in die Lüneburger Heide

Ich war an die Botschaft Abidjan, die Hauptstadt der Elfenbeinküste versetzt worden – von Asien nach Westafrika. Solche Sprünge waren und sind bis heute im Auswärtigen Dienst nichts Ungewöhnliches. Bei den vielen Kriterien, die bei der Personalplanung zu bedenken sind und die von der Tropentauglichkeit über andere bis zum Familienstand reichen, geraten Sachfragen nicht selten in den Hintergrund. Auch Unerwartetes durchkreuzt die Dispositionen; ich war so ein Fall geworden. Nach zwei Monaten in Abidjan mußte ich in Deutschland operiert werden. Da die Rekonvaleszenz länger dauerte als der Posten in Abidjan vakant sein konnte, wurde er anderweitig besetzt, und ich blieb schließlich in Bonn. – Ich wurde dem Referat II A 1, »Deutschland als Ganzes und Berlinfragen«, in der Politischen Abteilung zugewiesen. Hier lag die Zuständigkeit für alle Fragen des geteilten Deutschland und Berlins, für die erforderlichen Konsultationen mit den drei Westalliierten sowie für die Vertretung und Durchsetzung unserer Politik der Nichtanerkennung der DDR im Ausland.

Als ich im Herbst 1967 ins Referat II A 1 kam, eskalierte die Ost-West-Spannung der Weltmächte in Asien weiter, aber im Westen waren bereits Gespräche mit der Sowjetunion über Abrüstung und Entspannung geführt worden. Auch die deutsche Ostpolitik war in Bewegung gekommen. Die Bundesregierung der Großen Koalition hatte Moskau Verhandlungen über einen Gewaltverzicht und

Ostberlin Gespräche über Erleichterungen für die Menschen im geteilten Deutschland angeboten. Es kam zum ersten offiziellen Briefwechsel mit Ost-Berlin. Zur Mitarbeit am Entwurf einer Antwort von Bundeskanzler Kiesinger an Ulbricht war ich aus dem Weihnachtsurlaub im Allgäu rückbeordert worden.

Die Bundesregierung hatte ihre jahrelange Kontaktverweigerung gegenüber dem Regime in Ostberlin aufgegeben. Sie hielt jedoch unverbrüchlich an der völkerrechtlichen Nichtanerkennung der DDR fest. Dieser mangelte es an einer wesentlichen Eigenschaft eines Staates: die Regierung in Ostberlin war nicht vom freien Willen der Bevölkerung gewählt und getragen. Gleichwohl sollten sich mit unseren Gesprächsangeboten bisherige Starrheiten, zum Beispiel die Bezeichnungsrichtlinien im politischen Sprachgebrauch, ändern:

Hatte es bisher ausschließlich SBZ (Sowjetische Besatzungszone) heißen müssen, ging der offizielle Sprachgebrauch schrittweise über zu: »der andere Teil Deutschlands«, »die sogen. DDR«, »DDR«, und irgendwann fielen auch die Gänsefüßchen weg. Wenn man diese Semantik heute auch belächelt, kam ihr damals wesentliche politische Bedeutung zu. Das galt unter anderem auch für unsere Argumentationen im Ausland. Wir hatten ein vitales Interesse daran, daß unsere Gesprächsbemühungen nicht mit der Anerkennung der DDR durch andere Staaten gestört und präjudiziert werden würden.

Entwürfe von Sprachregelungen für unsere Botschaften im Ausland, Gesprächsvorschlägen für Besucher in Bonn, Richtlinien für unsere Vertreter bei Konferenzen, für die Beantwortung schriftlicher Interviews und anderes mehr waren meine Aufgaben. Dabei ging es in jener Phase des Übergangs bei unserer Argumentation um ein »einerseits..., andererseits...«, und verbale Akrobatik war unvermeidbar.

Ein besonderes Problem war Berlin. Immer wieder schürten Moskau und Ostberlin gezielt Krisen durch Behinderungen auf den Zugangswegen zu Lande und zur Luft. Mit den drei Westalliierten hatten wir eine ganze Serie abgestufter Krisenpläne für die entsprechende westliche Reaktion. Die anhaltende Verunsicherung hatte trotz umfangreicher Berlinförderung des Bundes gleichwohl zur Abwanderung jüngerer Westberliner, zu einer Überalterung der Bevölkerung und zu einem Rückgang der Investitionen geführt. Im Zuge verschiedener Planspiele brachte der Publizist Wilhelm Wenger einen schon damals und heute noch mehr abstrus klingenden Vorschlag ins Gespräch: West-Berlin aufzugeben und in der Lüneburger Heide neu aufzubauen! Stattdessen sollte sich ein Ausschuß mit Maßnahmen für eine intensivere Förderung der Lebensfähigkeit West-Berlins befassen, in dem ich als Vertreter von II A 1 mitwirkte. Es ging um Anreize für Investitionen des westlichen Auslands und stärkere Nutzung West-Berlins als internationales Konferenzzentrum. Deshalb mußte ich öfter in Berlin sein. Damit verband ich noch eine andere Aufgabe:

Das AA hatte so gut wie keine direkten Informationen, wie die Bevölkerung der DDR über unsere Ost- und Entspannungspolitik dachte. Es gab noch keine Bonner »Ständige Vertretung« und keine westdeutschen Pressevertreter in Ostberlin, die darüber hätten berichten können. Deshalb suchte ich in West-Berlin Kontakte zu ausländischen westlichen Journalisten, die, wie unter anderen, der Reuter-Korrespondent Newman, nach »drüben« reisen, sich umsehen, umhören und Eindrücke sammeln konnten. Mit einem besonders wertvollen Gesprächspartner, Kardinal Bengsch, hatte mich sein Weihbischof, mein Vetter Heinrich Theissing, zusammengeführt. Beide lebten im Osten und kamen in Abständen nach West-Berlin, wo ich sie treffen und Interessantes über die Stimmung der Bevölkerung erfahren konnte. Diese Berichte waren ein hilfreiches Korrektiv zu offiziellen DDR-Nachrichten und auch zu den Vorstellungen gewisser »Entspannungs-Euphoriker« in Bonn.

Die Invasion der damaligen CSSR am 21. August 1968 durch Truppen des Warschauer Paktes hatte Reformbemühungen Dubczeks zunichte gemacht und sollte den Prozeß der Ost-West-Entspannung zeitweise unterbrechen, seine Fortsetzung aber nicht aufhalten. Ich hatte in der Nacht vom 23. auf den 24. August, von 19 Uhr bis sechs Uhr früh Bereitschaftsdienst im AA. Heute gibt es ein technisch und personell gut ausgestattetes Krisenzentrum, das jederzeit voll einsatzbereit ist. Damals war das Bereitschaftsbüro neben der »TELKO«, wo Fernschreiben ein- und ausgingen, mit zwei Telefonapparaten ohne Direktwahlmöglichkeit, einem Schwarzweiß-Fernseher und dem Krisenhandbuch ausgestattet.

An jenem Abend und die ganze Nacht bin ich im AA allein. Alle anderen etwa Zuständigen sind übermüdet von den Vortagen und -nächten oder beim Empfang des rumänischen Nationaltages. Auch Außenminister Willy Brandt ist dort. Er wird von Journalisten bestürmt, ich sehe das im ZDF. Und schon wenige Minuten später klingeln die Telefonapparate: Zeitungen und Agenturen wollen wissen, was der Minister so kurz und sibyllinisch gemeint habe mit dem Satz: »Was der CSSR geschehen ist, das könne auch anderen widerfahren«. Ich konnte nur antworten: »Was der Minister gesagt hat, das hat er auch gemeint«.

Anruf einer Zeitung aus Passau: ein Deutscher ist in Prag schwer verletzt, braucht dringend Medikamente. Welche Grenzstelle noch passierbar sei? Ich rufe an. Schirnding und Furth i.W.: keine Chance, neue unbekannte Grenzer auf der anderen Seite. Waidhaus: noch seien die vertrauten Grenzer bis Mitternacht im Dienst. Die Passauer Zeitung schaffte es, den Deutschen zu retten. – NATO-Brüssel meldete Alarmstufe xy und bat, die zuständigen deutschen Stellen zu unterrichten.

Mehr als hundert ein- und ausgehende Telefonate in dieser Nacht und immer wieder Stöße eingegangener Fernschreiben, Berichte von Botschaften, Stellungnahmen ihrer Gastländer zur Krise in Europa. Darunter auch die Anfrage eines Abgeordneten des Deutschen Bundestages, der sich auf einer der üblichen Informationsreisen während der Parlamentsferien in Mittelamerika befand. Er fragte an, ob er in Bonn benötigt würde. Das Fernschreiben legte ich auf den Haufen zur Bearbeitung durch den Tagesdienst. – Einige Wochen später forderten mich das Parlaments- und das Haushaltsreferat auf, die Kosten eines Flugscheins erster Klasse der Lufthansa von Mittelamerika nach Bonn und zurück zu übernehmen und den Betrag einzuzahlen. Ich hätte in jener Nacht meine Dienstpflichten nicht ausreichend erfüllt und versäumt, dem Abgeordneten eine Antwort zu geben. Dieser war auf eigene Entscheidung ohne Weisung nach Bonn gekommen und dann nach Mittelamerika zurückgeflogen. – Bei meiner Erwiderung führte Willy Lücking die Feder und riet: »Schreib, was Du als einziger im AA in jener Nacht getan hast und daß auch Abgeordnete wissen sollten, daß Schweigen auf einen Dienstreiseantrag keine Zustimmung bedeutet. Hätte das Vaterland des Abgeordneten bedurft, hätte es ihn gerufen«. Ich sollte zu der Sache nichts mehr hören.

Mit Willy Lücking, dem Stellvertreter unseres Referatsleiters van Well, und Herrn von Braunmühl kam ich selten vor zwanzig Uhr aus dem Büro. Wenn es sich ergab, gingen wir drei noch ein Bier trinken. Dabei sinnierte Willy Lücking häufig, und eines Abends sagte er: »Da bemühen wir uns um das denkbar Unmögliche, den Fall der Mauer, die Wiedervereinigung, und halten die ganze Welt in Trab. Und eines Tages wird es soweit sein, und dann wird es nicht lange dauern, da werden viele sagen, wie schön war es doch mit der Mauer.« Willy Lücking hat Mauerfall, Vereinigung und die gegenwärtige Stimmung nicht mehr erlebt. Er starb Ende der siebziger Jahre an den Spätfolgen einer tropischen Erkrankung. Herr von Braunmühl wurde von der RAF ermordet.

Ungarn

»Bin ich auch ein Spion?«

In Budapest war der Presse- und Kulturreferent unserer Handelsvertretung zur »persona non grata« erklärt und ausgewiesen worden. Die Stelle mußte kurzfristig neu besetzt werden. Die für Bonn üblichen drei Jahre waren um. Ehe ich mich versah, war ich im Spätherbst 1970 in Budapest. – Am zweiten Abend, Fernsehen in meinem Hotelzimmer des »Duna Intercon«: ein »Dokumentarfilm« zeigte die angeblich spionageverdächtigen Aktivitäten meines Vorgängers, der drei Jahre beschattet, gefilmt und am Telefon abgehört worden war. Ich dachte, die Regie ist gut, das ist für meinen Empfang! Nächsten Tag war meine Sekretärin Christa Nickel mit einem Taxi ins Büro gekommen. Der Taxifahrer hatte den Film auch gesehen und bemerkte, er habe ihn nicht überzeugt. Das sei keine Spionage gewesen, Diplomaten müßten doch im Gastland Gespräche führen. Ob sie den Ausgewiesenen gekannt und ob der auch einen Nachfolger habe, hatte der Taxichauffeur Christa Nickel gefragt, und dann: »Ist der auch ein Spion?«

Ungarn galt damals als das Land des »Gulaschkommunismus« und als die »lustige Baracke« im Lager des Warschauer Paktes. Der Eindruck konnte bei erstem Blick entstehen, war aber oberflächlich und unzutreffend. Die Sowjetunion hatte zwar begrenzten wirtschaftlichen Reformen zugestimmt, wachte aber umsomehr darüber, daß Ungarn politisch ein bündniskonformer Vasall Moskaus blieb. Kontrolle und Überwachung durch den Geheimdienst waren in Ungarn nicht so plump und augenfällig wie in anderen WP-Staaten. Das Land wollte und brauchte aus wirtschaftlichen Gründen Touristen. Aber hierin lag gerade eine besondere Gefahr: die Stolperdrähte des G-Dienstes lagen gewissermaßen »unter einem Teppich«, überdeckt von ungarischem Charme und Zigeunermusik – aber sie waren genau so scharf wie in Rumänien oder Polen.

Ein deutscher Geschäftsmann war schon seit zehn Jahren regelmäßig in Ungarn gewesen und fühlte sich in Budapest so sicher wie zu Hause. Eines Tages wurde er verhaftet und dem Richter vorgeführt. Die Anklage lautete auf Unterminierung des Sozialismus, Bestechung, Korruption etc. Vor dem Richter hatte ein voll beladener Aktenwagen gestanden, die akribischen Berichte der Überwachung des Angeklagten bei seinen ungezählten Besuchen in Ungarn. Spöttisch hatte der Richter gefragt, welchen Fall er wählen solle, um die Anklage zu begründen. Aus einer willkürlich herausgegriffenen Akte hatte er dann vorgelesen: »Am xy. April 196.., eingereist mit Pkw Nr. ... am Grenzübergang ... um ...Uhr. Im Hotel ... ein Bier getrunken, dem Portier zwei Packungen deutsche Zigaretten der Marke ... geschenkt, ...« Und so sei es weiter gegangen, hatte mir der Deutsche nach seiner Freilassung erzählt, als ich ihn am Tag vor Heiligabend zum Flughafen brachte.

Natürlich wurde auch ich beobachtet und abgehört, das war mir klar. Einmal wurde mir dies vom Abhördienst sogar expressis verbis bestätigt: Freunde aus Bruneck, Hansi, Hermann und Heintl, waren zu Besuch nach Budapest gekommen und wollten ihre gute Ankunft zu Hause bestätigen. Ich meldete ein Ferngespräch an. Als es vorüber war, rief die Vermittlung zurück und sagte: »Bittascheen, Sie haben auf Deutsch Gespräch mit Italien angemeldet, aber nicht deutsch noch italienisch gesprochen, wir haben Sprache nicht verstanden!« Hansi hatte Südtiroler Dialekt, Pusterisch, gesprochen!

Moskau hatte darauf bestanden, daß Prag, Warschau, Sofia und Budapest erst dann diplomatische Beziehungen mit Bonn aufnehmen und Botschaften einrichten, wenn die »Ostverträge« unter Dach und Fach sein würden. Wir hatten deshalb zu meiner Zeit nur eine »Handelsvertretung« in Budapest. Die Handelsbeziehungen hatten sich gut entwickelt, aber unsere Kontakte mit dem Außenministerium waren auf rein formelle Fragen begrenzt. Offizielle politische Gespräche waren nicht möglich. Die findigen Ungarn hatten uns aber einen Ausweg eröffnet, um politische Anliegen auf Umwegen zu übermitteln. Als Pressereferent der Handelsvertretung war ich in der Lage, mit Chefredakteuren und Kommentatoren der führenden Zeitungen Gespräche zu führen. Ich konnte in ihre Büros gehen, mich mit ihnen zum Mittagessen treffen oder sie in mein Haus einladen. Was immer ich bei solchen Gelegenheiten politisch sagte und zu vermitteln versuchte, ging dann über meine journalistischen Partner weiter nach »oben«, ins ZK oder Politbüro. Diesen Instanzen über Kontakte mit mir zu berichten, war Pflicht der Journalisten, die teilweise selbst dem ZK angehörten, wie zum Beispiel Chefredakteur Péter Rényi, der als Kind eines ungarischen Handelsvertreters in seiner Jugend in Hamburg mit Bundeskanzler Helmut Schmidt in die gleiche Schule gegangen war. Manche der Journalisten vermittelten unsere Belange auf geschickte Weise auch ihren Lesern: Zu den regelmäßigen Pflichtübungen gehörte, daß wir vor den üblichen NATO-Tagungen angewiesen wurden, dem Gastland unsere Haltung in der Berlinfrage darzulegen. In Budapest konnten wir dieserhalb nicht, wie in anderen Hauptstädten der Welt, ins Außenministerium gehen. Ich besuchte Imre Tatár, den Chefkommentator der Regierungszeitung Magyar Hirlap. Zwei Tage später schrieb Imre dann folgenden Leitartikel:

»Wieder tagt in Brüssel die revanchistische NATO, die sich völlig illegitim mit Berlin befaßt. Wir im Warschauer Pakt halten unverrückbar daran fest, daß Berlin nichts mit der NATO zu tun hat und daß Berlin eine dritte besondere politische Einheit ist. Um die Hinterhältigkeit des Westens besser zu erkennen, halten wir uns einmal vor Augen, wie die westdeutsche Bundesregierung in Bonn zu Berlin steht: ...«

Und dann folgten wortgetreu unsere Argumente, wie ich sie Imre vorgetragen und schriftlich hinterlassen hatte.

Zu meinen engeren Gesprächspartnern gehörte auch der Herausgeber der ZK-internen Zeitschrift Figyelö, Dr. Janós Follinus. Wir hatten einen regelmäßigen »jour fixe« in seiner Einzimmerwohnung, wozu ich ihm gewöhnlich eine Flasche Chivas Regal mitbrachte. Von Janós konnte ich gelegentlich auch etwas erfahren. Eines Tages, wir waren mit unseren anderen Fragen fast am Ende, berichtete Janós: ein ägyptischer Vizeminister sei auf seiner Rundreise in Hauptstädte der Warschauer-Pakt-Staaten vorgestern in Budapest gewesen und habe mitgeteilt, daß in Kürze ein zweiter Israel-Krieg stattfinden und daß dabei dieses Mal auch der Ölpreis als »Waffe« eine Rolle spielen werde ...

Auf dem Heimweg plagten mich Zweifel. Wenn die Information zutrifft, kaum auszudenken. Soll ich nach Bonn berichten? Ich war inzwischen ständiger Vertreter des Leiters der Handelsvertretung geworden und fungierte in diesen Tagen während seines Urlaubs als Geschäftsträger. – Ich sah im Geiste den Empfänger einer solchen Nachricht in Bonn seinen Kopf schütteln und denken: Ah, ein typischer Geschäftsträger-Bericht, der Mann will sich wichtig machen! Oder noch ärger, überlegte ich, wenn das alles am Ende eine Ente sein sollte! – Drei Tage später brach der Jom-Kippur-Krieg aus, der Rohölpreis schnellte in die Höhe. Über die Welt war eine große Ölkrise gekommen.

Herren im Ledermantel waren eingedrungen

Am 3. September 1971 hatten sich die »Vier Mächte« auf ein neues Abkommen über Berlin geeinigt und darin auch der gleichberechtigten Mitvertretung West-Berliner Kulturinteressen durch die Bundesrepublik Deutschland im Ausland zugestimmt. Das war für uns ein wichtiger Fortschritt: Bisher hatten Berliner Exponate bei unseren Ausstellungen in Ostblockländern immer unter der »Bärenflagge« nur an einem »Katzentisch« teilnehmen können. Das neue Abkommen sollte erst im Mai 1972 in Kraft treten.

Für November 1971 hatte der Börsenverein des deutschen Buchhandels eine erste große deutsche Buchausstellung in Budapest geplant. Meine Aufgabe als Kulturreferent war es, schon bei dieser Ausstellung die gleichberechtigte integrale Einbeziehung West-Berliner Verlage zu ermöglichen, obwohl die entsprechende Ermächtigung des neuen Berlinabkommens noch nicht in Kraft war. Für den Börsenverein und mich war ungarischer Partner der Leiter des ungarischen Verlegerverbandes, Herr Tömpe. Er war zuvor ungarischer Botschafter in Ostberlin gewesen und aus persönlicher Mißbilligung der militärischen Niederschlagung der Reformbewegung in der CSSR von seinem Amt zurückgetreten. Da er in Budapest nicht mehr in voller Gunst des Regimes stand, hatte es vier Wochen gedauert, bis ich bei Herrn Tömpe einen ersten Besuch machen und mit ihm über die Buchausstellung sprechen konnte. Ich traf in ihm einen hochgebildeten Reformsozialisten, der für unser Begehr der vollen Einbeziehung West-Berliner Verlage persönlich Verständnis zeigte und sich um die Zustimmung der Parteispitze bemühen wollte. Einige Wochen später rief er an und teilte mit, daß sich unser Anliegen erfüllen lasse, wenn die deutsche Seite im Gegenzug nicht auf einem West-Berliner Vertreter des Springer-Verlags als Festredner für die Ausstellungseröffnung bestehen und dafür einen Redner aus dem Bundesgebiet bestimmen würde. Noch während ich mit Herrn Tömpe telefonierte, sagte der neben mir stehende Leiter der Handelsvertretung: »sofort zustimmen!« Wir hätten das politisch Entscheidende erreicht, und wer da reden würde, sei nachrangig. »Gleich schriftlich bestätigen«, denn man könne nie wissen, ob die Ungarn ihr Angebot wieder zurückziehen würden. Ich tat wie angewiesen und berichtete auch an die Kulturabteilung des AA. Die tadelte den Kompromiß, schmollte und teilte mit, unter diesen Umständen würde überhaupt keine offizielle deutsche Delegation zur Buchausstellung kommen!

Da stand ich nun, drei Tage vor dem ersten großen Kulturereignis der Bundesrepublik Deutschland im sozialistischen Ungarn, ohne deutsche Delegation und Festredner. Trübsinnig schlenderte ich Samstag durch die Vaci-utca. Da, dachte ich, ist der Herr dort im Jagdkostüm nicht der saarländische Ministerpräsident Roeder? Ich faßte mir ein Herz, sprach ihn an und schilderte mein Problem. Ohne lange nachzudenken, stimmte der private Jagdtourist zu, seine Rückreise zu verschieben und am kommenden Montag als Leiter einer offiziellen deutschen Delegation zu fungieren, wozu sich dann noch Martin Walser gesellte, den die Ungarn eingeladen hatten.

Montag, zwei Stunden vor Eröffnung, fand ich Herrn Tömpe in den Ausstellungsräumen in lautem, fast handgreiflichen Streit. Herren im Ledermantel mit Waschkörben und in Begleitung des DDR-Kulturattachés waren eingedrungen und damit beschäftigt, die West-Berliner Bücher aus den Regalen zu nehmen. Herr Tömpe zog unsere schriftliche Vereinbarung aus der Tasche und konnte sich mit großer Mühe am Ende durchsetzen.

Die Buchausstellung wurde ein großer Erfolg. Das Gästebuch quoll über von begeisterten Eintragungen, die alle zeigten, wie groß das Bedürfnis nach unseren Büchern hinter dem damals noch starren »Eisernen Vorhang« war. »Wunderbar, Fenster zur Welt!«, »Eine Traumwelt!«, »Unvergeßlich!«, »Schande, daß ich aus Dresden nach Ungarn kommen muß, um so etwas erleben zu können.« So ging es über hundert Seiten hinweg.

Als ich einige Wochen später aus kurzem Weihnachtsurlaub nach Budapest zurückkehrte, fand ich in meiner Post eine Weihnachtskarte von Herrn Tömpe – und die Nachricht von seinem Tode. Er hatte am Neujahrstag den Freitod gewählt. Bis heute verfolgt mich der Gedanke: War sein Ärger wegen unserer Forderungen das i-Tüpfelchen im Zerwürfnis mit der Parteiführung, der letzte Schritt in eine Ausweglosigkeit?

Die Madonna wollte bleiben – und kehrte doch in ihre Heimat Südtirol zurück

Der polnische Botschafter in Budapest hatte mir ein Visum gegeben. So konnte ich im Mai 1972, als Besuchsreisen vertriebener Schlesier in die alte Heimat noch nicht so üblich und leicht wie heute möglich waren, mit meinem Wagen von Ungarn über Prag nach Neisse und von da nach Nieder-Hermsdorf fahren.

27 Jahre waren vergangen, seit wir Haus und Hof verlassen hatten. Wie damals, wenn wir von Neisse zurückgefahren waren, konnte ich von weitem die Fassaden unseres Hauses und der angrenzenden Scheunen sehen. Da schien sich nicht viel verändert zu haben, war mein erster Eindruck. Freilich, das Schild am Eingang des Dorfes lautete jetzt, auf Polnisch; »Jasienice Dolna«. Am Bahnhof war unter dem neuen Schriftzug noch »Nieder-Hermsdorf« zu erkennen. Beim Anblick des unveränderten Büros vom früheren »Stationsvorsteher« Preussner erinnerte ich mich, wie er mich dort bei sich aufwärmen ließ und Geschichten erzählte, wenn ich Vater im Winter mit dem Pferdeschlitten abholte und der Zug Verspätung hatte.

Vom ersten Moment an hatte ich den Eindruck, daß ich im Dorf angemeldet war und beobachtet würde. Man sah mich neugierig und mißtrauisch an. In die Erregung, die ich verspürte, mischte sich ein Gefühl der Beklommenheit, als ich mich durch den Park unserem früheren Haus zu Fuß näherte, dem Haus, in dem ich geboren wurde und vierzehn Jahre lang gelebt hatte. Der neue Hausherr war aus Warschau über mein Kommen informiert worden und begrüßte mich in gebrochenem Deutsch. Er stellte sich als Leiter der polnischen Volksschule vor, die unser Haus jetzt geworden war. Es war Sonntag. Der Schulleiter bot an, das Haus und alle Räume zu sehen. Aus den Schlaf- und Gästezimmern, der Bibliothek und dem Salon waren Klassenzimmer geworden. Im großen Speisesaal, wo wir 1940 noch Vaters »Abraham« gefeiert hatten, standen Turngeräte und eine Werkbank.

Der Schulleiter erzählte, daß mit der Umsiedlung der polnischen Bevölkerung aus den polnischen Ostgebieten, die Stalin 1945 annektiert hatte, viele kinderreiche Familien nach Nieder-Hermsdorf gekommen waren. Die frühere deutsche Schule war zu klein, und so kam es, daß unser Haus zur Schule wurde. Ich war überrascht: Das Haus, das Vater 1920 gebaut hatte, war nicht für eine tägliche Benutzung durch über dreihundert Kinder ausgelegt. Dafür war eigentlich alles noch sehr gut erhalten, die Wände, Treppen und Parkettböden. – Beim Gang durchs Haus hatte ich vergeblich nach etwas Beweglichem geschielt, einem Lampenschirm oder einer Türklinke aus unserer Zeit. Ich hätte um ein Andenken gebeten – wir hatten ja gar nichts retten können. Der Schulleiter erklärte, das Haus sei nach Abzug der russischen Truppen wie leergefegt gewesen, selbst die Toilettensitze waren weg.

Unser Hof war Staatsgut geworden. Nichts Bewegliches aus unserer Zeit, keine Mistgabel und kein Heurechen waren zu sehen. Anders als das Wohnhaus, machten Ställe, Scheunen und Ackergeräte einen wenig gepflegten Eindruck. Wehmut befiel mich in den Pferdeställen, als ich an die Freunde meiner Kindheit dachte, die ich plötzlich alle vor mir sah.

Dann ging ich zum Friedhof, der schon zur Hälfte mit neuen polnischen Gräbern belegt war. Die alten waren eingeebnet. Das Grab meiner Mutter war nicht aufgelassen. Unkraut wucherte über dem großen Zementdeckel der Familiengruft. Verschwunden war unsere schwere, gut zwei Meter lange Gedenkplatte aus Marmor, die an der Friedhofmauer befestigt gewesen war. Ich ging zum Pfarrer, dem ich zur Verständigung nur ein paar Brocken Latein anbieten konnte. Er bedeutete mir, daß die Kirche beim Einmarsch der Russen zerstört und dann wieder von der polnischen Bevölkerung aufgebaut worden war. Der Pfarrer führte mich zum Altartisch und hob die Decke: Ich erkannte die Marmortafel unserer Gruft, die offenbar die denkbar beste Verwendung gefunden hatte. Das Grab würde erhalten bleiben, und die Schulkinder sollten künftig für frische Blumen sorgen, gab mir der Pfarrer zu verstehen. Spätere Besucher brachten mir Fotos, die zeigten, daß der Pfarrer sein Wort gehalten hat.

Noch immer dachte ich an ein Andenken, das ich aus der alten Heimat nach Südtirol bringen könnte. Dort war ich Jahre nach der Vertreibung von der Familie Harrasser am Maurerhof in Pfalzen aufgenommen worden und hatte ein Stück neues Zuhause gefunden. Ich besann mich einiger Bildstöcke, die Vater einst auf den Feldern aufgestellt hatte. Nach Feierabend wagte ich es, zu Fuß über unsere früheren Felder zu gehen, nachdem es mir gelungen war, meine Beobachter abzuschütteln. Doch wo in meiner Erinnerung ein Bildstock stand, sah ich in Wirklichkeit nur Holzstümpfe, die Kreuze waren abgesägt. Meine letzte Hoffnung war eine Fasanenschonung, vor der ein Marienbild gestanden hatte. Die Schonung erschien schon von weitem viel größer, als ich sie in Erinnerung hatte. Das Buschwerk war gewachsen und hatte den Bildstock umwuchert. Er war noch da! Wie schön sie war,die in Halbrelief geschnitzte traurige Madonna, zu der ein altklug wirkender Jesusknabe aufschaute, als wollte er sagen: »Nur Mut, Mutter, es wird schon weitergehen.« Bei meinem Versuch, das Bildnis von dem dicken Eichenstamm zu trennen, brach die kleine Handsäge, die ich für alle Fälle eingesteckt hatte. Die Madonna wollte nicht mitkommen.

Ich hatte mich überall umgesehen: in unserem früheren Haus, im Hof, im Dorf, auf der Straße am Bach entlang und vorbei an den benachbarten Höfen mit den hohen Toren und Vorgärten, bei den Geschäften der Bäcker und Fleischer. Die Fassaden waren alle die gleichen geblieben, einige waren besser, andere weniger gut erhalten. Das war früher ja auch schon so, und es schien sich nur wenig geändert zu haben. Aber wo waren all die Menschen, die ich gekannt hatte? Unter der großen Linde, auf der Straße, im Gasthof – überall nur fremde Gesichter. Ich reiste aus Nieder-Hermsdorf mit dem Gefühl ab, daß dies meine Heimat war, die mir aber nicht wieder ein Zuhause sein könnte, weil es die Freunde und Nachbarn von damals nicht mehr gab. Traurig war ich, daß ich kein Andenken hatte finden können und daß die Madonna offenbar hatte bleiben wollen.

Monate später, wieder in Budapest, läutete am 6. Dezember 1972 das Telefon. Es war Jan Swarc, den ich beim Besuch des früheren Hofes einer meiner Onkel als polnischen Verwalter getroffen und der mir als Dolmetscher geholfen hatte. Jan war nach Budapest gekommen, um mir die Madonna zu bringen! Meine Freude kannte keine Grenzen. An Weihnachten nahm ich das Marienbildnis mit nach Südtirol und zeigte es einem Schnitzer. »Das ist eine Südtiroler Arbeit, eine Madonna aus dem Grödnertal«, meinte er auf ersten Blick. Damals lebte meine Patentante noch und erinnerte sich: Nicht lange nach dem Tod meiner Mutter sei ein Schnitzer aus Südtirol auf seiner Wanderschaft nach Nieder-Hermsdorf gekommen und habe beim Pfarrer Arbeit gesucht. Der habe ihn an meinen Vater verwiesen. Jetzt war die Grödner Madonna in ihre Heimat Südtirol zurückgekehrt.

Carlo Schmid

»Wir haben keine Stechuhren; wichtig ist hier, daß die Arbeit gut gemacht wird...«

Nach dreieinhalb Jahren in Budapest wurde ich Anfang 1974 nach Bonn versetzt. Fast sieben Jahre war ich mit dem zentralen Thema unserer Außenpolitik, mit Fragen der Deutschland- und Ostpolitik befaßt gewesen. Jetzt erwartete mich ein Aufgabengebiet, das seit den ersten Tagen der Bundesrepublik im Mittelpunkt der deutschen Außenpolitik gestanden hatte und Vorbild für die Politik der Aussöhnung und Normalisierung mit unseren östlichen Nachbarn geworden war. Ich sollte Carlo Schmid, dem Koordinator der deutsch-französischen Zusammenarbeit, als Persönlicher Referent zur Hand gehen.

Das Amt des Koordinators war als unabhängige übergeordnete Instanz geschaffen worden, um die mit dem Elysée-Vertrag 1963 von de Gaulle und Adenauer verbriefte unmittelbare Zusammenarbeit der Ministerien und anderer Stellen beider Staaten zu überwachen und durch Anregungen zu fördern. Der Koordinator handelte wie ein Ombudsmann »von außerhalb und oben« und hatte in Bonn direkten Zugang zum Bundeskanzler und in Paris zum Staatspräsidenten.

Carlo Schmid war 1896 als Sohn eines deutschen Professors und einer französischen Mutter in Perpignan geboren und bis zum 17. Lebensjahr dort aufgewachsen. Mit zwei Muttersprachen, von deutschem wie französischem Denken gleichermaßen geprägt und beiden Kulturen verwachsen, war ihm das deutsch-französische Verhältnis, Aussöhnung, Verständigung und Zusammenarbeit, lebenslanges Anliegen und Herzenssache geworden. Kein anderer wäre besser für dieses Amt prädestiniert gewesen als Carlo Schmid.

Im Januar 1974 begann mein Dienst im Koordinator-Büro, einem Zimmer mit hohen Wänden und stuckverzierter Decke in einer alten Villa am Rhein, unweit des Auswärtigen Amts. Die Umgebung schien mir der gewichtigen Gestalt mit großem Kopf und weißer Mähne und dem markanten Gesicht von Carlo Schmid zu entsprechen. »Hier kommt es nicht darauf an, daß Sie Arbeitsstunden absitzen. Wir haben keine Stechuhren. An dieser Stelle ist viel wichtiger, daß die Arbeit gut gemacht wird. Wann und wie, das ist Ihre Sache. Sie können sich Ihre Zeit frei einteilen«, begrüßte mich Carlo Schmid in seiner menschlichen, fast väterlich wirkenden Art.

Carlo Schmid kam nicht jeden Tag ins Büro, sondern nur, wenn es etwas zu besprechen, zu entscheiden oder zu veranlassen gab. Die Vorarbeiten hierfür waren meine Aufgabe, bei der mir Carlo Schmid bald einen weiten Freiraum ließ. Zu meinen Pflichten gehörte, Verbindung zu den Ressorts der Bundesregierung und anderen Stellen wie dem »Deutsch-Französischen Jugendwerk« zu pflegen und ihre Fortschritte oder Hindernisse in der Zusammenarbeit mit ihren französischen Partnern zu verfolgen. Zweimal jährlich hatte ich hierüber eine schriftliche Bestandsaufnahme vorzulegen, deren Quintessenz der Koordinator dem Bundeskanzler unmittelbar vortrug und die dann in die Agenda der Gipfeltreffen einging, die inzwischen fast den Charakter gemeinsamer Kabinettssitzungen beider Regierungen angenommen hatten. Für mich war es ein befriedigendes Gefühl zu wissen, daß Ergebnisse meiner Arbeit ohne den sonst üblichen hierarchischen Verwaltungsweg direkt an die Spitze gelangen konnten. Daran muß ich noch heute jedesmal denken, wenn ich in einen Airbus der Lufthansa einsteige. Damals stand in Paris und Bonn die Erweiterung des Airbus-Programms aus finanziellen Gründen auf der Kippe. Es gab bereits negative Vorentscheidungen. Anhand einer von mir erarbeiteten Unterlage über das Für und Wider intervenierte Carlo Schmid beim Bundeskanzler. Das Votum des Koordinators trug ganz wesentlich zu einer letztendlich positiven Entscheidung bei.

Auch ein anderer Vorschlag wurde positiv aufgenommen: Der Austausch von Mitarbeitern des Auswärtigen Amts und des Quai d´Orsay mit dem Ziel, die Beamten für längere Zeit voll in den Arbeitsablauf zu integrieren. Dadurch würden Mitarbeiter des einen Außenministeriums die unterschiedlichen Arbeitsweisen und Entscheidungsprozesse des anderen kennen und verstehen lernen. Es dauerte noch Jahre, bis diese Anregung verwirklicht wurde. Sie hat sich bewährt und wurde ausgeweitet, unter anderem auf die Zusammenarbeit der Entwicklungsdienste beider Länder in Afrika und mit anderen befreundeten Außenministerien.

Neben der interessanten und angenehmen Arbeit für Carlo Schmid war es erlebnisreich und von unschätzbarem Gewinn, einem klassisch gebildeten deutschen Politiker der Jahrhundertwende zu begegnen und vieles von ihm zu erfahren. Er war Soldat im Ersten Weltkrieg, hatte das Ende des Kaiserreichs, die Weimarer und NS-Zeit erlebt und sich erst 1946/47 der Politik zugewandt. Unter den damaligen Umständen hatte er auf die Sozialdemokratie als Träger eines künftigen neuen sozialen und demokratischen Deutschland gesetzt und war der SPD beigetreten. Als Jurist und Professor der Staatswissenschaften hatte er das Grundgesetz einflußreich mitgestaltet. Für die Öffnung der SPD zur Volkspartei hatte er an deren »Godesberger Programm« mitgearbeitet und bei Wahlen für sie viele bürgerliche Stimmen gewonnen. »Mein Ziel war immer, gegen die Verstaatlichung des Menschen und für die Vermenschlichung des Staates einzutreten«, sagte er öfters in unseren Gesprächen. – Als ich 1974 zu ihm kam, war Carlo Schmid bedrückt. Bei den Bundestagswahlen 1972 war er nicht mehr als Kandidat aufgestellt und 1973 beim Parteitag in Hannover auch nicht mehr in den Vorstand gewählt worden. »Schrecklich, jetzt zum alten Eisen gezählt zu werden. Einen Seniorenclub der Parteiveteranen soll ich gründen! Mir graust bei dem Gedanken«, sagte er.

Carlo Schmid sorgte sich um seine Partei und um seinen Staat, den er entscheidend mitaufgebaut hatte. Der gewachsene Einfluß der Jusos hatte die SPD in ihrer Haltung zur inneren Sicherheit gespalten. »Wie kann man das Vermummungsverbot aufheben und passive Demonstranten von jeglicher Mitverantwortung für Ausschreitungen freisprechen, wo doch die Gewalttäter oft erst im Schutz der Menge den Mut zum Zuschlagen haben? Manchmal frage ich mich, ob ich noch der richtigen Partei angehöre«, sagte er dann resignierend und fuhr fort: »Die Jusos sind doch sehr geschickt. Sie machen Radau und Probleme, bis ihnen die Partei ein Amt gibt, für das sie sich sonst Jahre anstrengen und bewähren müßten. So macht man heute Karriere und schiebt die Erfahrungen der Alten auf die Seite.«

Das verfassungsgemässe Verhältnis von Staat und Gesellschaft erschien Carlo Schmid in Gefahr. Die Agitationen der APO (Außerparlamentarische Opposition) auf den Straßen und der Terrorismus der RAF (Rote Armee Fraktion) waren dabei, den Staat herauszufordern und zu entmachten und damit die Sicherheit der Bürger und ihr Vertrauen in den Staat infrage zu stellen. Am 24. April 1975 war die deutsche Botschaft in Stockholm von Terroristen überfallen und besetzt worden. Die Nachricht traf uns während des Staatsbesuchs, zu dem Carlo Schmid Bundespräsident Scheel nach Paris begleitet hatte und der daraufhin abgebrochen wurde. Wieder beklagte Carlo Schmid die Versäumnisse der Vergangenheit, die Abwertung der Würde des Staates, die Mißachtung seiner Symbole und mangelnde Bereitschaft, ihn zu schützen. Es war zu einer Diskussion darüber gekommen, wieso sich der Überfall nicht habe verhindern lassen, und wie jetzt auf das Ultimatum der RAF zu reagieren sei: Wieder nachgeben wie im vorausgegangenen Falle der Geiselnahme von Peter Lorenz, oder hart bleiben? Wie Carlo Schmid war auch der damalige Staatssekretär Frank im Bundespräsidialamt für Hartbleiben und sagte: »Wir haben es schon viel zu weit kommen lassen. Wenn wir jetzt nicht hart bleiben, kommt es zu weiteren Exzessen. Das nächste Mal werden die Terroristen Schulkinder als Geiseln nehmen und vom Bundespräsidenten verlangen, daß er vor das Fernsehen tritt und die Hose runterläßt«.

Wie Theodor Heuss kam Carlo Schmid in die deutsche Nachkriegspolitik aus der Welt des Geistes und der Wissenschaft. Ein ›homme de lettres‹, mit einer universalen humanistischen Bildung und tiefem Wissen um die geschichtlichen Zusammenhänge, war sein Weltbild von griechischen Klassikern geprägt und lebenslang von Dante beseelt: Von der Doppelnatur des Menschen, seiner irdischen Endlichkeit in einem profanen Reich des Friedens und des Rechts und der jenseitigen Ewigkeit, dem Reiche Gottes, wohin Glaube, Hoffnung und Liebe den Weg leiten. Dieses Bild hat er immer wieder gezeichnet, wenn er sich bedrückt und erschüttert über die jüngere Entwicklung des von ihm mitgeschaffenen Staates äußerte. Um so öfter dachte er deshalb an die Jahre zurück, wie alles nach 1945 angefangen hatte. Gelegenheit hierzu ergab sich erneut bei der Einweihung eines großen Kriegerfriedhofs im Elsaß, wo Carlo Schmid den Bundeskanzler vertrat.

»Ich fühle mich dem Präfekten wie einem Bruder verbunden«

Präfekt Burgalat hatte »Weiße Mäuse« bis zur Grenze seines Amtsbereichs entgegengeschickt, die uns bis Colmar begleiteten. In der Präfektur angekommen, umarmten sich Carlo Schmid und der Präfekt, schauten sich lange an und erinnerten sich vergangener Zeiten: »Das war im Juli 1945 – ich war damals Mitglied der provisorischen Regierung in Stuttgart und mußte zu Gesprächen mit der französischen Kommandantur nach Freudenstadt. Ich komme da in das Hotel, da liefen alle möglichen Uniformierten durcheinander. Keiner kümmerte sich um mich, einige guckten mich komisch an und gingen weiter. Da trat ein junger Leutnant, Sie, Herr Burgalat, auf mich zu, gab mir die Hand und bot mir einen Stuhl an. Dann fragten Sie mich, ob ich Hunger habe. Ich muß sagen, ich habe das nie vergessen. Sie waren der erste französische Soldat, der mir nach dem Kriege die Hand gegeben hat.«

Der Präfekt: »Ja, wissen Sie, ich war auch beeindruckt von Ihnen. Da stand plötzlich ein Mann vor mir, der sagte, er sei Professor der Rechte. Und Sie wissen, was das für einen Franzosen bedeutet. Jedenfalls, Sie standen da, ich möchte sagen, so wie vor einem abgebrannten Haus und sagten zu mir: ›Ich bin bereit, Verantwortung zu übernehmen‹. Das hat mich beeindruckt.«

Carlo: »Und dann haben wir gut zusammengearbeitet. Sie haben auch das erste Gespräch zwischen General de Gaulle und mir vermittelt, das wir dann gemeinsam in Freiburg führten. Und immer haben Sie mir geschrieben zu Weihnachten und mich eingeladen. Ich freue mich sehr, daß ich heute Ihr Gast sein kann.«

Präfekt: »Ich erinnere mich noch, in Freudenstadt, das war eine schlimme Lage für die deutsche Bevölkerung. Da war eine junge deutsche Krankenschwester. Und ich hörte, die schläft mit einem Franzosen. Das war damals noch nicht erlaubt. Ich hätte etwas tun müssen. Aber ich hörte, sie nimmt Brot dafür, damit sie es ihren deutschen Patienten geben kann, die hatten nämlich nichts zu beißen. Ich war so beeindruckt und habe ihr und dem Franzosen nichts getan. Ich habe Order gegeben, alles Essen, was übrig war, zu sammeln und in das Lazarett der deutschen Gefangenen zu bringen.«

Wir hatten unsere Appartements im angrenzenden Gästeflügel, Carlo Schmid bezog das »kaiserliche« mit dem

Bett Napoleons III. Viele kleine Aufmerksamkeiten zeugten von Umsicht und Herzlichkeit der Gastgeber. Wir blickten in den großen Park und gingen dann durch die stilvoll eingerichteten Repräsentationsräume. »Nun stellen Sie sich vor«, sagte Carlo Schmid, »hier regiert der Präfekt; hier gibt er seine Bälle. Was das für die Verbindung zwischen Staat und Bevölkerung bedeutet! Und dann war da so ein deutscher Regierungspräsident gekommen; was meinen Sie, welcher Unterschied im Kaliber, diese französischen Präfekten, hochgebildete ENA-Absolventen, französische Elite eben. Und die deutschen Regierungspräsidenten: Beamte in erster Linie, kleine Geister. Die haben sich doch in so einem Hause gar nicht zurechtfinden können.«

Präfekt Burgalat nahm uns mit zu einem Gang durch Colmar. Alte und Kinder schüttelten dem Präfekten die Hand, der für jeden ein gutes Wort hatte und im Vorbeigehen das Problem einer Apothekerin löste. Präfekt Burgalat verband die Würde seines Amtes mit menschlichem Umgang ohne Anbiederung. Im Dienstwagen saß er hinten, im Fond; abends nahm er seine Uniformmütze ab, zog seine weißen Handschuhe aus und reichte dem Chauffeur die Hand.

Nach dem Essen in Illhäusern saß Carlo Schmid auf Napoleons Bett und sagte, während ich ihm half, seine orthopädischen Schuhe auszuziehen: »Sind das nicht rührende Menschen. Ich meine, der M. Burgalat, da ist doch nichts gekünstelt oder aufgesetzt, das ist alles so natürlich, so selbstverständlich verläßlich. Wie der sein Amt führt und die Menschen behandelt. Und seine Frau! Können Sie mir die Frau eines deutschen Ministers zeigen, die Madame Burgalat das Wasser reichen könnte?«

Carlo Schmid mit Präfekt Burgalat (Foto: privat)

Am nächsten Tag wurde der Soldatenfriedhof in Bergheim eingeweiht. Nach »Sonnerie aux morts« und »Ich hatt´ einen Kameraden« hielt Präfekt Burgalat eine staatsmännische, versöhnende Rede, dann Carlo Schmid. Zum Schluß sprach der Vertreter des »Volksbundes deutscher Kriegsgräberfürsorge«, Herr Thiele. Über seine Ansprache waren sich der Präfekt und Carlo Schmid einig: »Die Leistungsbilanz eines professionellen Leichenbestatters über hier und dort bewegte Gräber; alles zur Eigendarstellung. Verbandsschrott!«, räsonnierte Carlo Schmid.

Mit etwa 7.000 Angehörigen der 5.000 neugebetteten deutschen Kriegstoten waren auch Franzosen zur Feierstunde gekommen. Ein alter Mann zupfte Carlo Schmid am Mantel: »Ich bin von weit her gekommen, als ich gehört hatte, daß Carlo Schmid hier sein würde. Sie waren doch bei der deutschen Militärverwaltung in Lille. Sie haben vielen Leuten das Leben gerettet. Ich weiß das. Und das wollte ich Ihnen sagen und Ihnen dafür danken.«

Am nächsten Tag legte Carlo Schmid am Friedhof Sigolsheim einen Kranz nieder. Die SS hatte das Dorf 1944 dem Erdboden gleichgemacht und tausend Menschen umgebracht. Dann folgte eine Ehrung der Toten des SS-Vernichtungslagers Struthof. Und am Ende unserer Gedenkreise in die Vergangenheit: Senones, ein kleines Dorf in den Vogesen, von wo die SS 1944 alle Männer nach Auschwitz deportiert hatte, von denen nur ganz wenige zurückgekehrt waren, darunter der derzeitige Bürgermeister. Ein Jahr zuvor war Frau Brandt, Lehrerin aus Achim in Niedersachsen, mit ihrer Schulklasse gekommen, aus eigenem Antrieb, um zu versöhnen. Sie war gerade wieder hier und sagte, es sei ungemein schwer gewesen, die verständliche Feindseligkeit zu überwinden. Dank der Vermittlung des Bürgermeisters sei es zu ersten Kontakten und Gesprächen mit den Leuten aus dem Dorf gekommen, und sie wolle weitermachen.

»Was ich in diesen Tagen erlebt habe, gehört zu den ergreifenden Stunden meines Lebens«, sagte Carlo Schmid auf unserm Heimweg nach Bonn.

»...wie der Erste-Klasse-Wartesaal des Flughafens Chicago...«

Carlo Schmid pflegte gern zu erzählen, von früher oder auch, was er gerade erlebt hatte. In mir hatte er einen dankbaren Zuhörer. Mit seiner Zustimmung habe ich Notizen machen können.

Vieles kümmerte ihn, wie etwa die ständigen Änderungen der Bildungspolitik und der Unterrichtsmethoden: »Das war doch schlimm. Sprach ich neulich mit dem Sohn eines Medizinprofessors, der sagte auch noch, er wolle nach dem Abitur Geschichte studieren. Also fragte ich, was lernt ihr denn gerade in Geschichte? Da sagte der junge Mann, wir lernen nicht, wir diskutieren. Also fragte ich, was diskutiert ihr denn dann? Da sagte der Unterprimaner, zuletzt Bismarck. Und was wissen Sie von ihm, fragte ich. Ach, sagte der künftige Historiker, als ich hörte, daß der die Sozialistengesetze gemacht hat, da war Bismarck für mich gestorben, da habe ich mich nicht mehr an der Diskussion beteiligt. Dann fragte ich, was kommt Ihnen denn in den Sinn, wenn ich Aachen sage? Da sagte der junge Mann: das Reitturnier. Und wie ich ihn schließlich auf Karl den Großen gebracht hatte, da meinte er, der habe so um das Jahr 1500 gelebt!«

Im Juni 1975 hatte Carlo Schmid an einer Gedenkveranstaltung zur Erinnerung an die Grundsteinlegung der Montanunion teilgenommen. Darüber erzählte er eines Tages: »Neulich war ich im Adenauer-Haus in Rhöndorf. Da war die ganze alte Prominenz. Altbundeskanzler Kiesinger präsidierte, dann der Hallstein, Allain Poher ... In den Vorträgen klang es immer so durch, als sei das anfängliche Bemühen um Europa eine Idee aus Idealismus gewesen. Na, dann wurde zur Diskussion aufgerufen. Und da keiner sich meldete, hab´ ich mich gemeldet und gesagt, wenn keiner etwas zu fragen hat, dann will ich etwas sagen. Ich sagte, daß ich mich hier ja eigentlich nicht zu Hause fühle, sondern wie das Mädchen aus der Fremde. Ich meine, ich habe Adenauer schon gemocht, und ich weiß, was er geleistet hat. Nur, politisch waren wir eben Gegner. Ich habe auch für Europa gekämpft, aber eben mit einer anderen Politik als Adenauer. Dann habe ich den Leuten gesagt, heute sieht alles so idealistisch aus, was damals die Regierungen wollten und für Europa tun wollten. Aber, was war denn die Wahrheit? Der Herr Adenauer hatte ganz zu Recht erkannt: das darniederliegende Deutschland mußte und sollte wieder in Gang kommen, die Wirtschaft und die Beziehungen zur Außenwelt. Und dies war damals eben nur möglich, wenn die Bundesrepublik sich nicht verdächtig machte, eine eigene nationale Politik zu betreiben, sondern eine gesamteuropäische. Deshalb die Europapolitik Adenauers! Und die Alliierten, die dachten umgekehrt: Deutschland sollte produzieren, seine Kräfte und Möglichkeiten wieder entwickeln und vor allem auch wieder Soldaten stellen. Das alles aber sollte und konnte nur sein, wenn sichergestellt wäre, daß dieses neue Deutschland, die Bundesrepublik, eingebunden würde in eine europäische Gemeinschaft. Deshalb die Montanunion. Schuman hatte das Glück, gerade Außenminister zu sein, als der Moment gekommen war, dies zu verkünden. Aber der Gedanke, der war von Jean Monnet gekommen. Realpolitik, das war damals der Grund für Europapolitik.

Dann war anschließend ein Empfang bei Scheel in der Villa Hammerschmidt. Nein, wieder in diesem Raum, der so aussieht wie der Erste-Klasse-Wartesaal des Flughafens Chicago. Nein, so ein Empfangsraum des deutschen Staatsoberhaupts! Und die Gespräche? Es gab eigentlich keine wirklichen Gespräche. Das lief alles etwa so: »Weißt du noch damals...?« Der Scheel hat sich viel mit den Enkeln von Adenauer unterhalten. Ich kann das ja verstehen, das sind sehr nette junge Mädchen, die da mit dabei waren. Die ganze Familie Adenauer war da.«

Carlo Schmid war ein Meister des Wortes; nicht jeder war davon angetan, wenn er zwar treffliche, aber nicht gerade schmeichelnde Bemerkungen machte. Über den Protokollchef sagte er eines Tages: » Der hat nicht einmal die Qualitäten eines Fahrdienstleiters.« Carlo Schmid stellte hohe Ansprüche an die Einhaltung von Umgangsformen, wie er sie in der »alten Schule« gelernt hatte. »Ich bin noch zur Höflichkeit erzogen worden und gebe Ehre, wem Ehre gebührt, ohne mir dabei etwas zu vergeben«, hatte Carlo Schmid zu Mildred Scheel gesagt, als sie sich, für alle Umstehenden hörbar, mokiert und laut gerufen hatte: »Carlo, was machst Du denn da, das kommt für mich nicht in Frage, ich bin liberal.« Das war, als Carlo Schmid dem Erzbischof von Lyon mit einer Verbeugung über dessen Fischerring Respekt erwies.

Pünktlichkeit, Respekt, Höflichkeit, Dankbarkeit – gegenüber Großen und Kleinen – waren für Carlo Schmid indiskutable Selbstverständlichkeiten. Wie gerührt sollte er Frau Müller-Behrens in der Lufthansa-Lounge in Wahn ihre Aufmerksamkeit danken, die am Mantel Carlo Schmids einen losen Knopf entdeckt und ihn mir nichts dir nichts befestigt hatte.

Mit Carlo Schmid auf Dienstreise zu gehen, war stets ein Erlebnis. Er wurde zu Vorträgen eingeladen, wir reisten nach Berlin, nach Hamburg und zum Hauptquartier der französischen Truppeneinheiten in Baden-Baden, und immer war seine Botschaft die deutsch-französische Zusammenarbeit als Kern eines Vereinten Europa.

Häufiges Reiseziel war Paris. Hier war Carlo Schmid zu Hause, wußte alles zu erklären und kannte alles. Und man schien auch ihn zu kennen. Ob im Auto an der roten Ampel oder im Straßencafé der Champs Elysées, die Menschen kamen auf ihn zu, um ihn zu grüßen. – In Paris pflegte Carlo Schmid regelmäßige Konsultationen mit seinem Kollegen, dem französischen Koordinator M. Lapie. Ehe er diesen aufsuchte, ging er aber stets zum deutschen Botschafter, um ihn von der Anwesenheit des Koodinators zu informieren. Dies war für Carlo Schmid selbstverständlich – er tat es aus Höflichkeit und weil es seinem Verständnis von der Rolle eines Botschafters entsprach. Carlo Schmid kam aus einer Zeit, als das Primat des Staates für die Wahrung der nationalen Gesamtinteressen und der Botschafter dafür im Ausland als oberster Vertreter gegolten hatte. Da hatte sich inzwischen vieles gewandelt.

Eines Tages kamen wir in Paris zu Botschafter von Braun, der sichtlich schlechter Laune war. Giscard d´Estaing hatte ihn gerade zu sich zitiert, um den am Vortag mit Bundeskanzler Helmut Schmidt am Telefon begonnenen Gedankenaustausch fortzusetzen. »Keine Ahnung, was die beiden besprochen haben«, sagte Herr von Braun, der auf dem Weg zum französischen Staatspräsidenten war. Carlo Schmid meinte: »Das würde einem französischen Botschafter nicht passieren. Ich bin überzeugt, daß Ihr Kollege in Bonn über das gestrige Telefongespräch längst unterrichtet ist.« Carlo Schmid kannte das akribisch umsichtige französische Informationssystem und die Arbeitsweise französischer Diplomatie.

Eine ganz andere Reise nach Frankreich wurde zu einem besonderen Erlebnis. Ich begleitete Carlo Schmid nach Perpignan, in die französische Heimat seiner Kindheit und Jugend, wo er seit 1914, über 60 Jahre, nicht mehr gewesen war. Dr. Jankowski vom Südwestfunk begleitete uns, um einen Dokumentarfilm über Carlo Schmid aufzunehmen. Der Bürgermeister von Perpignan hatte Carlo Schmid eingeladen. Wir gingen gemeinsam durch die Stadt und Carlo Schmid erinnerte sich:

»Hier stand mein Geburtshaus. Es ist schon lange abgerissen worden, deshalb war ich auch nicht mehr hier. In dem Hotel dort habe ich 1914 mit meinen Eltern die letzten Tage vor unserer Abreise nach Deutschland gewohnt. Das Hotel hatte damals einen hydraulischen Aufzug. Um ihn in Gang zu setzen, mußte man von oben Wasser auf einen Zylinder kippen. – Hier, auf diesem Platz habe ich als Kind gespielt. Und in der Kathedrale, hier die zwei Taufbrunnen, mit dem Wasser von einem bin ich getauft worden. Der Christus nebenan, der ist aus der Kölner Schule des 12. und 13. Jahrhunderts.« – Unsere französischen Gastgeber waren tief beeindruckt von dem Wissen und Erinnerungsvermögen, das wie selbstverständlich aus Carlo Schmid sprudelte. Der geschichtsbewußte Denker der großen Zusammenhänge war in seinem Element – der ehemalige Hochschullehrer und Politiker hatte dankbare Zuhörer. – Es folgten rührende Szenen der Gastfreundschaft und Begegnungen mit Nachfahren seiner mütterlichen Verwandtschaft. Eine Frau mit 87 Jahren erinnerte sich des Kindermädchens von Carlo Schmid und ihrer Erzählungen »von dem schönen Jungen«.

In Bonn konnten wir später den Dokumentarfilm sehen, dem das ZDF den Titel »Die Heimkehr des modernen Odysseus« gegeben hatte. Carlo Schmid meinte: »Sehen Sie sich das an, wie unsicher ich da gehe, wie ein alter Mann«. Carlo Schmid war damals 79 Jahre und litt unter Kreislaufbeschwerden. Ungebrochen war sein Geist.

Einmal fragte Carlo Schmid mich um Rat – und hatte schon längst entschieden.

Aussprüche von Carlo Schmid waren Lebensweisheiten. Wer sich nicht rechtzeitig auf die Ewigkeit vorbereite, habe das Leben nicht verstanden, meinte er öfters. In diesem Sinne hatte er begonnen, seine Erinnerungen zu schreiben und klagte immer wieder, wie schwierig das sei. Memoiren seien nur dann sinnvoll, wenn sie das ganze Wissen hinterließen. Aber das könne er weder Freund noch Feind antun. – Carlo Schmid sinnierte über Schumacher, Erler, Ollenhauer, Willy Brandt, Wehner und viele andere, über seine Beziehungen zur SPD, die nie seine geistige Heimat geworden, aber der er aus Pflichtverständnis treu geblieben war.

Über zwei Jahre waren für mich wie im Flug vergangen, und ich hätte noch gerne weiter für Carlo Schmid arbeiten und ihm zuhören wollen, als ich eines Tages mehr als zufällig im Foyer des AA dem stellvertretenden Personalchef Eick über den Weg lief. Mit ihm war ich zehn Jahre zuvor in Tokio zusammengewesen. Wir kamen ins Gespräch, wobei er mich fragte, ob ich nicht Lust hätte, auch einmal Botschafter zu werden. Es seien gerade zwei Posten zu besetzen: Lomé in Togo, und Hanoi in Vietnam werde demnächst aufgemacht.

Das Angebot traf mich völlig unerwartet. Mehr als zwanzig Jahre zuvor hatte ich im Auswärtigen Dienst als Sachbearbeiter angefangen. Es war immer interessant gewesen, aber an ein festes Ziel hatte ich noch nicht gedacht. Ich hatte auch niemanden, der sich speziell für mich einsetzen würde, wie ich auch keiner Partei beigetreten und insofern ungebunden geblieben war. Den Auswärtigen Dienst hatte ich als Aufgabe und Dienst für das Gemeinwohl verstanden, wollte meine persönliche Unabhängigkeit bewahren und jedenfalls nicht aus Gründen der Karriereförderung in eine der Parteien gehen, was seit der sozialliberalen Koalition – im Gegensatz zur Anfangszeit mehr und mehr auch im AA üblich geworden war.

Von dem Angebot der Personalabteilung berichtete ich Carlo Schmid, der meinte, daß es wohl keinen Zweifel geben könnte, für welchen der zwei Posten ich mich entscheiden würde. Alles, was über Togo zu berichten wäre, sei bereits geschrieben und bekannt. Hanoi und Vietnam nach dem Krieg seien ›terra nova‹, eine Herausforderung.

Ich war am Ende meiner Vorbereitungen für die Ausreise nach Hanoi und hatte noch von keinem der zuständigen Beamten irgendeine Instruktion der Art erhalten, wie ich sie fünfzehn Jahre zuvor für die in neue Staaten Afrikas ausreisenden Botschafter selbst entworfen hatte. Jeder, den ich danach fragte, verwies mich an den nächsten auf der Leiter nach oben, bis ich schließlich bei Staatssekretär Hermes angelangt war. Der meinte, wenn ich die Politik der Bundesregierung nicht kenne, sollte ich nicht Botschafter werden, nicht einmal in Hanoi, und wünschte mir alles Gute. Dabei hatte er freundlich gelächelt und vielleicht gedacht, was Carlo Schmid kurz darauf aussprach, als ich ihm berichtete: »Lieber junger Freund, seien Sie doch glücklich! Man gibt Ihnen keine Instruktionen, hat offenbar Vertrauen in Sie. Gehen und sehen Sie, was zu tun sein wird, was Sie für richtig halten; geben Sie sich selbst Ihre Weisungen.«

Mit Carlo Schmid blieb ich weiter in Verbindung; darum hatte er mich bei meiner Verabschiedung gebeten. Jedesmal, wenn ich nach Bonn kam, gingen wir zusammen essen. – Im Sommer 1979 sagte Carlo Schmid am Telefon: »Ich brauche Ihren Rat, ich habe Krebs. Soll ich mich operieren lassen? »Ich hielt für eine Weile inne und sagte dann: »Herr Professor, denken Sie an die Torturen der Klinik, an den Lauf der Natur«. Wie erleichtert antwortete Carlo Schmid: »Was Sie da sagen, das zeugt von unserem Einvernehmen und unserer Verbundenheit; ich habe mich bereits gegen eine Operation entschieden. Aber ich hatte hören wollen, wie Sie als Jüngerer denken.« – Ende 1979 telefonierten wir zum letzten Mal. Carlo Schmid wirkte schwach und müde. Noch einmal hatte er für Helmut Schmidt und den bevorstehenden Parteitag erfahrungsreiche Empfehlungen niedergelegt. Wenige Tage danach starb Carlo Schmid.

Was ich Jahr und Tag zuvor diskret eingeleitet hatte, war nicht gelungen. Ich wollte erreichen, daß die Lebensleistung von Carlo Schmid für die deutsch-französische Verständigung und europäische Zusammenarbeit mit dem Karlspreis der Stadt Aachen gewürdigt würde. Der damalige Direktor der HNO-Klinik am Venusberg hatte die Sache auf den Weg bringen und Bundespräsident Scheel als Sponsor gewinnen wollen. Am Ende bekam Scheel den Karlspreis. Scheel hatte bei seinem Staatsbesuch 1975 in Paris eine damals weit beachtete Rede zu Europa gehalten – Carlo Schmid hatte ihm die Rede geschrieben.

Vietnam

Hanoi war ganz weit weg

Der Flugkapitän drosselte die Schubkraft, wir hatten Reiseflughöhe erreicht. Das Dröhnen der Turbinen unserer DC-10 ging in ein verhaltenes sympathisches Summen über. Erschöpft von den Anstrengungen der letzten Tage lehnte ich mich zurück, doch an Schlaf war nicht zu denken. Zu sehr beschäftigten mich Gedanken an mein Reiseziel: Ich war auf dem Weg nach Hanoi. Zwölf Stunden dauerte der Flug mit Lufthansa von Frankfurt bis Bangkok. Von da wären es, unter normalen Umständen, nur noch etwa vier Flugstunden, aber die Umstände waren nicht normal. Ich würde noch gut drei oder vier Tage unterwegs sein, wer weiß wie lange, und erst einen Anschluß von Bangkok in die laotische Hauptstadt Vientiane finden und dort auf einen Flug der Aeroflot aus Moskau warten müssen. Hanoi war zu jener Zeit von der westlichen Außenwelt viel entfernter und mühsamer zu erreichen gewesen, als es die Distanz in Kilometern oder Flugstunden ausdrückte.

Am 30. April 1975 war der Vietnamkrieg mit der Eroberung von Saigon durch die Truppen des kommunistischen Nordens zu Ende gegangen. Drei Wochen vor meiner Anreise, am 2. Juli 1976, war die formelle staatliche Wiedervereinigung von Nord- und Südvietnam erfolgt. Aber das Land war noch immer isoliert und über Luft nur mit seinen beiden bisherigen Kriegspartnern, der Volksrepublik China und der Sowjetunion, verbunden. Nur zweimal die Woche gingen Flüge nach Hanoi, von Peking her über

Kanton oder mit Aeroflot von Moskau über Vientiane. – Irgendwie und irgendwann würde ich schon ankommen, dachte ich – schließlich war ich 25 Jahre früher schon einmal ins Ungewisse geflogen, damals nach Südafrika. Und dieses Mal würde mich immerhin jemand erwarten: Meine zwei künftigen Mitarbeiter, Kanzler Ebser und Schreibherr Haberstroh, waren einige Wochen früher nach Hanoi vorausgereist. Die Lektüre ihrer ersten Berichte über die Arbeits- und Lebensbedingungen war deprimierend gewesen. Um so dankbarer registrierte ich deshalb noch einmal die Annehmlichkeiten des Lufthansafluges, das Menü, die Auswahl weltweiter Lektüre und jede aufmerksame Geste der Flugbegleiterinnen, von denen mir eine, wie einst Carlo Schmid, einen Knopf annähte. Den Kontrast dieser westlichen zu der neuen Welt, die mich erwarten würde, sollte ich schon beim Einstieg in die Aeroflot-Maschine in Vientiane zu spüren bekommen – die Luft in der Kabine war muffig und der Steward mürrisch.

Tropische Abendstimmung bei der Landung auf dem Flughafen Gia Lam, zwanzig Kilometer nordöstlich von Hanoi. Auf dem Rollfeld und in dem behelfsmäßigen Flughafengebäude wimmelte es von Soldaten. Sie trugen verwaschene Hemdblusen, grüne Drillichhosen, Schlappen aus gelbem Plastik oder alten Autoreifen und Tropenhelme mit dem kommunistischen fünfzackigen Stern auf rotem Grund.

Zu meiner Begrüßung war Kanzleichef Ebser gekommen. Ich übergab ihm meinen kleinen Aktenkoffer und bat ihn, mir den Koffer gleich wieder zurückzugeben. Dann gratulierte ich Herrn Ebser zur Ernennung zum Amtmann und sagte, er könne mir jetzt zur Ernennung zum Botschafter

Glück wünschen. In dem Koffer waren die beiden entsprechenden Urkunden, die erst durch die Übergabe in Hanoi Geltung erlangen sollten. Dann holperten wir in einem klapprigen russischen Auto, das die Botschaft als Dienstwagen von der vietnamesischen Regierung gemietet hatte, auf der schmalen Straße voller ausgewaschener Löcher stadtwärts. Endlose Menschenkolonnen bevölkerten die Straße in beiden Richtungen. Überwiegend Frauen balancierten auf den Schultern schwere Lasten an langen Bambusstangen. Fast geisterhaft wirkte es, wie sie sich im Abenddunkel geräuschlos mit gleichmäßig federndem Gang bewegten. Wir kamen nur langsam voran. Auf der Brücke über den »Roten Fluß« stockte der Verkehr vollends. Das Werk französischer Ingenieure aus der Jahrhundertwende hatte allen Anfechtungen der Zeit und des Krieges widerstanden. Immer wieder getroffen und beschädigt, war die Brücke jedoch stets funktionsfähig geblieben und hatte dem militärischen Nachschub bis zum Kriegsende gedient.

Nach drei Stunden hatten wir das damals einzige Hotel der Millionenstadt Hanoi, das Thang Loi, am Stadtrand erreicht. Das von Kubanern gebaute Hotel am Ufer des »Großen Sees« war gerade erst eingeweiht worden. Auf dem Weg zu meinem Zimmer liefen zwei Ratten vor uns her. »Daran werden Sie sich gewöhnen müssen, die sind überall«, meinte Herr Ebser mit schwäbischer Sachlichkeit. Das kann ja lustig werden, dachte ich. – Im Thang Loi durfte ich nur ein paar Tage wohnen, weil das Hotel für Besucher mit kurzen Aufenthalten frei bleiben mußte.

Im »Thong Nhat« - dem Haus der Wiedervereinigung

Auf die vielen neuen Botschaften, die westliche Staaten und Nachbarländer Vietnams nach seiner Wiedervereinigung in Hanoi einrichten wollten, war die Stadt nicht vorbereitet. Jahrzehnte waren keine Häuser gebaut worden. Die alten Gebäude aus französischer Zeit waren in schlechtem Zustand und überbelegt. Die Botschaften kommunistischer Staaten hatten Häuser zu ihrer Verfügung. Die Angehörigen der DDR-Botschaft bewohnten einen ganzen Straßenzug. Auch Frankreich, Großbritannien und Ägypten hatten aus früheren Zeiten noch eigene Gebäude.

Wir aber wurden, wie andere neu eröffnete Botschaften, in dem früheren »Hotel Métropole« untergebracht, das um die Jahrhundertwende von Franzosen gebaut worden war und das jetzt Thong Nhat, Haus der Wiedervereinigung, hieß. Da waren unter einem Dach die Kanzleiräume und die Unterkünfte der Botschaftsangehörigen von sechzehn Ländern versammelt, unter ihnen die von Japan, Italien, Belgien, der Niederlande, Malaysia, den Philippinen, Birma und des Irak. Hier sollte ich am 31. Juli 1976 meine Arbeit als erster Botschafter der Bundesrepublik Deutschland im vereinigten Vietnam aufnehmen, zunächst nur die internen Dienstgeschäfte. Mit der Übergabe meines Beglaubigungsschreibens an das Staatsoberhaupt mußte ich noch warten. Das gab mir Zeit, mich umzusehen, umzuhören und mich einzurichten.

Auf der Fahrt vom Flughafen zum Thang Loi war es schon dunkel gewesen, und ich hatte von der Stadt so gut wie nichts gesehen. Mein erster Anblick Hanois bei Tageslicht überraschte mich: Viele Grünflächen, die Straßen von hohen schattenspendenden Alleebäumen gesäumt, und überall die typisch französischen ockergelben Fassaden der Villen und anderen Gebäude aus der früheren Kolonialzeit. Ich hatte eigentlich Trümmer und Ruinen erwartet.

Die USA hatten Hanoi lange mit Bombardierungen verschont. Aber als Ende 1972 die Waffenstillstandsverhandlungen zwischen Nordvietnam und den USA in Paris nicht recht vom Fleck kamen, war es zu dem weltweit berichteten »Weihnachtsbombardement« von Hanoi gekommen. Die USA hatten große Erfolge gemeldet, und Hanoi hatte Meldungen verbreitet, als sei die Stadt in Schutt und Asche gelegt worden. Davon war im Stadtkern nichts zu sehen. Vielmehr waren die Gebäude vom Zahn der Zeit gezeichnet, bröckelten Putz und Balkone. Auch dem Thong Nhat sah man an, daß es jahrzehntelang kaum unterhalten worden war. Nichts erinnerte mehr an das früher in ganz Asien renommierte Hotel Métropole, als ich die düster wirkende Eingangshalle betrat, deren hohe Wände lange keine Farbe mehr gesehen hatten. Lose Drähte hingen von der Decke, wo einmal Lampen oder Lüster gehangen hatten. Der geflieste Boden war brüchig und ausgetreten.

Unsere Kanzlei lag im Parterre, am Ende eines dunklen Flurs. Etwa 35 Quadratmeter hatte der Raum, in dem meine zwei Mitarbeiter, der uns staatlich zugeteilte Dolmetscher und ich gemeinsam arbeiten sollten. Vorschriftsmäßig hatte Herr Ebser an der hölzernen Zimmertür ein »Zählschloß« angebracht, damit der Raum vor Unbefugten sicher sei. Ratten hatten sich freilich am unteren Ende der Tür ihren eigenen Durchschlupf genagt. Links neben der Zimmertür: das übliche ovale Metallschild in den Bundesfarben, wie es vor den Botschaften in aller Welt zu finden ist, in Paris wie London und eben auch in Hanoi vor der Ein-Zimmer-Kanzlei: »Botschaft der Bundesrepublik Deutschland«. Herr Ebser hatte unser Büro mit dem Notwendigsten eingerichtet. Einige Sachen, der Safe und die Kühlschränke, waren mit Luftfracht über Moskau aus Bonn gekommen, anderes war improvisiert. In der kleinen Toilette stand ein Faß mit Benzin für unsern Mietwagen. Es gab damals in Hanoi kein einziges Privatfahrzeug, nur den staatlichen Fuhrpark. Deshalb gab es auch keine Tankstellen. Unsere Benzinration erhielten wir vierteljährlich vom staatlichen Zentraldepot. Zum Auftanken rollten wir das Faß in den Hinterhof. Gottlob hatte ich auf der Farm in Namibia gelernt, Benzin mit einem Schlauch anzusaugen, ohne dabei zu schlucken...

Für meine Unterbringung waren zwei miteinander verbundene Zimmer – etwa fünfzig Quadratmeter – im ersten Stock zugewiesen worden. Das angrenzende Bad-WC war mit einer großen gußeisernen Wanne und einem – offenbar seit langem nicht mehr funktionierenden – Bidet ausgestattet. Aus der Dusche tröpfelte nur zaghaft Wasser. Stattdessen schien durch die ausgetretenen Fugen der Bodenfliesen Wasser zu dringen. Das über siebzig Jahre alte Röhrensystem war verstopft, verrostet und brüchig geworden, und Abwässer hatten sich eigene Wege gebahnt. Um das große Abflußrohr waren dicke Pilzwucherungen gewachsen. Im Bad würde ich Steine legen, um mich trockenen Fußes über das »Grundwasser« bewegen zu können, dachte ich. Und auf das Bidet würde ich eine Kochplatte stellen und so meine Botschaftsküche einrichten. Die »Residenz« war mit einem durchgelege-

Die Botschaftsküche im Bad mit Kochplatte auf dem Bidet

Der Schreibtisch als Anrichte

nen Bett und einer antik duftenden Matratze – offenbar noch aus der französischen Zeit – sowie mit zwei wackligen Stühlen möbliert. So würde ich nicht schlafen, wohnen und Gäste empfangen können. Ich wollte das notwendigste, einfaches Mobiliar in Hanoi kaufen oder anfertigen lassen. Herr Ebser belächelte meinen Optimismus spöttisch, während er mich in das damals einzige »Warenhaus« der Millionenstadt Hanoi begleitete. Hier gab es – auf Bezugsschein – nur chinesische Fahrräder, Thermosflaschen, Plastiksandalen und, aus Metall abgeschossener Flugzeuge gefertigte, einfache Kochgefäße, sonst nichts! Die langen Regale des mehrstöckigen Kaufhauses gähnten vor Leere und die Verkäuferinnen vor Langeweile. Ich war enttäuscht und meinte, es müsse doch wie überall in Asien Handwerker geben, die ein Bett und Stühle zu fertigen verstünden. Es hätte sie schon gegeben, aber es gab kein Holz, keinen Leim, keine Nägel. Ich bekam einen ersten nachhaltigen Eindruck von der kaum vorstellbaren Armut des Landes und der Bevölkerung.

Ich dagegen hatte großes Glück: auf dem nächsten, sonst für Wochen ausgebuchten Flug von Hanoi nach Kanton war ein Platz frei geworden, den ich bekam. Von Kanton fuhr ich mit dem Zug nach Hongkong. Hier hatte vor wenigen Monaten IKEA ein Geschäft eröffnet. Ich kaufte zwei Sofabetten, Schränke, Tische, Bücherregale, acht Stühle, Lampen und eine elektrische Kochplatte. Zerlegt und kompakt verpackt wurde mir alles zwei Tage später an den Zug zur chinesischen Grenze geliefert. Dort mußte ich die Pakete Stück für Stück auf die andere Seite schleppen, wo sie dann für den Transport bis Hanoi übernommen wurden. Am Sonntag darauf halfen Herr Ebser und Herr Haberstroh beim Zusammenbau der Möbel. Nicht alle Fugen, Löcher und Schrauben paßten gemäß der Anleitung. Ich quetschte mir einen Finger ein: »autsch, merde alors«, während an der offenen Zimmertür der irakische Botschafter vorbeiging und grüßte: »Bonjour Excellence, comment allez-vous, Excellence?« Der mußte doch meinen Schmerzensfluch gehört haben, dachte ich und lachte über die komische Situation.

Meine Ankunft im Thong Nhat war für die anderen dort schon arbeitenden und wohnenden Botschafter und ihre wenigen Mitarbeiter das Ereignis der Woche. In Hanoi passierte so wenig, und die Stadt schien so isoliert von der Außenwelt zu sein. Noch ehe ich die erst nach der Akkreditierung üblichen offiziellen Antrittsbesuche machen konnte, war ich schon den anderen Kollegen begegnet. Das war bei der Situation gar nicht zu vermeiden. Wir waren auf das Restaurant im Thong Nhat, das einzige im Stadtzentrum, angewiesen und trafen uns hier mehrmals am Tag. Die Stimmung dort war bedrückend. Die Fenster zur Straße waren mit schmutzigen, grauen Vorhängen geschlossen. Die Passanten sollten nicht hereinsehen können. Dabei war das Essen frugal. Das Menü wechselte nur zwischen Fisch mit Reis und Huhn mit Reis. Wir waren angehalten, mit der Bedienung keine privaten Unterhaltungen zu führen. Jedes Wort mit der Bevölkerung galt als Kontaktversuch der Fraternisierung und war im Thong Nhat wie in der Stadt verboten.

Bei dieser uns auferlegten Isolierung war es umso natürlicher, daß westliche Kollegen und Mitarbeiter in Hanoi eng zusammenhielten. Ich war hocherfreut, in dem neuen, kurz nach mir eingetroffenen französischen Botschafter einen alten Freund aus Phnom Penh, Charles Malo, wiederzutreffen. Er hatte den ganz überwiegenden Teil seiner

Laufbahn in China und Indochina verbracht. Mit den Problemen der Region kannte er sich besser aus als jeder andere EG-Botschafter in Hanoi und ließ uns an seinen Erfahrungen teilhaben. Ich konnte jederzeit unangemeldet zu ihm gehen, wenn ich Hilfe oder seinen Rat benötigte.

Das unkonventionelle Dasein im Thong Nhat, die tägliche Nähe zueinander und die gemeinsamen Nöte begründeten einen besonderen »esprit de corps« enger Zusammenarbeit und Hilfsbereitschaft. Wir liehen einander, was dem anderen fehlte oder ausgegangen war: Zahnpasta, WC-Papier, Medikamente. In Hanoi gab es zu der Zeit lediglich Kartoffeln, etwas Gemüse, ab und zu Obst, Hühner und manchmal Fisch am Markt zu kaufen. Alles andere mußte eingeflogen werden: Zucker, Salz, Butter, Käse, Mineralwasser, Kaffee, Brot, Fleisch, Konserven, Getränke, Seife, Waschpulver – kurzum, alles was der Mensch benötigte. Es gab in Hanoi kein Geschäft für solche Dinge. Als dies mein Friseur in Bonn, Herr Langenbach, erfuhr, war er gerührt. Zu Weihnachten schickte er mir ein Kilogramm Zucker, das er über einen seiner Kunden vom AA in die Sendung des Kurierbeutels brachte. Die Kurierstelle berechnete mir dafür den fälligen Luftpostpreis: 49,– Mark!

Es gab in Hanoi keine fremdsprachige Zeitung, sondern nur das vietnamesische Parteiblatt »Nhan Dzan«. Die Regierung hatte damals den einzigen Telexanschluß in ganz Nordvietnam! Ferngespräche mußten wir 24 Stunden zuvor anmelden. Die Leitung ging über Peking und wurde in Hanoi und in China abgehört. Post aus Europa war etwa drei Wochen unterwegs. Briefe waren stets geöffnet und kontrolliert. Dringende Nachrichten konnten wir nur über das öffentliche Telegrafenamt abwickeln.

Für den Austausch schriftlicher Dienstpost mit unseren Hauptstädten richteten die EG-Botschaften einen persönlichen Kurierdienst ein. Jede Woche flog – im Wechsel – ein Mitarbeiter einer der Botschaften nach Bangkok. Auf dem Rückweg brachte er neben den Kurierbeuteln auch Brot und andere frische Lebensmittel mit. Ich hatte einmal großes Pech: Mein Freund Kurt Wachtveitl, der Manager des Oriental Hotel in Bangkok, hatte mir eine große Kühltasche mit Steaks, Aufschnitt und Lachs für den Empfang am 23. Mai, dem Tag des Grundgesetzes, mitgegeben. Bei meiner Ankunft in Hanoi fehlte die Kühltasche. Sie war in Vientiane nicht umgeladen und in der Bruthitze stehengelassen worden. Als die Tasche schließlich mit dem nächsten Flug aus Laos vier Tage später ankam, waren über dreißig Kilogramm kostbarer Raritäten völlig verdorben.

Wenn nur diese verflixten Ratten nicht überall gewesen wären! Nichts half, sie zu dezimieren, keine Fallen und kein Gift. Sie waren im Thong Nhat zu Hause. Eines Tages hatten sie die Rückwand des IKEA-Schrankes durchgenagt und meine drei »Wash and Wear«-Sakkos zerfressen, jeden an der gleichen Stelle, sodaß nicht einmal »aus drei mach einen« möglich war. Sie nagten die Schuhe an, die Skatkarten, unsere mühsam importierten Medikamente und in der Kanzlei eines Tages auch die Kurierpost aus Bonn, die ich wegen Unleserlichkeit der Überbleibsel noch einmal anfordern mußte. Kaum ein Abend, daß einmal keine Ratte davonhuschte, wenn ich die Bettdecke aufschlug. Ich hörte sie im Halbschlaf nagen und winseln, wartete darauf oder träumte davon, daß wieder eine – wie einige Male tatsächlich passiert – über mein Gesicht laufen würde. Eklig, eines Tages im Restaurant des Thong

EG-Arbeitsessen im Schlafzimmer

Nhat: da am Serviertisch hing etwas Schnurartiges aus einer der drei Suppenterrinen. Schwupp dich, huschte blitzschnell eine Ratte aus der ersten in die zweite Terrine und zog ihren Schwanz durch die erste nach. Die Serviererinnen lächelten verständnislos über unseren Ekel; bei ihrer knappen Versorgung mit Lebensmitteln gehörten Ratten und Hunde zum Speiseplan. Wenn in der Regenzeit die Ratten aus den Gullis und Müllbergen drängten und aggressiv waren, warnte die Parteizeitung vor Infektionen.

Über Zahlen von Pesttoten wurde nur gemunkelt. Wir nahmen Prophylaxe, die der italienische Kollege aus sowjetischer Produktion beschafft hatte. Der medizinische Dienst des AA hatte uns mitgeteilt, daß das Medikament im Westen nicht mehr hergestellt werde, seit die Amerikaner Vietnam verlassen hatten. Nur nicht in Hanoi schwer erkranken, war unser aller Abendgebet!

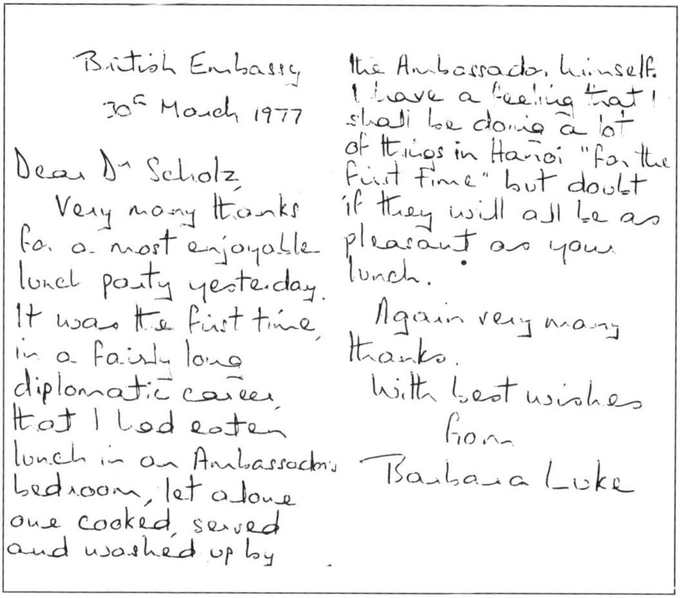

British Embassy
30th March 1977

Dear Dr Scholz,
Very many thanks
for a most enjoyable
lunch party yesterday.
It was the first time,
in a fairly long
diplomatic career,
that I had eaten
lunch in an Ambassador's
bedroom, let alone
one cooked, served
and washed up by
the Ambassador himself.
I have a feeling that I
shall be doing a lot
of things in Hanoi "for the
first time" but doubt
if they will all be as
pleasant as your
lunch.

Again very many
thanks.
With best wishes
from
Barbara Luke

Britische Botschaft
30.März 1977

Lieber Dr. Scholz,
sehr herzlichen Dank für die gestrige überaus amüsante Lunch-Party. Es war zum ersten Mal, daß ich in einer ziemlich langen diplomatischen Karriere im Schlafzimmer eines Botschafters zu Mittag gegessen habe, zudem vom Botschafter selbst gekocht, serviert und abgewaschen. Ich habe das Gefühl, daß ich in Hanoi viele Dinge »zum ersten Mal« tun werde, zweifle aber, daß sie so angenehm wie Ihr Lunch sein werden. – Nochmals vielen Dank.

Mit besten Wünschen von Barbara Luke

Einmal fand ich Ratten possierlich: Zu den schönen, aber auch verkommenen Gebäuden aus französischer Zeit gehörte in Hanoi eine kleine Nachbildung der Pariser Opéra. Das Haus diente jetzt der Partei. Eines Tages waren wir zu einem Folklore-Abend eines rumänischen Gastensembles eingeladen. Während die Tänzer unter der ihnen ungewohnten Hitze litten, wurde mein Blick von einer Paralleldarbietung gefangen: auf den mit verblichenem roten Samt gepolsterten Balustraden der unbesetzten Ehrenlogen tummelte sich eine Rattenschar. Große und kleine jagten sich, stampften mit den Beinen und produzierten Staubwolken, die das komische Ganze in einen magischen Nebel hüllten...

Monsieur Chi, der alte Guerillakämpfer, lächelte bloß und schwieg

Die vietnamesische Regierung hatte jeder Botschaft einen Dolmetscher zugewiesen. Da gab es solche und solche. Wir sollten mit unserem großes Glück haben. Monsieur Chi war etwa Mitte 60 und von Beruf einmal Lehrer gewesen. Seine Ausbildung hatte er noch in französischer Kolonialzeit genossen, später hatte er gegen die Franzosen gekämpft.

Entlang der Straße von Hanoi in die Hafenstadt Haiphong habe er Tage in Tümpeln unter Wasser zugebracht, nur mit einem Pusterohr aus Bambus zum Atmen. Wenn Erschütterungen des Bodens die Passage französischer

Lastwagen ankündigten, sei er kurz aufgetaucht und habe Granaten geworfen. Später sei er »Kundschafter« geworden, wie er das nannte. Bei Sonnenuntergang habe er sich wie von ungefähr einem alten, schwere Lasten tragenden Bauern auf dessen Heimweg vom Reisfeld ins Dorf als Helfer angeboten. Der Bauer habe ihn zum Dank in sein Haus und zum Übernachten eingeladen. Dabei seien Gespräche in Gang gekommen über französische Militärpräsenzen und -bewegungen, auch über die Ziele der vietnamesischen Revolution. Meist sei es dabei gelungen, den Bauern für die Revolution und über diesen Gesinnungsgenossen im Dorf zu gewinnen.

M. Chi hatte den Dolmetscherposten bei uns als Würdigung seiner früheren Verdienste erhalten. Freilich, von dem vergleichsweise hohen Dollarlohn, den die Botschaft an die Regierung zahlen mußte, erhielt M. Chi nur einen kargen Teil in Dong. Für die devisenarme Regierung waren die Dolmetscher westlicher Botschaften ebenso wie die Vermietung von Dienstwagen zu horrenden Preisen ein einträgliches Geschäft.

Es sollte einige Zeit dauern, bis sich unsere Zusammenarbeit eingespielt hatte. In den ersten Tagen war mir aufgefallen, daß M. Chi den ganzen Tag über laufend Notizen machte. Eines Tages sprach ich ihn darauf an, und er gestand, daß er jeden Abend einen Tagesbericht über uns abzugeben hatte. Mir war die ständige Beobachtung lästig geworden, und ich machte M. Chi ein Angebot: Ich hatte eine kleine Schreibmaschine mitgebracht, die ich nicht brauchte und M. Chi schenkte. Dazu gab ich ihm Material unserer Öffentlichkeitsarbeit, das ich in Hanoi ohnehin nicht verteilen durfte, und bat M. Chi, daraus seine Berichte zu Hause zu fertigen. Das sei auch für die empfangende Stelle interessanter als nur zu lesen, wann einer von uns geniest oder gehustet hatte. Einmal war unter dem Material eine Karikatur von Außenminister Genscher mit überzeichneten »Segelohren«. Da meinte M. Chi, wenn jemand in Hanoi einen der Führung so darstellen würde, käme er lebenslang hinter Gitter. Ein andermal, als wir vertrauter geworden waren, fragte M. Chi nach meiner Herkunft. Ich sagte, ich sei in Schlesien, einem Teil Deutschlands geboren, der jetzt polnisch sei. Ich würde in Hanoi für die Bundesregierung in Bonn arbeiten und dort Steuern zahlen. Ein neues Zuhause hätte ich am Baumaurerhof in Südtirol, in Italien, gefunden. M. Chi schüttelte sein markantes Gesicht und meinte: »Monsieur l´Ambassadeur, wem gehört Ihre Loyalität, können Sie überhaupt loyal sein?« Trotz seiner Intelligenz war die spontane Reaktion von M. Chi, auch auf die Karikatur, ein Zeugnis der Strenge seines Regimes, auch für dessen Ferne von der westlichen Welt.

Mit dem neuen Prozedere seiner Berichterstattung war M. Chi jedoch einverstanden und konnte nun seine ganze Arbeitskraft der Bewältigung unserer Probleme widmen, die wir täglich hatten und die uns wiederum fremd waren. Wir hatten es mit einem extrem zentralistischen, bürokratischen und alles kontrollierenden System zu tun. Nichts ohne Genehmigung! Einmal war ein vietnamesisches Flugzeug, in dem sich mein späterer Kanzler Engel befand, bei der Landung in Hanoi über die Piste geschossen und im Reisfeld gelandet. Die Verwundeten schrien, mußten aber eine Stunde warten, um das Flugzeug zu verlassen, bis die Genehmigung zur Öffnung der Türen gekommen war! – Jedes Detail, auch technische Lappalien, bedurften eines formellen schriftlichen Antrags und der Genehmigung: die immer wieder nötige Reparatur der WC-Spülung unserer Kanzlei, der Austausch einer Glühbirne, das Verlassen des engeren Stadtbereichs und selbstverständlich so wichtige Dinge wie die Reservierung eines Fluges. Immer mußte M. Chi den formellen Weg über das »Protokoll« gehen. Ebenso mußte er jedes meiner Telefonate, auch im Stadtbereich, über die mithörende Kontrollzentrale des Thong Nhat vermitteln. Wir fragten uns immer wieder, wie ein solches System buchhalterischer Umständlichkeiten und des grenzenlosen Mißtrauens den Krieg führen und für sich entscheiden konnte. Oder war gar der disziplinare Zwang totaler Kontrolle der Schlüssel zum Erfolg gewesen?

Eines Tages, als M. Chi nicht in der Kanzlei war, tat ich etwas absolut Frivoles: Im Hinterhof des Thong Nhat arbeitete eine Frauenbrigade. Um zehn Uhr war »Teezeit«, aber es gab nichts zu beißen. Ich reichte importierte Kekse und Limonade aus dem Fenster und erntete dafür dankbare Blicke. Kurz darauf, als M. Chi zurück war, wurde er zu seiner »Stelle« gerufen und dort beauftragt, mir einen Tadel zu übermitteln. Jeder Akt der Fraternisierung war untersagt!

Die Kontrolle des Lebens der Menschen in Hanoi war perfekt. Der Alltag war für Jung und Alt von früh bis spät organisiert. Die Teilnahme am Frühsport war genauso Pflicht wie die tägliche Lektüre der Parteizeitung, die abends beim obligatorischen Ideologie-Unterricht abgefragt wurde. Die Kontrolle führte in jedem Wohnbezirk ein Blockwart. Wollte jemand Verwandte in einem anderen Stadtteil besuchen, mußte er dafür die Genehmigung des Blockwarts einholen und sich danach wieder bei ihm zurückmelden. Damit sich Blockwart und seine »Schutzbefohlenen« nicht menschlich näher kamen, wurden die Blockwarte regelmäßig in andere Viertel umgesetzt. Welch ein Leben, dachte ich. Die Versorgung der Bevölkerung mit Lebensmitteln war rationiert: im Monat gab es für jeden zehn Kilo Reis, 300 Gramm Fleisch oder Fisch, etwas Tee, Zucker, Petroleum, für die Männer dazu etwas Tabak und Streichhölzer. Es gab kein Café und keine Teestube. Zur Unterhaltung gab es ein paar Kinos, die aber nur ideologische Erbauungsfilme zeigten. Der Bücherladen führte die Schriften von Marx und Engels und Fotos von Lenin, sonst war dort nichts zu finden.

Erbärmlich auch die Kleidung der armen Leute: die Frauen in schwarzen Pluderhosen aus Nylon und Blusen, die wohl einmal weiß, aber mangels Waschpulver grau geworden waren. Seife war Luxus, und Kosmetika waren unbekannt. Zur Fortbewegung gab es Fahrräder, und es schien ein beliebter Sport zu sein, abends in schweigsamen Kolonnen durch die sonst verkehrsarme Stadt zu fahren. Das Surren der sich im gleichen Rhythmus drehenden Fahrradketten hatte etwas Gespenstisches. An den Straßenrändern machten Kinder Schulaufgaben. Viele hatten zu Hause kein elektrisches Licht oder eben nur die vom Staat zugeteilte 8 Watt-Birne, deren Licht zum Lesen nicht ausreichte. Gewöhnlich machte ich abends mit Herrn Ebser und Haberstroh einen Spaziergang in der Umgebung des Thong Nhat. Immer wieder das gleiche Straßenbild, es war eintönig und bedrückend.

Eines Tages traute ich meinen Augen und Ohren nicht: entlang der Fensterfront unserer Kanzlei, keine drei Meter von meinem Schreibtisch, übte das weibliche Personal des Thong Nhat Kleinkaliberschießen mit scharfer Muni-

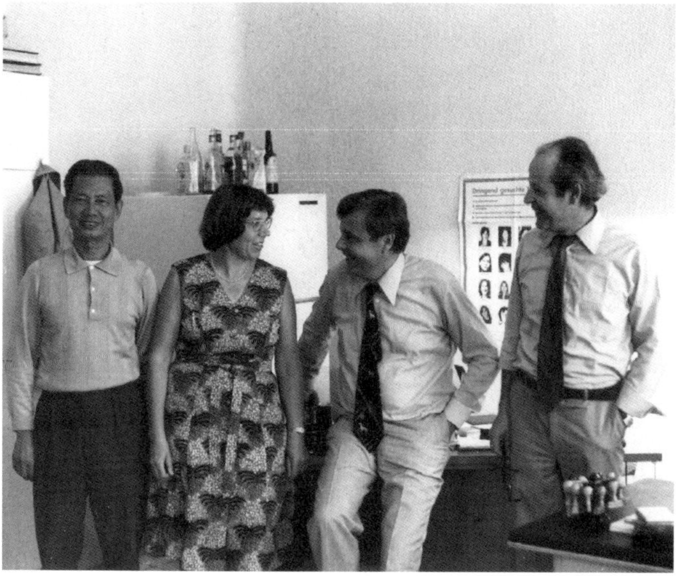

Mit Monsieur Chi, Frau Herbert und Kanzler Meier in der »Botschaftskanzlei« (Foto: privat)

tion. Ich begriff nichts mehr – was sollte das? Wie schnell könnte ein Querschläger jemanden treffen! Dem niederländischen Geschäftsträger Körner war schon einmal eine Kugel knapp am Kopf vorbeigeflogen. Doch M. Chi hatte kein Verständnis für unsere Sorgen und meinte nur, die Hausguerilla müsse in Übung bleiben. »Wozu?«, fragte ich ihn, »ist der Krieg nicht vorbei und das Ziel mit der Wiedervereinigung unter Hanois Führung nicht erreicht?« M. Chi, der alte Guerillero, lächelte bloß und schwieg.

Bei den Erben, das Testament Ho Chi Minhs

Über Jahre hatten politische Gruppierungen in der Bundesrepublik Deutschland gegen das US-Engagement in Vietnam demonstriert und sich mit Diskussionen und militanten Aktionen für den revolutionären Befreiungskampf Ho Chi Minhs eingesetzt. Nun würde ich den Erben des inzwischen verstorbenen Revolutionshelden begegnen.

Am 23. August 1976 übergab ich dem stellvertretenden Staatspräsidenten Ton Duc Thang mein Beglaubigungsschreiben. Das Zeremoniell war einfach und kurz. Es war brütend heiß gewesen, und mir war der Schweiß aus allen Poren gelaufen. Der hochbetagte Vizepräsident, der das erkrankte Staatsoberhaupt vertrat, hatte formelle Funktionen. Erst in den folgenden Tagen sollten meine offiziellen Antrittsbesuche bei Ministerpräsident Pham Van Dong, dem Außenminister Nguyen Duy Trinh und weiteren Ministern stattfinden. Nur ein Kabinettsmitglied, die Ministerin für Schulerziehung, kam aus der Befreiungsbewegung des Südens. Die anderen Minister und die Mitglieder des Politbüros waren »Nordisten«, wie die Nordvietnamesen genannt wurden. Es waren revolutionäre Kampfgefährten Ho Chi Minhs. Ihre Gesichter zeugten von Alter, Entbehrungen und einer asketischen Disziplin. Ihre Büros waren einfach möbliert, ohne Klimageräte, und auf den Schreibtischen standen die Werke von Marx und Engels. Einfach war auch ihre Kleidung. Vizeaußenminister Co Thak sagte, daß sich ins Ausland reisende Minister Anzüge und Koffer in einer zentralen Kleiderkammer ausleihen müßten und manchmal nicht reisen könnten, wenn sich die

Stellvertretender Staatspräsident Ton Duc Thang, Übergabe des Beglaubigungsschreibens (Foto: privat)

Rückkehr anderer verzögere. Als ich diesen Umstand der Not und Armut in einem Bericht erwähnte, hielt man das zu Hause für eine Übertreibung. Erst als Vizeaußenminister Co Thak später selbst in Bonn war und bei einer Pressekonferenz dasselbe sagte und die FAZ darüber berichtete, fand Glauben, was ich zuvor geschrieben hatte.

Es war auch für die anderen EG-Botschafter in Hanoi nicht einfach, die erlebte Wirklichkeit nach Hause zu vermitteln, weil sie so ungewöhnlich war und sich die Entwicklung mit den Erwartungen schwer vereinbaren lassen sollte. In den EG-Hauptstädten war man davon ausgegangen, daß die kommunistische Führung in Hanoi mit dem Abzug der USA und der Wiedervereinigung ihre nationalen Ziele erreicht habe und politisch saturiert sein müsse. Vietnam würde sich jetzt dem Wiederaufbau widmen und als »ungebundenes« Land der friedlichen Zusammenarbeit mit der Staatengemeinschaft zuwenden. Aber schon bei meiner Ankunft 1976 hatte sich abgezeichnet, daß es anders kommen würde.

Bei meinen Antrittsbesuchen schienen die Vertreter der Regierung weniger etwas hören als vielmehr eine Botschaft vermitteln zu wollen. Sie sprachen von den großen Opfern und Entbehrungen des langen revolutionären Kampfes, vom Sieg über die Weltmacht USA und, wie stolz sie auf diese Leistung seien. Sie wiesen auf die große Not des Landes und auf das ihm widerfahrene Unrecht hin. Sie erwarteten Wiedergutmachung, in erster Linie von den USA, aber im Sinne einer Mitschuld auch von deren Bündnispartnern. Dann sprachen sie vom Testament Ho Chi Minhs, das erst teilweise erfüllt und noch zu vollstrecken sei. Ich horchte auf und wurde stutzig, als sie weiter ausführten, daß zwar der kapitalistische

Feind besiegt und außer Landes getrieben worden sei, Vietnam aber immer noch Gegner habe. Mit ihnen müsse gerechnet werden, deuteten die Gesprächspartner sibyllinisch ohne weitere Worte an und beendeten ihren Monolog selbstbewußt mit der Feststellung: Vietnam habe die USA besiegt und würde daher auch mit den restlichen Problemen fertig werden.

Ich sollte in meiner Zeit in Hanoi erfahren, was hinter diesen Andeutungen zu verstehen war. Nach dem Rückzug der Franzosen 1954 und schließlich auch der USA sowie der Vereinigung Vietnams wollte Hanois Führung 1976 ihren Einfluß auch auf Laos und Kambodscha ausdehnen und – wie einst Frankreich – ganz Indochina von Hanoi aus beherrschen. Im Juli 1977 schloß Hanoi mit Laos einen sogenannten Freundschaftsvertrag, der das schwache Nachbarland unter vietnamesischen Einfluß bringen sollte. 50.000 vietnamesische Truppen wurden in Laos stationiert. Der laotische Ministerpräsident war vietnamesischer Abstammung. Hanois Versuche, auch Kambodscha in ähnlicher Weise an sich zu binden, stießen auf Widerstand. Die »Roten Khmer« wehrten sich, und Pol Pot fand dabei aktive Unterstützung Chinas. Peking war nicht nur über Hanois expansive Indochinapolitik, sondern auch über die Diskriminierung ethnischer Chinesen in Südvietnam verärgert. Hanoi hatte die chinesischen Geschäftsleute in Saigon im Zuge der Sozialisierung des Südens enteignet. Die Beziehungen Vietnams zu China und Kambodscha waren 1977/78 immer feindseliger geworden, bis es am Ende zum vietnamesischen Einmarsch in Kambodscha und zum chinesisch-vietnamesischen Grenzkrieg kommen sollte. Hierfür hatte sich Hanoi im Herbst 1978 der Hilfe und Rückendeckung der

Sowjetunion versichert und ihr in einem »Freundschafts- und Beistandspakt« militärische Stützpunkte in Vietnam eingeräumt. Nur kurz war Vietnam seit Abzug der USA frei von fremder militärischer Präsenz gewesen, als Hanoi wegen seiner Spannungen mit Peking und seiner Expansionspolitik in Indochina die Großmacht Sowjetunion einlud, sich auf vietnamesischem Boden militärisch zu installieren. Dagegen wurde auf deutschen Strassen nicht protestiert wie vorher gegen die US-Präsenz.

Im Sommer 1978 hatte ich auf Einladung der Regierung mit Kollegen das vietnamesisch-kambodschanische Grenzgebiet besucht. Dabei war an Einschüssen und anderen Zeichen unschwer zu erkennen gewesen, daß die seit einiger Zeit virulenten Spannungen und Scharmützel nicht, wie von Hanoi behauptet, von Kambodscha ausgingen, sondern sich von vietnamesischer Seite gegen Kambodscha richteten. Sie sollten Monate später zur vietnamesischen Invasion Kambodschas eskalieren. In Ho-Chi-Minh-Stadt sahen wir eine staatliche Fabrik, die dabei war, eine große Zahl Holzboote herzustellen. In Saigon wurde gemunkelt, die Regierung würde die Boote den ethnischen Chinesen gegen Gold verkaufen und sie auf diese Weise zum Verlassen des Landes animieren. Als wir kurz darauf dem Hohen Flüchtlingskommissar der Vereinten Nationen bei seinem Besuch in Hanoi unsere Beobachtungen schilderten, hielt er für undenkbar, was einige Monate später am Ende der Monsunzeit schließlich doch geschah: mit ethnischen Chinesen, die Hanoi enteignet hatte und loswerden wollte, begann der große Exodus, dem sich später – ganz gegen die Absicht Hanois – auch zunehmend mehr Vietnamesen anschließen sollten. Das Problem der Bootsflüchtlinge hat dann die Welt beschäftigt.

Kurz nach dem Flüchtlingskommissar war im Herbst 1978 ein Vertreter der EG-Kommission aus Brüssel nach Hanoi gekommen. Brüssel hatte die EG-Botschafter weder von diesem Besuch noch von der Absicht unterrichtet, aus dem Hilfsfonds der EG schwere Lkws und Flugbenzin an Vietnam zu liefern. Das wären drei Monate später schöne Schlagzeilen für die Weltpresse geworden: »EG unterstützt vietnamesische Invasion Kambodschas«. Es war gar nicht so einfach, die »EG-Hilfe« noch im letzten Moment zu verhindern.

Wirtschaftliche Erwartungen eilten den Möglichkeiten voraus

Die deutsche Wirtschaft hatte – wie die Wirtschaftskreise in den anderen Ländern der EG – gehofft, daß vom großen Bedarf Vietnams an Konsum- und Investitionsgütern 1976 eine hohe Nachfrage ausgehen und damit ein ähnlich großer Konjunkturaufschwung eintreten würde, wie er sich zwanzig Jahre zuvor nach dem Koreakrieg ergeben hatte. Die europäischen Erwartungen eilten, wie sich bald herausstellte, den Möglichkeiten weit voraus.

Wirtschaft und Außenhandel waren im vereinten Vietnam ausschließlich Sache von Regierung und Partei in Hanoi. Zentralistische Staats- und Kriegswirtschaft, die Abhängigkeit von kommunistischen Partnerländern, hatten die Wirtschaftsbürokraten in Hanoi geprägt. Handelsrecht, Kostenrechnung, Usancen des Welthandels, waren ihnen so unbekannt wie ihnen das Verständnis für Gewinn des ausländischen Partners ideologisch fremd, ja Teil ihres kapitalistischen Feindbildes war. Meine Wirtschaftsgespräche und erste Verhandlungen deutscher Firmen waren politisch überfrachtet. Die Wirtschaftsbürokraten sprachen in der Pose des Siegers und mit Selbstbewußtsein. Sie gaben uns zu verstehen: Wenn deutsche Firmen bei Handelsgeschäften einen Gewinn erzielen wollten, müßten sie sich dieserhalb an die Bundesregierung wenden. – Bei Verhandlungen über Investitionen standen immer finanzielle Vorleistungen und Gebühren im Vordergrund, es ging mehr darum als um die Entwicklung langfristiger vertrauensvoller Partnerschaft zum beiderseitigen Nutzen.

Bis es transporttechnisch möglich war, einen eigenen Dienstwagen nach Hanoi zu bringen, mußte die Botschaft für den staatlichen Mietwagen eine Gebühr entrichten, deren Monatsbetrag etwa dem Preis entsprach, für den man das betagte Vehikel außerhalb Vietnams hätte erwerben können. – Die Lufthansa hatte mich gebeten, Überflugrechte auszuhandeln, denn sie wollte wieder wie früher auf ihrer Südstrecke nach Ostasien die Luftstraße »amber one« über Danang nutzen, statt Vietnam südlich zu umfliegen. Die vietnamesische Regierung forderte dafür Gebühren, die weit über dem international üblichen Niveau lagen.

Eine Delegation des deutschen Erdölexplorations-Unternehmens DEMINEX war nach Hanoi gekommen, um über Ölbohrungen im Süden Vietnams zu verhandeln. Die Regierung hatte der Firma das noch von Amerikanern im Krieg vermessene »Planquadrat 4« angeboten, von dem ich gehört hatte, daß dort bereits vergeblich gebohrt worden war. Ich riet DEMINEX zu gründlicher Vorprüfung. Die Verhandlungen wurden ungewöhnlich schwierig und langwierig. Jedesmal, wenn eine Einigung zum Greifen nahe schien, forderten die Vietnamesen weitere Vorauszahlungen. Die deutsche Seite war verzweifelt, unterzeichnete schließlich und erbrachte die Vorleistungen. Deminex bohrte – jedoch ohne Erfolg und zog wieder ab.

1977 kam eine erste größere deutsche Wirtschaftsdelegation Hamburger und Bremer Kaufleute nach Hanoi, um Geschäftsmöglichkeiten zu sondieren. Bei einer offiziellen Rundfahrt durch das alte Zentrum der Stadt prahlte die staatliche Begleiterin: »Alles, was Sie hier sehen, war beim amerikanischen Weihnachtsbombardement 1972 in Schutt und Asche gelegt und haben wir seither wieder aufgebaut«. Herrn Melchers aus Bremen war das zuviel. Er sagte: »Madame, Hochachtung, wie schnell Sie Hanoi wieder und ganz im alten französischen Kolonialstil und mit der Patina des Verfalls aufgebaut haben. Aber die alten Alleebäume, die würden bei uns 100 Jahre brauchen, um neu zu wachsen«. Die deutschen Kaufleute waren Asienkenner und mit Zuneigung für das kriegsgeschundene Land nach Hanoi gekommen, ließen sich aber von im Kriege bewährter guerillataktischer Propaganda nicht blenden. Sie reisten mit dem Eindruck ab, daß es für eine nutzbringende wirtschaftliche Zusammenarbeit noch zu früh war. Es lag in der Luft, daß Hanoi vor dem erhofften wirtschaftlichen Wiederaufbau noch andere, politische Prioritäten hatte.

Auch in späteren Jahren, als sich Vietnam auf Drängen der Welt wieder aus Kambodscha zurückgezogen hatte, sollte es für westliche Firmen schwierig bleiben, in Vietnam Fuß zu fassen. Die »Süddeutsche Zeitung« berichtete am 16. November 1995 anläßlich des Besuchs von Bundeskanzler Kohl in Hanoi: »Die deutsche Vietnam-Euphorie ist verflogen.« Eigentlich hatte das Regime in Vietnam nie Anlaß für euphorische Erwartungen gegeben, sie waren eher in der Ferne, zu Hause, entstanden. – Das Potential Vietnams als Markt und Wirtschaftspartner dürfte sich erst dann voll entfalten, wenn den zaghaften ersten Reformschritten weitere überzeugende folgen und die Wirtschaft mehr als bisher entideologisiert würde. Die Entscheidung hierüber liegt bei der politischen Führung in Hanoi, die noch immer dogmatisch denkt und aus ihrer Sicht die nicht unberechtigte Sorge hegt, ihr könnte die politische Kontrolle entgleiten.

In Danang
Eine Nacht am Rinnstein

Reisen von Hanoi ins Land bedurften eines Antrags mit Begründung und entsprechender Genehmigung. Diese war dann leichter zu erhalten, wenn sich der Reisegrund mit dem Interesse der Regierung verband. Um nach Ho-Chi-Minh-Stadt, das frühere Saigon, fliegen zu können, gab ich als Grund die Abwicklung unserer früheren dortigen Botschaft an. Die Regierung war interessiert, unser Gebäude zu übernehmen.

Unsere Botschaft in Saigon hatte ihre Tätigkeit kurz vor der militärischen Eroberung der Stadt eingestellt. Botschafter und entsandte Mitarbeiter waren nach Bangkok ausgereist. Zurückgeblieben waren die zwei deutschen Ortsangestellten, Arno Knöchel und Thomas. Sie hatten die Kanzlei beim Einmarsch der Truppen aus dem Norden und in der Zeit des Übergangs vor Plünderungen und überhaupt vor Eindringlingen bewahrt. Maßgeblich war dies den Gänsen von Arno Knöchel, einem früheren Fremdenlegionär, zu verdanken gewesen. Deren Geschnatter hatte jeden Fremden verschreckt und ferngehalten.

Beim ersten Besuch in Saigon im Herbst 1976 begann ich mit der Inventur sowie der Durchsicht und Vernichtung von Akten, eine Arbeit, die ich bewußt hinauszögerte, um öfter einen Grund für Reisen in den Süden zu haben. In Saigon konnte ich die Maßnahmen der in Gang gekommenen Gleichschaltung des Südens mit dem nördlichen System wahrnehmen und die Schwierigkeiten erleben, die sich der praktischen Wiedervereinigung stellten. Trotz scharfer Kontrollen war in Saigon vieles zu beobachten und zu hören gewesen, was uns bei der strengen Abschirmung des Thong Nhat in Hanoi nie erreicht hätte. Zudem hatte sich in Ho-Chi-Minh-Stadt noch das eine oder andere der früher vielen hundert Restaurants in »privaten Zimmern« erhalten, wo es sich zur Abwechslung von der Küche des Thong Nhat einzukehren lohnte. Für vertrauenswürdige und mit Devisen zahlende Gäste war der »patron« auch bereit, noch eine seiner letzten im Sand vergrabenen Flaschen Wein auszubuddeln.

Eine wichtige Aufgabe stellte sich in Saigon: Ehemalige vietnamesische Ortskräfte unserer früheren Botschaft und des Goethe-Instituts waren wegen ihrer Arbeit für uns unter dem neuen sozialistischen Regime von der Zuteilung von Lebensmittelrationen ausgeschlossen. Sie und ihre Familien waren in großer Not. Etwa zehn von ihnen wollten in die Bundesrepublik ausreisen. Es gelang mir, erst in Deutschland eine Aufnahmezusage und dann unter großen Mühen eine vietnamesische Ausreisegenehmigung zu erlangen. Unter den ersten Glücklichen war Chan, eine junge ehemalige Mitarbeiterin des Goethe-Instituts, aber leider nicht Hoa, die schwerbehindert war und sich ohne Hilfe nicht zu bewegen vermochte. Chan hatte sich bereits einige Zeit ihrer angenommen. Ich werde nie den Großmut der kleinen Chan vergessen, wie sie in der alten Botschaft in Saigon vor mir stand, um ihren Quotenplatz an Hoa abzutreten, und dies, wo jeder alles dafür gegeben hätte, die Not und das Regime des Landes geregelt verlassen zu können. Es gelang nach einiger Zeit, auch Chan nach Deutschland zu bringen. Sie fand Aufnahme bei einer Familie in Krefeld, machte eine eindrucksvolle Studienkarriere und gründete eine Familie.

Unter den westlichen Botschaftern in Hanoi war ich der erste und für lange Zeit der einzige, der auch eine Reisegenehmigung nach Danang erhielt. Dort hatten die deutschen Malteser im Krieg ein Krankenhaus gebaut. Sie hatten mitgeteilt, daß aus der Finanzplanung noch ein Relikat von zwei Millionen DM vorhanden und für gute Zwecke im Spital verfügbar sei. Ich sollte mir das Krankenhaus anschauen. Schneller als sonst üblich konnte Monsieur Chi eine Reisegenehmigung erwirken und meinte spitzfindig: »Die wittern Devisen.«

Zur Begleitung nahm ich meinen »Schreibherrn« Haberstroh mit. Dem auffällig blondgelockten jungen, von Natur froh gestimmten Mann hatten die Beschränkungen in Hanoi ohnehin längst aufs Gemüt geschlagen. – Beim Abflug am Flughafen Gia Lam gesellten sich zwei uniformierte vietnamesische Begleiter zu uns, die mich im

Flugzeug in ihre Mitte nahmen. Vorkehrungen dieser Art wurden mit Fürsorge für unsere Sicherheit begründet.

In Danang wurden Herr Haberstroh und ich in getrennte, winzig kleine Hotelzimmer eingewiesen und gebeten, dort zu warten. Vor unsern Zimmern war ein Wächter aufgestellt. Später wurden wir zum Mittagessen abgeholt und danach zum Malteser-Krankenhaus gebracht. Der Besuch begann mit einem Gespräch mit den vietnamesischen Ärzten. Obwohl diese gutes Französisch sprachen, mußte ich mit ihnen über einen schlecht Englisch sprechenden vietnamesischen Dolmetscher reden. Dann folgte die Besichtigung des Krankenhauses. Was Haberstroh und ich sahen, war herzerbarmend: die Zimmer drei- und vierfach überbelegt, oft teilten sich zwei Kranke ein Bett ohne Laken. Das Labor, die Küche, alles war abgewirtschaftet, vieles kaputt, nichts gepflegt. Da herrschte Not und wäre vieles zu tun, dachten Haberstroh und ich, indem wir uns einvernehmlich zunickten. Als ich nach dem Rundgang bei der Verabschiedung noch einmal nachdenklich über das ganze Gelände schaute, entdeckte ich unversehens jenseits der eingrenzenden Mauer ähnliche Giebelkonstruktionen wie auf unserer Seite. Ich fragte, ob die Gebäude gegenüber Teil des Gesamtkomplexes seien. Zögernde Zustimmung! Ich bat, auch diesen Teil des Malteserspitals sehen zu können. Nach einer Stunde kam die Genehmigung.

Wir betraten eine kontrastreiche Oase: Einen großen Park mit englischem Rasen und Springbrunnen, wo Rekonvaleszente in seidenen Pyjamas promenierten. Ich konnte ihre gepflegten, klimatisierten Einzelzimmer mit Fernsehgerät sehen. Labor und Küche waren picobello in bestem Zustand. Wieder nickten Haberstroh und ich einander schweigend zu und waren uns einig: dies war die Bonzenabteilung des Malteserkrankenhauses für Parteikader. Mir verschlug es den Atem und Worte, bis ich mich am Ende aufraffte zu fragen, ob es nicht möglich wäre, die beiden Teile des Krankenhauses, ihre Fazilitäten ein wenig mehr zum gemeinsamen Nutzen zu verbinden. Ich dachte an Worte von Willy Brandt: die Mauer durchlässig machen! Nie zuvor war mir die Doppelzüngigkeit der kommunistischen Theorie von der Gleichheit der Menschen so sichtbar geworden wie bei diesem Besuch des Malteserspitals in Danang.

Als Haberstroh und ich nach dem Abendessen um 20 Uhr gebeten wurden, auf unsere Zimmer zum Schlafen zu gehen, wurde uns die Gängelei zu viel. Wir baten den Wächter vor unseren Zimmern, uns eine Flasche Wasser zu besorgen. Kaum war er verschwunden, stiegen wir außen über die Feuertreppe ab. Wir bummelten durch das nächtliche Danang. Am Hafen sahen wir eine Replica des deutschen Hospitalschiffes »Helgoland«, das im Krieg hier gelegen hatte. Straßenpassanten schauten uns neugierig nach. In einer Café-Bar waren wir die einzigen Gäste und erfuhren, daß wir nach Rückzug der Amerikaner wohl auch die ersten »Weißen« in Danang waren. Als wir gegen 23 Uhr zum Hotel zurückkamen, war alles dunkel und verschlossen. Wir setzten uns auf den Rinnstein und sinnierten bis zum Morgengrauen. Als dann das Hotel öffnete, enschuldigten wir uns für unseren nicht vorgesehenen »Freigang«. Die Wache war froh, daß wir bald abreisen sollten.

Die Ankunft des ersten deutschen Schiffes in der Nachkriegszeit im Hafen von Haiphong war Anlaß für die Genehmigung einer Fahrt in die nordvietnamesische Hafenstadt. Das Schiff der »Rickmers Reederei« brachte Nahrungsmittelhilfe der Vereinten Nationen – und einen Dienstwagen für die Botschaft. Auf der Fahrt nach Haiphong zeigte mir Monsieur Chi die Stellen, wo er mehr als zwanzig Jahre zuvor französische Lastwagen mit Granaten bombardiert hatte. Der Kapitän des Schiffes, das viele Tage auf Reede hatte liegen müssen, ging mit mir durch das Hafengelände. Ein chaotisches Bild: Container, Kisten, verschlossene, aufgebrochene ... Der Kapitän zeigte mir einige, die er vor Jahren in Hongkong für die Weiterverschiffung nach Haiphong abgeladen hatte und die ungeöffnet hier gelandet und stehen geblieben waren. Hatte sie niemand erwartet? Wer würde den Inhalt der Ware jemals bezahlen? Nachdenklichkeit befiel mich.

Wegen Schleyer: Fahrrad mit Stander

Wie üblich war ich am Sonntag zur Abendmesse in die Kathedrale gegangen. Diese war zum großen Verdruß des Regimes trotz jahrzehntelanger marxistischer Indoktrinierung noch immer überfüllt. Was hatte die Partei nicht alles getan, um schon die Kinder auf ihre Seite zu ziehen. Da hieß es: »Betet zu Gott um Reis!« Nichts tat sich. Dann: »Betet zu Onkel Ho...« Und siehe da, es gab Reis. So primitiv wie raffiniert bemühte sich die Revolution um ihre Kinder.

Ich hatte nach meiner Ankunft auch dem Erzbischof von Hanoi, Joseph Maria Trin-Nhu-Khue, einen Höflichkeitsbesuch machen wollen, wie das in anderen Hauptstädten üblich gewesen wäre. Die EG-Kollegen hatten mir jedoch abgeraten, auch nur eine dafür erforderliche Genehmigung der Regierung zu beantragen. Der Antrag würde erfahrungsgemäß abgelehnt und dem Klerus könnten noch mehr Schwierigkeiten gemacht werden, als er ohnehin schon hatte. Der Bischof war alt und krank und konnte deshalb die für die staatliche Reiszuteilung erforderlichen Arbeitsstunden auf dem Feld nicht mehr erbringen. – Wie jeden Sonntag las der Erzbischof seine Predigt vom Blatt. Er hatte den Text der Partei zur Genehmigung vorlegen müssen. Um zu verhindern, daß er vom schriftlichen Text abwich, waren unter den Gläubigen Spitzel, die sich gar keine Mühe gaben, unerkannt zu bleiben.

Als ich an diesem Sonntag gegen 20 Uhr in unsere Kanzlei im Thong Nhat zurückkehrte, fand ich Kanzler Meier und Frau Herbert, die Nachfolger von Herrn Ebser und Herrn Haberstroh, beim Entschlüsseln eines Telegramms der höchsten Dringlichkeitsstufe. Die Mitteilung aus Bonn war so überraschend wie rätselhaft. Kanzleramtsminister Wischnewski sei mit einem Sonderflugzeug auf dem Weg nach Hanoi. Ich möge umgehend die Landegenehmigung erwirken und zum Auftanken Flugbenzin A1 sicherstellen. Vom Zweck und Inhalt dieser Sondermission war mit keinem Wort die Rede. Es hieß nur, die Sache sei streng vertraulich zu behandeln. Eile war geboten, ich müßte noch Sonntag spät abends ins Außenministerium. Unser Dienstwagen stand im Hinterhof eingekeilt von den Autos der anderen Botschaften. Es gab keine Möglichkeit, unseren Wagen zu mobilisieren, ohne das halbe diplomatische Corps zu nächtlicher Stunde aus den Betten zu treiben. Und natürlich würde mich jeder nach dem Grund der eiligen Aktion befragen, ausweichende Antworten würden Spekulationen auslösen. Also nahm ich statt des Dienstwagens mein Fahrrad und, um mich nachts am Eingang des Außenministeriums auszuweisen, nahm ich den Autostander, das Hoheitszeichen, in meiner Hand am Fahrrad mit. Die Angelegenheit nahm einen problematischen Lauf:

Der Herr im Außenministerium löcherte mich und wollte den Grund für die – Blitzreise Wischnewskis wissen. Ich kannte ihn nicht. Der Vietnamese glaubte mir nicht. Als schließlich die Landegenehmigung für Hanoi erteilt worden war, wurde sie kurzfristig widerrufen. Ich wurde ins Außenministerium zitiert und mit großer Empörung empfangen: Man wisse jetzt, weshalb der Minister käme, und sicher wisse ich es auch. Ich hätte dies nicht rechtzeitig gesagt und deshalb mein Vertrauen verspielt ... wurde ich abgekanzelt und wußte immer noch nicht warum. Das Flugzeug könne nicht in Hanoi landen, aber in Ho-Chi-Minh-Stadt auftanken. Wischnewski würde von niemandem empfangen werden, hieß es. – Wie ein begossener Pudel kehrte ich in die Kanzlei zurück. Dort war gerade der wöchentliche EG-Kurier aus Bangkok und der »Spiegel« voriger Woche angekommen. Bei der Lektüre des Aufmachers ging mir ein Licht auf: Von der Entführung von Schleyer war die Rede und, daß die RAF-Terroristen gefordert hatten, nach Vietnam ausgeflogen zu werden. – Später erfuhr ich, daß Wischnewski vor seinem Abflug den vietnamesischen Botschafter in Bonn voll informiert und dieser seiner Regierung berichtet hatte, was mir vom AA aus taktischen Gründen vorenthalten worden war.

Mit dem Dienstfahrrad, einmal – wegen Schleyer – nachts auch mit Stander (Foto:privat)

Daß Hanoi mit RAF-Terroristen nichts im Sinn hatte, war einleuchtend. – Am Ende konnte Wischnewski Montag abend zum Auftanken in Ho-Chi-Minh-Stadt landen und rief mich um Mitternacht im Thong Nhat an. Da die Nachtwächterin das Gespräch nicht in unsere Kanzlei umzustellen verstand, mußte ich in der Empfangshalle und wegen der schlechten Verständigung so laut sprechen, daß die Frau des belgischen Botschafters im zweiten Stock aufgeschreckt wurde. Sie erschien wie eine Fee in blauem Negligé im Foyer und fragte entsetzt: »Pierre, was ist passiert?« Ich rief: »Bitte geh wieder ins Bett, Geheimsache!«.

Freizeit in Hanoi und am Ende ein rührendes Erlebnis

Mein Leben wie das meiner zwei deutschen Mitarbeiter und der überwiegend alleinstehenden anderen westlichen Kollegen im Thong Nhat war asketisch, und die allgemeinen Lebensumstände waren spartanisch, ganz anders als der Volksmund von »Diplomaten« zu sprechen pflegt. Der Alltag war arbeitsreich und die »Freizeit« eintönig.

Es gab in ganz Hanoi einen »Sportclub« für Ausländer, den aber die tausend Russen und anderen Ostblockvertreter besetzt hatten und wo die neu gekommenen Westlichen nicht willkommen waren. So blieb meinen zwei deutschen Mitarbeitern und mir der abendliche Spaziergang um den »kleinen See« nahe des Thong Nhat und das schon beschriebene Straßenbild der nächtlichen Stadt. Eines Abends entdeckten wir den Chinesen: ein ziemlich verfallenes Haus etwa zwanzig Gehminuten vom Thong Nhat entfernt, wo man in einem privaten Zimmer im oberen Stockwerk an drei Tischen frugal essen oder unten, zu ebener Erde, einen Reisschnaps bekommen konnte. Es dauerte einige Zeit, bis uns »der Chinese« akzeptierte. Die Bevölkerung in Hanoi hatte bisher an Ausländern nur die »Russen« gekannt, und auch uns riefen Kinder immer wieder »Liên-Xo – Russe, Russe« hinterher. Nach einiger Zeit hatte unser Chinese Vertrauen gefaßt und erzählte manches, was auf der Volksseele brannte, aber in der Parteizeitung nicht zu lesen war.

Die Bewegungsfreiheit der westlichen Insassen des Thong Nhat war auf den engeren Stadtbezirk von Hanoi, auf die Straße zum Flughafen und bis zum Thang Loi, dem kubanisch gebauten Hotel am Großen See am Stadtrand begrenzt. Hierhin pflegte ich Sonntag mit meinen Mitarbeitern zum Mittagessen zu radeln. Das Menü war zwar kaum unterschiedlich zu dem im Thong Nhat, aber die tropische Umgebung des Sees war eine wohltuende Abwechslung für Auge und Gemüt.

Hanoi am Wochenende zu verlassen, um ins Land oder an die Küste zu fahren, bedurfte eines Antrags, der drei Wochen im voraus gestellt werden mußte. Die Genehmigung kam gewöhnlich zwei Tage vor dem beantragten Reiseantritt. Oft aber hatte sich in der Zwischenzeit ein Grund ergeben, aus dem die Reise um eine Woche zu verschieben war. Das war nicht möglich. Die einmal erteilte Genehmigung war nicht übertragbar, ein neuer Antrag mußte gestellt werden – wiederum drei Wochen im voraus. Dieser Umstand führte dazu, daß meine Mitarbeiter und ich letztlich die Wochenenden in Hanoi verbrachten. Kollegen, die eigene Häuser hatten, nahmen sich der kasernierten Insassen des Thong Nhat an: Beim geselligen britischen Botschafter Robert Tesh waren wir samstags ab 11 Uhr zu Importbier, Gin Tonic und einem Schwatz willkommen. Der humorvolle Robert ließ es sich nicht nehmen, Neuankömmlingen sein Haus als ehemaliges Bordell aus französischer Zeit vorzuführen, wofür die Räume sprachen und was die Chronik schriftlich bestätigte. Am Nachmittag konnten wir beim ägyptischen Botschafter im Garten Tischtennis spielen, und Sonntag abends gab es ab und zu einen westlichen Film in der französischen Botschaft zu sehen.

Nur einer meiner zwei Mitarbeiter konnte Skat spielen, und es erwies sich als problematisch, den »dritten Mann« zu finden. Der DDR-Botschafter hatte »leider zu wenig

Zeit und zu viel Arbeit.« Ich verstand. Der Kollege hatte sechzig Mitarbeiter, war stark im politischen Geschäft und ließ uns drei aus der »BRD« seine Überlegenheit in Hanoi spüren. Als Honecker zu einem Staatsbesuch kam und ihm die Botschafter vorgestellt wurden, wünschte er mir »alles Gute«. Hätte er lieber seinem Botschafter gestattet, mit mir Skat zu spielen, dachte ich nachher.

In den zweieinhalb Jahren meiner Zeit in Hanoi kamen deutsche Geschäftsleute und ab und zu Journalisten. In der ganzen Zeit kam aber keiner der sonst reisefreudigen deutschen Parlamentarier und auch kein offizieller Vertreter irgendeines Ministeriums. Um wieviel plausibler wäre es für die Meinungsbildung in Bonn und für die Auswertung der Berichterstattung einleuchtender gewesen, wenn sich der eine oder der andere von der Wirklichkeit des Landes ein eigenes Bild verschafft hätte. So jedoch konnte ich mich manchmal des Gefühls nicht erwehren, allein, verlassen zu sein und manchmal zu Hause nicht verstanden zu werden. Wenn ich gerügt wurde, nicht verhindert zu haben, daß humanitäre Katastrophenhilfe in falsche Hände – in die der Armee – gelangt war. Wie hätte ich die kontrollieren sollen, unter deren Kontrolle und in deren Macht ich selbst stand? Oder: Die vorschriftsmäßige Führung des Fahrtenbuchs für den Dienstwagen wurde angemahnt, wo es doch unmöglich war, Kilometer und verbrauchten Treibstoff in eine vernünftige Relation zu bringen – Benzin aus Faß im WC mit Mund über Schlauch in den Tank ...

Wegen der Härten des Postens Hanoi waren die zwei entsandten Mitarbeiter in meiner Zeit dreimal ausgewechselt worden. Jedesmal war der Abschied schwer gefallen. Wir hatten zu dritt unter ungewohnten und ungewöhnlich schwierigen Umständen kollegial und eng zusammengearbeitet und unsere Pflicht erfüllt. Den widrigen Umständen zum Trotz haben wir oft gelacht. Kleine Freuden wußten wir zu schätzen, den Reisschnaps beim »Chinesen« am Ende eines langen Arbeitstages. Die Erschwernisse wirkten sich auf unser Miteinander positiv aus.

Nach zweieinhalb Jahren in Hanoi fühlte ich mich ausgebrannt und war erleichtert, als Ende 1978 ein Versetzungserlaß kam. Ich verließ Hanoi, als in Vietnam Hochspannung herrschte. Der Exodus der Bootsflüchtlinge aus Saigon hatte begonnen, die Invasion Kambodschas und der chinesische Grenzkrieg waren jeden Tag zu erwarten. Als ich bei meinem Abschiedsbesuch gegenüber Ministerpräsident Pham Van Dong meine Sorge hierüber anklingen ließ, meinte er, ich möge mir darüber keine Gedanken machen. Vietnam habe die USA besiegt und werde auch mit diesen Problemen fertig werden. Es waren die gleichen Worte, mit denen der Regierungschef bei meinem Antrittsbesuch 1976 seine Andeutungen über den noch zu erfüllenden Teil des Testaments von Ho Chi Minh beendet hatte.

Noch einmal tat ich am letzten Tag Frivoles: Von meiner jüngsten Bangkok-Reise hatte ich Stoffe, Süßigkeiten und Kosmetika – Seife, Eau de Cologne und in offiziellen vietnamesischen Augen Teufelszeug wie Lippenstifte – mitgebracht. Ich wollte den Angestellten des Thong Nhat danken und der Arbeitsbrigade, von der Kanzler Engel eine, ihrer roten Wangen wegen, »Erdbeerchen« genannt hatte. Als ich vor dem Thong Nhat ins Auto stieg und noch einmal zur Fassade des Hauses hinaufblickte, stand »Erdbeerchen« am Fenster, winkte scheu und wischte sich Tränen. Gleichermassen war ich gerührt, war doch dieser Moment am Ende das für mich intimste Erlebnis zwischenmenschlicher Beziehungen in Hanoi.

Auf Inseln im Indischen Ozean

Madagaskar
Die »Große Insel«, ein kleiner Kontinent

In meinem Wechsel von Hanoi nach Madagaskar vermochte ich zwei Bezugspunkte zu erkennen: ich kam wieder in ein Land mit einer sozialistischen Regierung und traf im zentralen Hochland, vor allem in der Hauptstadt Antananarivo, eine Bevölkerung asiatisch-pazifischen Ursprungs. Die Merina (gesprochen: Mern) waren vor Zeiten mit Booten aus der Inselwelt des Pazifik als Siedler gekommen und hatten polynesische Kultur, Ahnen- und Totenkult, mitgebracht. Sie hatten auch lange vor der Kolonialisierung Madagaskars eigene Staatsorgane besessen.

1883 hatte Königin Ranavalona II. ihren Außenminister nach Berlin entsandt, wo er am 13. Mai 1883, einem Sonntag, um 13.30 Uhr von Kaiser Wilhelm I. empfangen wurde. Am 15. Mai 1883 unterzeichnete er mit Staatssekretär Graf Hatzfeldt-Wildenburg im AA in der Wilhelmstraße einen »Handels- und Freundschaftsvertrag«, in dem »Meistbegünstigung im Handel und gleichberechtigte Partnerschaft«, eine für damals fortschrittliche Vereinbarung, verbrieft wurden. Bismarck mißtraute der Sache und hatte sich ferngehalten. Er hatte den Grund der madagassischen Initiative erkannt, die von dem deutschen Kaufmann und Konsul Ebenau in Madagaskar ausgegangen war, der enge Beziehungen zur Regierung der Königin pflegte. Es war die Zeit, als sich die Kolonialisierung

Madagaskars durch Frankreich abzeichnete, die durch den Vertrag mit Berlin aufgehalten und womit dem deutschen Handel seine Position gesichert werden sollte. Tatsächlich war der madagassische Außenminister 1883 nach der Vertragsunterzeichnung von Berlin ins Ruhrgebiet gereist, um Waffen bei Firmen einzukaufen, die Ebenau in Madagaskar vertrat! Bismarck aber dachte nicht daran, das nach 1870/71 gerade wieder mit Paris normalisierte Verhältnis wegen Madagaskar zu belasten. So sollte Madagaskar 1895/96 französische Kolonie und erst 1960 wieder ein unabhängiger Staat werden. In meine Zeit in Tana, wie Antananarivo im Volksmund heißt, fiel im Mai 1983 ein angemessenes Gedenken des hundert Jahre zuvor geschlossenen deutsch-madagassischen Freundschaftsvertrages.

Bei meiner Ankunft am Flughafen in Tana wurde ich im März 1979 freundlich und von Journalisten erwartungsvoll empfangen: Damals gab es in Madagaskar gerade an die zwanzig diplomatische und konsularische Vertretungen, und aus Europa kam nur dreimal wöchentlich ein Flugzeug. Seine Ankunft und noch mehr die eines neuen Botschafters waren Ereignisse auf der »Großen Insel«, wie die Madagassen ihr Land, die viertgrößte Insel der Welt, nannten.

Unser erster Botschafter hatte für die Bundesregierung ein Haus erworben und es »Villa Berlin« genannt. Hier konnte ich von Ratten unbelästigt, mit offenen Fenstern wohnen und ruhiger als in Hanoi schlafen. Das Haus lag auf einer Erhebung in einem großen Garten, unter hochgewachsenen schattenspendenden Bäumen. Die nächtliche Brise machte Klimageräte entbehrlich. Nicht weit von der »Villa Berlin« lag – auch am Stadtrand von Tana –

unsere Botschaftskanzlei, ein ehemaliges Wohnhaus. Von meinem Schreibtisch blickte ich auf Reis- und Gemüsefelder. Die neun deutschen Mitarbeiter wohnten in der gleichen ländlichen Gegend.

Wenige Tage nach meiner Ankunft überreichte ich Staatspräsident Didier Ratsiraka mein Beglaubigungsschreiben. Ursprünglich Marineoffizier, war er 1972 im Zuge einer Militärrevolte Außenminister und 1975 Chef eines revolutionären Präsidialregimes geworden. Der Präsident war an der Küste geboren, wo Afrikaner, Inder und Araber gesiedelt hatten. Er trug einen taubenblauen Maßanzug, Lacklederschuhe und rauchte bei unserem Gespräch nach dem Beglaubigungszeremoniell eine lange kubanische Zigarre. Die erste Regierung nach der Unabhängigkeit von 1960 sei unter Tsiranana – einem Merina – einseitig westlich orientiert gewesen, sagte der Präsident. Madagaskar sei ein Land der Dritten Welt und müsse ungebunden und nach allen Seiten offen sein. Seit der Revolution habe das Land auch Beziehungen zur Sowjetunion, zur VR China, zu Nordkorea, Kuba, Hanoi und zur DDR...

Bei meinen Antrittsbesuchen und Gesprächen mit westlichen Kollegen hörte ich mehr: Hauptgrund für die »Revolution« waren historische, ethnische Spannungen zwischen den Küstenbewohnern und der Hochlandbevölkerung gewesen. Mag sein, daß die Merina-Regierung nach 1960 vor allem westliche Beziehungen gepflegt hatte. Jetzt, seit 1975 jedenfalls, schien das politische Ruder allzusehr nach links umgeschlagen zu sein. Damit einhergegangen war ein Kurs innenpolitischer wirtschaftlicher Sozialisierung. Das Leben des Alltags war dabei unvergleichbar freier geblieben, als ich es in Hanoi erlebt hatte. Neben der Präsidentenpartei AREMA gab es noch fünf weitere, kleine Parteien im Parlament, die freilich wenig ausrichten konnten. Es gab auch mehrere Zeitungen, die bei verordneter Selbstkontrolle gleichwohl vieles mehr zu vermitteln vermochten als die Presse in streng sozialistischen Ländern.

Die spürbarsten Nachteile hatte die Sozialisierungs- und Verstaatlichungspolitik Ratsirakas für die Wirtschaft, die Versorgung der Bevölkerung und die Finanzen des Landes. Eine ernste Krise bahnte sich an. Verschiedenes kam zusammen: Die verstaatlichte Reiswirtschaft konnte den Grundbedarf nicht mehr decken, und am Weltmarkt waren die Preise für Madagaskars tropische Exporte gesunken. Zu alledem hatte Moskau Ratsirakas Furcht vor Südafrika geschürt. Auf der riesigen, kaum zu kontrollierenden Insel landeten an Wochenenden immer wieder südafrikanische Privatflieger für ein Picknick oder um zu schmuggeln. Moskau überredete Ratsiraka, zur Verteidigung sowjetische MIG zu kaufen. Dafür hatte das Land einen wesentlichen Teil seines Kaffee-Exportes verpfändet und westliche Deviseneinnahmen verloren, die zur Einfuhr von Ersatzteilen für Maschinen und Fahrzeuge dringend benötigt wurden.

Mich interessierte, wie die Bevölkerung über den MIG-Erwerb dachte, und ich war der Meinung, sie müßte aufbegehren. Ich fuhr ins Land, befragte einfache Bauern und wurde eines anderen belehrt: »Wenn ich nach Tamatave, in die Küstenstadt laufe, brauche ich dafür vier Tage. Die Düsenjäger schaffen die gleiche Strecke in fünfzehn Minuten. Wir sind ein moderner Staat geworden!«, war die Antwort, aus der ich Stammesdenken kennenlernte. Solange der Häuptling Macht demonstriert und die Zügel fest in der Hand hält, fragt der arme Untertan nicht nach den Aufwendungen – wie unwirtschaftlich sie auch immer sein mögen. Madagaskar hatte keine wirklichen Feinde, die MIG dienten Moskaus damaligen Interessen. Die UdSSR wollte die »Große Insel« als Stützpunkt für ihre Politik gegenüber Südafrika ausbauen, nicht ahnend, wie die Entwicklung Südafrikas und der UdSSR verlaufen würde.

1980 war Madagaskar praktisch zahlungsunfähig. Frankreich machte seine weitere vitale Hilfe von einer Konsolidierung und der Zusammenarbeit Madagaskars mit dem Internationalen Währungsfonds (IWF) abhängig. – Vom IWF aus Washington kam der deutsche Finanzexperte Dr. Kratz. Mit großem Sachverstand und viel Wohlwollen arbeitete er an einem Sanierungs- und Stützungsplan. Immer wieder bat er um zusätzliche Informationen und Meinungen von Ortskundigen. Er konsultierte die EG-Runde und traf sich oft mit mir allein. An einem Sonntag, kurz vor Mitternacht, rief er mich wieder an. Am nächsten Morgen um sieben Uhr sei sein entscheidendes Gespräch mit Präsident Ratsiraka, und zuvor müsse er mich noch einmal sprechen. Ich schürte das verglimmende Kaminfeuer in der »Villa Berlin« noch einmal an. Dr. Kratz kam und – nachdem wir sein Anliegen besprochen hatten – brachte ich ihn gegen zwei Uhr morgens ins Hotel zurück. – Der IWF und die Regierung einigten sich. Madagaskar würde staatlich unrentable Wirtschaftsbereiche wie den Handel mit Reis und das Mühlengewerbe reprivatisieren, und der IWF würde dafür vorübergehend die Zahlungsbilanz stützen.

Nach dieser Regelung waren auch für uns wieder die Voraussetzungen gegeben, die wirtschaftliche Zusammenarbeit mit Madagaskar zu beleben, in der ich seit meiner

Ankunft die Hauptaufgabe der Botschaft in Tana gesehen hatte. Madagaskar war fern von Bonn und nicht im Vordergrund deutscher politischer Prioritäten. Aber es hatte schon 1609 eine deutsche Beschreibung »Der überaus Mechtigen und Weltberümbten Insel Madagascar« gegeben. Im 19. Jahrhundert hatten deutsche Botaniker, Geologen und Geographen geforscht und madagassischen Raritäten der Flora und Fauna Namen gegeben. Zudem waren wir drittgrößter Handelspartner des Landes und hatten eine Reihe sinnvoller Entwicklungsvorhaben durchgeführt und andere begonnen. Mit der Konsolidierung und Sanierung konnten sie wieder in Gang kommen, und neue konnten ins Auge gefaßt werden.

Ich war mit dem Auto von Tana im Hochland nach Süden in die Stadt Tuléar gefahren. Von den 945 Kilometern der »Nationalstraße 7«, der einzigen Landverbindung zwischen der Hauptstadt und dem Süden, waren 192 Kilometer noch nicht ausgebaut. Es ging durch Zerklüftungen, über roten Laterit und bedurfte schon in der Trockenzeit geländegängiger Fahrzeuge. In der Regenzeit war diese Teilstrecke wie Schmierseife und unpassierbar, der Süden war abgeschnitten. In Bonn waren Pläne für den Ausbau dieses Streckenabschnitts verworfen worden. Ich berichtete noch einmal und begründete die Sinnhaftigkeit einer ganzjährig befahrbaren Landverbindung. Das Projekt wurde daraufhin doch übernommen und bald begonnen.

Ein ländliches Berufsausbildungszentrum in Tuléar: Jungen lernen einfache Holz- und Metallbearbeitung, Reparaturen an Maschinen und Fahrzeugen. Mädchen werden in Kinderpflege, Hygiene und Hauswirtschaft eingewiesen. Am Ende der Zeit erhalten sie eine bebilderte Broschüre des Lehrstoffs für sich und andere in ihrem Heimatdorf. Mein französischer Kollege in Tana war von dieser Ausbildungsmethode so angetan, daß er die Rechte zum Nachdruck der Fibeln erwarb, um sie in ehemals französischen Ländern Afrikas verwenden zu lassen. Das Ausbildungszentrum war von der Konrad-Adenauer-Stiftung eingerichtet und inzwischen durch Einnahmen aus Reparaturarbeiten finanziell unabhängig geworden.

In Tuléar arbeitete der Berliner Veterinär Dr. Karrasch an der Verbesserung der Tierzucht. Es ging um den Erhalt von Weideflächen, die durch Erosion und die traditionelle wie kaum auszurottende Unsitte, sie vor der Regenzeit abzubrennen, spärlich geworden waren. Ein Mitarbeiter des Projektes hatte in Australien eine in der Wurzel brandresistente Luzernenart, Stylosantis, kennengelernt und mit ihrer Übertragung nach Madagaskar gute Fortschritte erzielt. Ein anderes Projektziel war, Bauern zur Überdachung ihrer Rinderpferche anzuhalten, um auf diese Weise den in der Regenzeit anfallenden Mist vor dem Wegschwemmen zu bewahren, zu sammeln und für den Reisanbau zu nutzen. Dr. Karrasch überwachte auch die Hygiene der Tiere und hatte festgestellt, daß ein verbesserter Impfschutz nötig sei.

An dieser Aufgabe arbeitete in Tana der aus Südamerika in Tierzucht und -hygiene erfahrene Göttinger Professor Seifert. Er war dabei, ein technisch einfach zu handhabendes Verfahren zur örtlichen Herstellung von Vakzinen gegen Rausch- und Milzbrand bei Rindern und die häufige »Teschener Schweinekrankheit« zu entwickeln. Gleichzeitig lernte er talentierte madagassische Mitarbeiter für die künftige Produktion des Impfstoffs in eigener Regie an, wodurch dem Land Devisenausgaben für die bisher notwendige Einfuhr erspart würden. Professor Seifert kam nur alle drei Monate kurz nach Madagaskar, um den Fortgang des Prozesses zu überwachen. Einmal, an Ostern, hatte ich ihn zum Essen und einer Fahrt zum Großen See eingeladen. Kurz vor der Abfahrt sagte er ab und bat um Nachsicht. In den nächsten Stunden sei mit dem entscheidenden Ergebnis seiner Arbeit zu rechnen. Auch seine madagassischen Kollegen hatten ihr familiäres Ostertreffen zurückgestellt und waren im Labor geblieben. Professor Seifert hatte Erfolg. Der Staatspräsident war beeindruckt und pflegte seinen Besuchern ein Fläschchen mit dem weißen Vakzine-Konzentrat zu zeigen, das er seither wie einen Fetisch auf seinem Schreibtisch hatte.

Großer Popularität erfreute sich der deutsche Fußballtrainer Peter Schnittger. Er vermittelte nicht nur Fußballtechnik, sondern sorgte mit seiner Frau beispielhaft – und oft aus eigener Tasche – für Gesundheit und Wohl seiner madagassischen Schützlinge. – Peter Friedel hat in Madagaskar erstmals den Schulsport entwickelt, Sportlehrer ausgebildet und Curricula erstellt. Er dachte weiter: Sportgeräte wie Bälle brauchten nicht importiert, sondern könnten aus eigenen Rohstoffen hergestellt werden. Damit würden jährlich Millionen DM Devisen eingespart werden. Das Projekt kam in Gang.

Was ich für die Förderung unserer Projekte tun konnte und tat, war nicht die »große Politik«, sondern eher Kärrnerarbeit an der Basis, deren Fortschritte sichtbar und befriedigend waren. Am Ende hat sich diese Mühe auch politisch zu unseren Gunsten niedergeschlagen. Zunehmend ausführlichere Berichte der madagassischen Presse über unsere Entwicklungsarbeit vermittelten der Bevölkerung ein positives Bild der deutsch-madagassischen

Beziehungen. Fortschritte einzelner Vorhaben waren vom Staatspräsidenten aufgenommen worden, der mich öfter zitierte, um sich persönlich darüber unterrichten zu lassen. Das waren Gelegenheiten, auch über andere Fragen zu sprechen, und manchmal fragte der Präsident nach meiner Meinung oder gar einem Rat. Sein anfänglich distanziertes Verhalten hatte sich vertrauensvoll gewandelt.

Eine deutsche Delegation war nach Tana gekommen, um ein neues Projekt unserer Zusammenarbeit, die Rehabilitierung eines Reisanbaugebietes, auszumachen. Präsident Ratsiraka stellte uns seinen großen sowjetischen Hubschrauber zur Verfügung, um an einem Tage verschiedene notleidende Gebiete besichtigen und eines davon für unsere Zusammenarbeit auswählen zu können. Unsere Feldbesichtigungen hatten kurz vor Sonnenuntergang im Gebiet des Betsiboka-Flusses geendet, und wir waren zum Start für den Rückflug nach Tana bereit. Gerade aus dieser Richtung aber nahte die pechschwarze Wolkenwand eines jener mir schon bekanntgewordenen schweren Unwetter. Ich riet, am Boden abzuwarten, doch die – noch – mutige Mehrheit überstimmte mich. Zwanzig Minuten nach dem Start befanden wir uns inmitten eines tobenden Gewitters, das unseren Hubschrauber rüttelte und schüttelte. Regen peitschte gegen die Kabinenfenster und Blitze erhellten schreckartig die rabenschwarze Finsternis. In der Kabine eine trübe, gelblich glimmende Birne. Da überkam es den ersten, dann einen zweiten... In die düstere Stimmung mischte sich übler Geruch. Ich hatte den sowjetischen Piloten und seinen madagassischen Ko-Piloten in festem Blick. Alle zehn, zwanzig Sekunden guckte jeder von ihnen nervös auf seine Armbanduhr, als seien Minuten vergangen. Eine gute Stunde wurde zur Ewigkeit, bis wir allen widrigen Umständen zum Trotz in Tana landeten.

Ein gutes Jahr später war ich beim US-Kollegen zu einem Abendessen eingeladen und wurde dabei mit dem Leiter der madagassischen Flugsicherheitskontrolle bekannt. Der fragte zögernd, wie lange ich schon im Lande sei. Nach meiner Antwort meinte er: »Dann waren Sie vor einem Jahr in dem Hubschrauber, den unser Kontrollturm bereits aufgegeben hatte! Ein um so größeres Vergnügen, Sie heute kennenzulernen.«

Die Komoren

Die Schüssel landete am Boden – und ich doch glücklich auf Mayotte

Mit Sitz in Madagaskar vertrat ich gleichzeitig unsere Interessen in Moroni, der Hauptstadt der »Islamischen Republik der Komoren«, etwa drei Flugstunden nördlich von Tana entfernt. Zu den drei Inseln der Republik, die einmal französisch waren, gehörte vor ihrer Unabhängigkeit eine vierte, Mayotte, die heute noch unter französischer Verwaltung steht. Wenige Monate vor meiner ersten Reise nach Moroni war dort Präsident Abdallah durch einen Putsch weißer Söldner unter Leitung von Bob Dénard an die Macht gekommen. Einige Jahre später wurde Abdallah auf die gleiche Weise von Bob Dénard wieder entmachtet und kam dabei zu Tode. Die politische Labilität auf den nicht weit von Madagaskar entfernten Komoren und die Involvierung – wenn auch nicht offizieller, sondern privater – südafrikanischer Söldner waren für den madagassischen Präsidenten Ratsiraka ein Grund mehr, auch einen Umsturzversuch und deshalb Südafrika zu fürchten.

Ich war in Moroni gelandet und in einem kleinen Hotel abgestiegen. Eigentlich hatte mich Präsident Abdallah in sein Gästehaus eingeladen. Kollegen in Tana, die auch in Moroni doppelakkreditiert waren, hatten mir abgeraten, die Gastfreundschaft anzunehmen. Man sei in dem einsam abgelegenen Gästehaus von jeglichen Kontakten isoliert und so ganz und gar in des Präsidenten Hand und unter seiner Kontrolle. Ich aber wollte mich ja auch umsehen und frei bewegen können. – Auf dem Weg zum Amtssitz des Präsidenten wurde ich von weißen Söldnern begleitet. Am Eingang mußte ich ein Spalier der Söldnertruppe mit aufgezogenen Bajonetten passieren – die Atmosphäre war eigenartig. Das Gespräch nach der Übergabe meines Beglaubigungsschreibens nutzte Präsident Abdallah, um die Nöte seines Landes zu schildern und Wünsche zu äußern. Er wollte bald in Bonn Staatsbesuch machen. Neben vielen anderen Dingen brauchte sein Land ein Verkehrsflugzeug, und er dachte an ein ausrangiertes Flugzeug der Lufthansa, das ihm die Bundesregierung überlassen könnte. Ich reagierte zurückhaltend, auch später beim Abendessen, zu dem mich der Präsident eingeladen hatte. Dabei lernte ich seinen rigiden Stil kennen: Als der auf Knien servierende Diener vor Aufregung zitterte und etwas auf die Erde tropfte, schlug ihn Abdallah so auf die Hand, daß die ganze Schüssel auf dem Boden landete.

Ganz anders war der Außenminister. Bei ihm war ich anderntags allein zu Gast. Abends saßen wir zwei im kleinen Garten seines bescheidenen Hauses und sprachen über Gott und die Welt, auch über Armut und Entwicklung ehemaliger Kolonien. »Wir Entwicklungsländer schieben unsere Not und Armut allzu leicht nur auf die Ausbeutung durch frühere Kolonialherren. Das trifft nur teilweise zu. Vielfach ist unsere Not hausgemacht. Wir können nicht wirtschaften und schon gar nicht sparsam sein,« sagte der Minister und fuhr fort: »Wenn mir mein Koch eine Tasse Tee machen soll, kocht er dafür zehn Liter Wasser. Und wenn ich meinen Chauffeur bitte, drei Briefe zu unweit voneinander liegenden Zielen zu bringen, fährt er erst den einen aus, kommt zurück, nimmt dann den zweiten ... anstelle die drei Briefe auf einmal mitzunehmen. Wenn wir nicht sparsam zu wirtschaften lernen, wird nie etwas aus uns werden. Da kann uns auch keine Entwicklungshilfe weiterbringen.« Das ehrliche Bekenntnis dieses weitsichtigen Ministers im weltfernen Moroni ging tief in meine Erinnerung ein – genauso wie das folgende Erlebnis:

Verbindung zur Außenwelt gab es damals von Moroni nur einmal wöchentlich durch einen Flug der Air Tansania. Auch mein zweiter Besuch, ein Jahr später, dauerte umständehalber eine ganze Woche, obwohl es so viel für mich nicht zu tun gab. Ich war in Gedanken schon wieder in Madagaskar, als mich die Nachricht erreichte, daß der morgige Flug wegen Maschinenschadens ausfallen würde und um eine Woche verschoben werden müsse. Da saß ich nun und dachte an meine Verpflichtungen der kommenden Woche in Tana! Präsident Abdallah war hilfreich: Seine eigene 6-sitzige Cessna – das einzige Flugzeug in

Moroni – würde am nächsten Morgen zur Wartung nach Johannesburg und ich könnte bis Mayotte mitfliegen und dort den täglichen Anschluß über Réunion nach Madagaskar bekommen. Ich war dankbar und erleichtert. Noch am Abend kam der französische Pilot der »Präsidentenmaschine« in mein Hotel, um näheres zu besprechen. Er war so zwischen 60 und 70 Jahre alt und erzählte, wie er als Kriegspilot von England aus Köln und Düsseldorf bombardiert hatte. Wir tranken einen Pastice, und beiläufig fragte ich, ob die Cessna in Ordnung sei: »Aucun problème«, meinte der alte Hase, »nur ein paar hundert Flugstunden über die vorgegebene Wartungsfrist.«

Pünktlich um zehn Uhr hoben wir am nächsten Morgen ab. Ehe wir Mayotte anfliegen, müsse er noch Postsäcke auf Anjouan und Moheli abliefern, meinte der Pilot. Anjouan war kein Problem. Dann aber über Moheli hakte das Fahrwerk. Die Elektronik versagte, und auch die für solche Fälle vorhandene mechanische Kurbel bewegte sich trotz aller Anstrengungen nicht. Der Pilot wischte sich den Schweiß von der Stirn, kreiste und kreiste und griff zum »Handbuch«. Inzwischen waren wir schon so tief, daß wir Lautsprecherkontakt mit dem Bodentechniker bekamen. Der rief: »Nein, noch nicht, das Fahrwerk ist nur zu 20% ausgefahren, 60% sind Minimum.« So ging es noch eine Weile, dann ein Ruck – die Sperre hatte sich gelöst. Als wir aufsetzten, war ich erleichtert und sicher, der Defekt würde repariert werden. Weit gefehlt! Der Pilot warf den Postsack aus der rollenden Cessna und hob mit Vollgas wieder ab. – Noch unbegreiflicher für mich: Der Pilot versuchte jetzt mit ebenso großer Mühe, das Fahrwerk wieder einzufahren. Zaghaft tippte ich ihm auf die Schulter und meinte, ob es nicht gescheiter wäre, die bald wieder benötigten Räder draußen zu lassen... Da unterbrach der risiko- und kriegserfahrene Pilot sein technisches Manöver und meinte mit souveräner Überlegenheit und klassisch französischer Höflichkeit: »Excellence, was Sie da sagen, ist technisch korrekt. Aber als Pilot muß ich an alles denken. Schauen Sie auf die Benzinuhr. Die sagt mir, daß der Sprit nur bei eingezogenem Fahrwerk bis Mayotte reicht. Ob wir dann sicher landen können, wird sich zeigen, wenn es das Fahrwerk wieder auszufahren gilt.« Ich gab mich geschlagen, dachte an meinen Schutzengel und schaute versonnen aus dem wolkenlosen Sonnenhimmel auf die tiefgrünen Wellen des Indischen Ozeans unter mir.

Der Pilot schwitzte – und schaffte es. Erst rein mit dem Fahrwerk, dann wieder raus. Der Techniker in Moheli hatte unsere Havarie nach Mayotte gemeldet. Dort stand nicht nur die französische Feuerwehr bereit, sondern auch der französische Präfekt mit einer Flasche Champagner! – Ein Jahr später, auf einem Flug von Paris nach Madagaskar, tippte mir jemand von hinten auf die Schulter: der französische Pilot von Präsident Abdallah! Ob ich mich noch unseres gemeinsamen Fluges erinnerte, wollte der alte Kriegsveteran wissen.

Mauritius

Nicole hat dem Bundeskriminalamt geholfen

Auch die im Vergleich zu Madagaskar kleine, etwa tausend Kilometer südöstlich davon gelegene Insel Mauritius gehörte zu meinem Amtsbereich im Indischen Ozean. Dorthin zu kommen, war wesentlich einfacher, als auf die Komoren zu reisen. – In wechselvoller Kolonialgeschichte war Mauritius niederländisch, französisch und am Ende britisch gewesen und nach seiner Unabhängigkeit Mitglied des Commonwealth geblieben. Das Agrément für meine Akkreditierung hatte die britische Königin in London erteilt, und ich hatte mein Beglaubigungsschreiben ihrem Stellvertreter in Port Louis, dem Governor-General, übergeben. Bei unserem Gespräch nach der schlichten Zeremonie blickte ich von der Terrasse seines Amtssitzes immer wieder in den tropisch blumenreichen Park und dachte: alter Kolonialstil, repräsentativ aber nicht protzig.

Die koloniale Vergangenheit von Mauritius war offenkundig und zeigte sich nicht zuletzt in der Vielfalt der Bevölkerung, die europäischer, indischer, chinesischer, pazifischer Herkunft und gemischt – kreolisch war. Ministerpräsident Ramgoolam war indischen Blutes und von Beruf Arzt. Er kannte Deutschland und schätzte deutschen Wein. Ich brachte ihm stets eine kleine Kollektion als Gastgeschenk mit. Jedes Mal, wenn ich meinen Besuch angekündigt hatte, auch nachdem seine Regierung bei Wahlen von der Opposition abgelöst worden war, fand er einen Abend Zeit für mich. Es war lehrreich, dem alten erfahrenen Herrn zuzuhören und mit ihm zu diskutieren. Das Verhältnis der unterschiedlichen Bevölkerungsteile der Insel, wobei das indische Element überwog, war nicht spannungsfrei, funktionierte aber im Rahmen einer nicht selten lebhaften Demokratie. Außenpolitisch war Mauritius Mitglied der »Ungebundenen der Dritten Welt«. Anders als viele linkslastige Staaten dieser Gruppe, zu denen Madagaskar zählte, vertrat Mauritius einen gemäßigten Kurs und war deshalb bei Abstimmungen internationaler Gremien ein für uns wichtiger Partner. Auf Mauritius konnten wir uns verlassen.

Deutsche Wirtschaftsinteressen waren auf Mauritius in einigen Betrieben der Hemden- und Pulloverfabrikation sowie durch eine Fabrik vertreten, die Säcke für die Zuckerwirtschaft – den damals wichtigsten mauritischen Wirtschaftszweig – herstellte. Der deutsche Betriebsleiter war verzagt und klagte mir sein Leid darüber, daß sein Arbeitgeber in Deutschland keinen seiner Vorschläge zur Rationalisierung und Produktivitätssteigerung aufgriff. Bald sollte sich herausstellen, daß der Unternehmer den Zweigbetrieb in Mauritius als Abschreibungsfirma bewußt in roten Zahlen hielt, was der Fabrik und dem Ansehen Deutschlands abträglich wurde.

Auftrieb hatte der Tourismus aus Deutschland genommen, vornehmlich Pauschalreisende, die von den Veranstaltern betreut wurden und nur selten konsularischer Hilfe bedurften. Doch einen nicht alltäglichen Konsularfall erlebte ich eines Tages bei einem Dienstbesuch in Mauritius: Das Bundeskriminalamt Wiesbaden suchte einen Deutschen und vermutete, daß er auf Mauritius untergetaucht sei. Wiesbaden hatte einen Steckbrief geschickt. Eines Tages aß ich mit der deutschen Kaufmannsfamilie Rieth in einem kleinen abgelegenen

Restaurant zu Abend. Da stieß mich Nicole Rieth unter dem Tisch an und zwinkerte mit ihren Augen. Tatsächlich, am übernächsten Tisch saß der Gesuchte! Dem Bundeskriminalamt konnte geholfen und das Problem gelöst werden.

Nicole Rieth war Kreolin und damals Assistentin unseres Honorarkonsuls Dr. Jowhry, der indischer Herkunft und Zahnarzt war. Bei seinem Studium war er vom Zweiten Weltkrieg in Berlin überrascht worden und dort bis zum Kriegsende geblieben. Seine praktischen Konsularaufgaben erledigte Nicole. Sie war eine überaus patente, umsichtige und hilfreiche Vizekonsulin, die sich selbständig und verantwortlich durchzusetzen vermochte. Meine Besuchsprogramme hatte sie stets akribisch vorbereitet. Mit ihr zusammen konnte ich einige Entwicklungsprojekte durchführen. Es ging dabei nicht um große Kredite, sondern um sogenannte »Kleinstmaßnahmen«, um Beträge von wenigen tausend Mark. Damit richteten wir in abgelegenen Dörfern mit Kinderreichtum und Arbeitslosigkeit kleine Nähschulen ein, um Schulabgänger für eine Tätigkeit in der sich ausbreitenden Textilindustrie anzulernen. – Auch der Wunsch mauritischer Fußballtrainer nach Fortbildung ließ sich ohne große Kosten für ein besonderes Projekt erfüllen: Peter Schnittger kam ab und zu aus Madagaskar und gab Kurse in Mauritius. – Nach dem Tod von Dr. Jowhry wurde Herr Rieth Honorargeneralkonsul. Seine Arbeit liegt wie zuvor bei Nicole in besten Händen.

Als ich wieder einmal aus meinem Wirkungsfeld im Indischen Ozean nach Bonn kam, wollte mich Bundespräsident Carstens sprechen. Er kannte mich aus meiner Attachézeit, als er noch im AA war und hatte es sich aus

Ministerpräsident Ramgoolam schätzte deutschen Wein und hatte immer Zeit

alter Verbundenheit zu eigen gemacht, auch Botschafter in kleinen Staaten zu kurzer mündlicher Berichterstattung zu empfangen, wenn sie in Bonn waren. Ich war darauf vorbereitet und trug in knappen Worten und wenigen Minuten vor, was mir von Madagaskar, den Komoren und Mauritius erwähnenswert erschien. Am Ende meinte Bundespräsident Carstens: »Herr Scholz, das ist ja hochinteressant und ganz neu, was Sie da sagen, berichten Sie das doch einmal.« Ich konnte mir ein Verständnis heischendes Lächeln nicht versagen und meinte: »Herr Bundespräsident, was meinen Sie, wie oft das schon geschrieben wurde? Aber wer hat denn heute noch Zeit, solche Berichte zu lesen und auszuwerten, oder denkt gar daran, sie an Sie zu leiten?«

»Togo hat zwei Väter«

1976 hatte mich die Personalabteilung zwischen Vietnam und Togo wählen lassen. Ich hatte mich für Hanoi entschieden. 1983 wurde ich ohne Alternative in die togoische Hauptstadt Lomé versetzt. Von der »Großen Insel« Madagaskar, einem kleinen Kontinent, kam ich in ein handtuchartiges Land, dessen Nord-Südlänge von 600 Kilometern auf einer von der EG finanzierten Asphaltstraße leicht an einem Tage zu bewältigen und das an der Küste des Atlantik nur 87 Kilometer breit war.

Vier Kilometer von der Grenzstelle zu Ghana lag an der Küstenstraße unser bundeseigenes Botschaftsgelände, ein sogenannter »Compound«. Seine Mauer grenzte an die Straße und diese an den Strand, der sich weder zum Baden noch als Promenade empfahl. Hohe Brandung und Unterströmung waren lebensgefährlich, und mangels sanitärer Anlagen diente der Strand der armen Stadtbevölkerung als Ort zur Erledigung täglicher Bedürfnisse. Anblick wie duftgemischte Meeresluft waren kein Vergnügen, wenn der Wind braungefärbte Papierfetzen landwärts auf den Rasen oder ins gemeinsame Schwimmbad des Botschaftsgeländes wehte. – Kanzlei und Wohnungen für die deutschen Mitarbeiter waren nicht lange vor meiner Ankunft neu gebaut und fertiggestellt worden. Die Bundesbaudirektion Berlin hatte eine Stahlbeton-Konstruktion konzipiert, die sich bei der aggressiven salzhaltigen Feuchtigkeit, die von der Meeresbrandung ausging, bald anfällig zeigte. Die Stahlträger hatten zu rosten begonnen und sprengten allmählich den sie umgebenden Zementmantel. Auch der private Wohnteil des Botschafters war tropischen Bedingungen nicht angepaßt. Er hielt sich an die in Deutschland geltenden Richtlinien für die Dienstwohnung eines kinderreichen A-16 Beamten: Fünf Kinderzimmer zu je 9,8 Quadratmetern, Eltern- Schlaf- und Wohnzimmer je 22 Quadratmeter. Die Böden waren mit tropisch wärmehaltigen und pilzinfektionsfördernden Spannteppichen ausgelegt, der lange Flur sowie Bad/WC waren ohne Fenster. Das Ganze ließ mich an Schilda denken, als ich meine künftige Bleibe in Lomé nach Ankunft um Mitternacht erstmals in Augenschein nahm. Mein Vorgänger hatte gottlob eine Flasche Rotwein zurückgelassen, die mir nach den ersten Eindrücken beim Einschlafen half.

Am nächsten Tag, es war Sonntag früh gegen sechs Uhr, weckte mich ein Anruf des togoischen Protokollchefs aus kurzem Schlaf. Präsident Eyadéma erwarte mich schon Montag früh zur Übergabe des Beglaubigungsschreibens. Der Präsident sei sehr protokollbewußt, alles müsse sekunden- und millimetergenau ablaufen. Deshalb möge ich alsbald, am besten gleich, ins Außenministerium kommen, um den Programmablauf zu üben. Ich war überrascht, hatte ich diese Zeremonie doch schon einige Male ohne Generalprobe bestanden. – Die Zusammenarbeit mit dem netten Protokollchef währte nur einige Monate. Eines Tages war er spurlos verschwunden. Erst zwei Jahre später begegnete ich ihm zufällig wieder, auf der Straße; er war aus schwerer Kerkerhaft entlassen und sichtlich gezeichnet.

Ich war nach Hanoi, Madagaskar und den Komoren in Togo wieder in ein frankophones Land gekommen, in dem der französische Botschafter seit der Unabhängigkeit des Landes 1960 traditionell auch Doyen des kleinen diplomatischen Corps der etwa 15 Missionschefs war. Ihm machte ich den ersten Antrittsbesuch und wurde von Michel Chatelais in seiner unkomplizierten Art freundschaftlich empfangen. Seine Residenz war ein Altbau, hatte große hohe Räume und viele Öffnungen. Die durchziehende Meeresbrise machte Klimageräte nahezu entbehrlich. Warum nur hatte sich die Bundesbaudirektion nicht an dieser bewährten Erfahrung orientiert? Michel bot mir Hilfe und Zusammenarbeit an und meinte: Schließlich habe Togo zwei Väter, Deutschland und Frankreich.

Togo war 1884 »Deutsches Schutzgebiet« und mit dem Ersten Weltkrieg Treuhandgebiet unter französischer Verwaltung geworden. Ich war überrascht, nicht nur in Lomé vielen gut erhaltenen Zeugnissen wilhelminischer und tropisch adäquater Architektur, sondern im ganzen Lande auch einem lebendigen »guten deutschen Ruf« zu begegnen. Der hatte sich nicht nur bei ein paar wenigen hochbetagten, noch aus deutscher Zeit lebenden Togoern erhalten, sondern war offenbar auch in das Bewußtsein der nachgewachsenen Generation übergegangen. Anfangs war ich geneigt, auf eine »gefühlsmäßige Vergoldung« der lange zurückliegenden, nur dreißig Jahre währenden deutschen Zeit zu stoßen, der dann über fünfzig Jahre französischer Kolonialisierung gefolgt waren. Doch dann erklärten mir im Laufe meiner Zeit in Togo Häuptlinge, Bürgermeister und Professoren, was es mit dem guten deutschen Ruf auf sich hatte.

Nicht ohne eigenes Interesse an tropischen Erzeugnissen hatte das Deutsche Reich in Togo die tropische Landwirtschaft und die Infrastruktur – Straßen und Eisenbahn – entwickelt und damit der Bevölkerung Arbeit und Brot gebracht. Noch nachhaltiger war die Erinnerung daran, daß die deutsche Kolonialverwaltung nur ganz wenige deutsche Beamte entsandt und der Bevölkerung ein hohes Maß eigener Gestaltungspraxis, auch Sprache, kultische Traditionspflege etc. belassen hatte. Anders als andere europäische Kolonialmächte, hatte Berlin darauf verzichtet, seine Ende des 19. Jahrhunderts gewonnenen afrikanischen Gebiete – wie Togo – allzu stark ans Mutterland zu binden oder gar die Bevölkerung zu Deutschen machen zu wollen. Und noch eine Besonderheit deutscher Kolonialzeit war unvergessen: Das Deutsche Reich hatte togoischen Bürgern das Recht eingeräumt, sich mit Beschwerden unmittelbar an den Reichstag in Berlin zu wenden. So fortschrittliche Menschenrechte hätten sich die Togoer hundert Jahre später in ihrem eigenen Lande wieder gewünscht.

»Togo hat zwei Väter, Deutschland und Frankreich«, wiederholte Michel Chatelais noch öfters, auch bei seinen öffentlichen Reden und in unseren Gesprächen, wobei er mir gegenüber humorvoll ergänzte, daß wir beide nun für die Alimente aufkommen müßten, für die umfangreiche Hilfe, ohne die das Land nicht leben könne.

Togo war für Frankreich wie für uns ein bevorzugter Partner wirtschaftlicher Zusammenarbeit. Etwa 40 bis 50 Experten der GTZ und des DED (Deutscher Entwicklungsdienst) waren in Togo im Einsatz. Die Projekte reichten von ländlicher Entwicklung, Schädlingsbekämpfung, Aufforstung, Tierzucht, über Medizin und Verwaltung des Hafens hin zur Vermittlung einfacher Techniken, der Ochsenanspannung, der Holzbearbeitung wie Herstellung von Eisenpflügen – die mein Urgroßvater hundert Jahre zuvor in Nieder-Hermsdorf eingeführt hatte. Alle zwei Monate kam ich mit den Projektleitern in der Bot-

Ochsenanspannung am Eisenpflug – ackern hatte ich als Kind gelernt (Foto: privat)

schaft zum Erfahrungsaustausch zusammen, und bei Besuchen im Landesinnern sah ich die Arbeitsfortschritte und erfuhr von Problemen wie diesem: Die Züchtung eines geeigneten Rindes für Kleinbauern durch Kreuzung afrikanischer Kühe mit importierten Bullen kam nicht recht voran. Die deutschen Bullen ließen es an der erhofften Zuneigung und Pflichterfüllung mangeln. Einer der Experten wollte der Sache durch 24-stündige Verhaltensforschung auf den Grund gehen und stieg deshalb nachts auf einen Baum, um die trägen Tiere mit einem Infrarot-Fernglas zu beobachten.

Präsident Eyadéma traf manchmal unvermutet überraschende Entscheidungen. Ich fiel aus allen Wolken, als mich eines Tages am späten Nachmittag der Außenminister zitierte, um mir mitzuteilen, daß der Präsident

Papst Johannes Paul II. in Togo – wir sprachen über Neisse (Foto: privat)

beschlossen habe, das Amt des Doyens vom französischen Botschafter auf mich zu übertragen. Das würde die deutsch-französischen Interessen und zudem mein gutes Verhältnis zu Michel unnötig treffen, dachte ich im Stillen, dankte höflich für die geplante Ehrung und bat, zuvor berichten und mich mit dem AA abstimmen zu können. Der Außenminister sagte, dies sei zwecklos, der Präsident habe seine Entscheidung bereits über Rundfunk publik gemacht. Und auf diese Weise, über den Rundfunk, hatte auch Michel von seiner Absetzung als Doyen erfahren. – Anderes war ungewöhnlich: Ausländische Geschäftsfreunde des Präsidenten bekamen togoische Diplomatenpässe ...

Zu meinen neuen Pflichten als Doyen gehörte, Papst Johannes Paul II. bei seinem Besuch in Togo im Namen des Diplomatischen Corps zu begrüßen. Als der Gast meinen Namen hörte, meinte er, daß es in einem Teil seiner weiteren Familie auch den Namen Scholz gebe. Wo ich herkomme, fragte der Papst. Ich sagte, ich sei in einem Dorf bei Neisse geboren. »Ach in Nysa...« wiederholte der Papst in schlesisch-deutschem Tonfall. Die lockere persönliche Atmosphäre des Moments erlaubte es mir zu sagen: »Eure Heiligkeit, jetzt Nysa, damals noch Neisse...«. Der Papst lachte und wünschte mir alles Gute.

In Madagaskar hatte es mich zweimal erwischt, und jetzt in Togo erkrankte ich zum dritten Mal an Malaria, und dieses Mal kombiniert mit einer Hepatitis. Während ich der Meinung bin, daß es angenehme Fieberarten gibt, bei denen man sich der Schwächung des Körpers und dem Schlaf hingeben kann, empfand ich die Malariafieber stets als tückisch. Zu meinem Glück fand ich in Lomé wie zuvor in Tana umgehende Hilfe bei fachkundigen französischen Ärzten.

Ich war noch nicht wieder ganz auf den Beinen, als in Lomé die Gedenkfeiern »100 Jahre deutsch-togoischer Beziehungen«, stattfanden. Im Jahre 1884 hatte Dr. Gustav Nachtigal im Auftrag der Reichsregierung mit drei togoischen Häuptlingen »Schutzverträge« unterzeichnet. Zu den Feiern kam der bayerische Ministerpräsident F.–J. Strauß, damals Präsident des Bundesrates, als offizieller Vertreter. Er war von über hundert weiteren Gästen begleitet. Strauß kam, obwohl nur wenige Tage zuvor seine Ehefrau beerdigt worden war. Er war leicht zu betreuen. Bei der Ankunft sagte er: »Wir kennen uns ja schon aus Ottawa und Tokio. Ich vertraue Ihrer Regie. Sagen Sie mir nur, was ich wann tun soll«. Seine Gedanken waren verständlicherweise ganz woanders.

Nach den Festlichkeiten überfiel mich beim Abflug der Bundeswehrmaschine ein blitzartiger Schrecken. Das Flugzeug war zum äußersten Rand der Startbahn gerollt – mit seinen Auspuffrohren schon über den Asphalt auf angrenzende Erde. Der Kapitän ließ die Aggregate mit Vollgas aufheulen, da: ein fürchterlicher Knall, und wo eben noch die Maschine stand, war vom Flughafengebäude aus nur noch eine riesige Staubwolke zu sehen. Ich dachte: oh Gott! Sekunden wurden zur Ewigkeit, bis sich der aufgewirbelte Staub setzte und die Konturen des Flugzeuges langsam wieder sichtbar wurden. Dann schließlich tuckerte der Flieger wieder hoppelnd in Richtung Flughafengebäude. Ich war erleichtert und rannte ins Restaurant: 120 Mass Zapfbier, ganz bald bitte! Als die Passagiere wieder ausstiegen, war der nervenberuhigende Umtrunk bereit. Was war geschehen? Beim Vollgas-Test war eine der Benzinleitungen gerissen. Das hätte Sekunden später beim Startflug schlimmer enden können, dachte ich.

Lomé war häufig Tagungs- und Konferenzort. Große Ereignissen waren die 73. Tagung der Interparlamentarischen Union und die Konferenz der EG-AKP-Staaten, bei der die Hilfe der EG an afrikanische, karibische und pazifische ehemalige Kolonialländer für die nächste Phase verbrieft wurde. 8,5 Milliarden ECU wurden zugesagt, und ich unterschrieb im Namen des Bundespräsidenten für den deutschen Anteil an dieser Summe, 26 Prozent, 4,5 Milliarden DM etwa. – Seit meinem ersten Vertrag in Kambodscha hatte ich inzwischen viele Hilfsabkommen unterschrieben, aber keines dieser Größenordnung. Ich dachte an die Steuerzahler und, wo die Milliarden wohl hinfließen würden.

Konferenzen waren für Präsident Eyadéma Anlässe zu pompösen Massenveranstaltungen, die der Darstellung seiner Macht und zur Animation der Bevölkerung dienten. Werbung war wichtig! »Propaganda muß total sein und sich pausenlos an die Massen wenden. Sie muß auf Gefühle abstellen und den Geist schwächen, um ihn besser zu beherrschen«, schrieb die Parteizeitung »La Nouvelle Marche«. Dies war kein Gedankengut, das sich mit unserer Hilfe und ihren Zielen der Demokratisierung und Menschenrechtspolitik zu verbinden schien. Mit dem Präsidenten darüber zu sprechen war nicht möglich. Ausländische Botschafter sollten ihm ergeben sein und sich bei ihren Regierungen für seine Wünsche verwenden.

Togo erhielt umfangreiche deutsche Hilfe. Aber Eyadéma wollte mehr. Eines Tages bat er durch den Außenminister um 25 Mercedes-Limousinen, die für eine afrikanische Staatenkonferenz in Lomé benötigt würden. Da ich unsere Haltung in dieser Frage kannte, sagte ich zum Außenminister: Auch die Bundesregierung habe für solche Veranstaltungen keinen ausreichend großen eigenen Fuhrpark und würde deshalb Wagen anmieten. Ich sei gerne bereit, unseren Dienst- und meinen Privatwagen und noch weitere zehn Mercedes-Wagen von Deutschen in Togo leihweise und kostenlos für diesen Anlaß bereitzustellen.

Der Außenminister winkte ab, und wie ich später erfuhr, reagierte der Präsident auf meinen praktikablen und gut gemeinten Vorschlag beleidigt.

Eine andere Sache bereitete neue Probleme. Für unsere diversen Projekte waren einige Fahrzeuge mit Sonderausstattung angekommen und für eine Nacht im Hafen von Lomé abgestellt worden. Als sie am nächsten Tag den Projekten übergeben werden sollten, waren sie verschwunden. Der Präsident hatte sie für andere Verwendungen abtransportieren lassen. Ich wurde vom AA angewiesen, die Fahrzeuge ihrem eigentlichen Zweck zuzuführen. Meine Bemühungen auf Ministerebene blieben nicht nur erfolglos, sondern sollten dem Präsidenten bekannt werden und ihn in Rage versetzen.

Das politische Klima im Lande hatte sich verhärtet. Die französische Tageszeitung Le Monde berichtete über innenpolitische Spannungen, Unruhen, Verhaftungen und mysteriöse Todesfälle in Lomé, über ein »Umerziehungslager«, das deutsche Abgeordnete im Bau gesehen und im Bundestag zur Sprache gebracht hatten.

Um Ruhe und Ordnung im Lande zu sichern, hatte »irgendwer« dem Präsidenten vorgeschlagen, deutsche Polizeihilfe zu beantragen. Daß ich dies für ebenso unvertretbar hielt, wie ich schon zuvor von mittelbarer Hilfe beim Lagerbau durch deutsche Pioniere abgeraten hatte, war durch »irgendwen« dem Präsidenten zugetragen worden. Ich fiel in seine Ungnade, nicht als erster und nicht als letzter Botschafter. – Bundesminister Genscher wie auch F.-J. Strauß hatten die Situation erkannt, in die ich geraten war. Der togoischen Bitte, mich frühzeitig abzuberufen, wurde nicht entsprochen. Ich blieb bis zum Ende der für Togo üblichen drci Jahre in Lomé. Auf Weisung von Minister Genscher wurde ich vor meiner Abreise in Anwesenheit togoischer Minister mit dem Bundesverdienstkreuz erster Klasse ausgezeichnet. – Ich wurde nach Manila versetzt und dachte mit Freude an die Rückkehr nach Asien.

Die Philippinen

»Der kranke Mann Asiens«

Wieder in Asien zu arbeiten, war mein stiller Wunsch gewesen. Hier hatte ich, 1954 in Colombo, als Wirtschaftssachbearbeiter meine Laufbahn im Auswärtigen Dienst mit ersten Gehversuchen begonnen. Ceylon, das heutige Sri Lanka, war gerade unabhängig geworden. Dort erlebte ich die Zeit der Entkolonialisierung, die nach dem Zweiten Weltkrieg begonnen hatte und mit der die zwischenstaatliche Zusammenarbeit um ein neues Arbeitsgebiet erweitert wurde – die Entwicklungshilfe. Die ersten Richtlinien für entwicklungspolitische Zusammenarbeit mit den jungen Staaten waren im sogenannten »Colomboplan« niedergelegt worden. – Zehn Jahre später, von 1964 bis 1967, war ich in Tokio als Wirtschaftsreferent Zeuge des japanischen Aufstiegs zur Weltwirtschafts- und ersten Industriemacht Asiens geworden. Im gleichen Zeitraum hatte ich, bei einer befristeten Abordnung nach Phnom Penh, in Kambodscha eines der ärmsten unterentwickelten Agrarländer Asiens kennengelernt, das am Rande des Vietnamkriegs seinen Frieden zu bewahren versuchte. Wieder zehn Jahre danach, war ich als erster Bonner Botschafter in Hanoi von 1976 bis 1978 mit den Problemen des vom Krieg geschundenen sozialistischen vereinten Vietnam konfrontiert gewesen.

Und nun, im November 1986, war ich wieder unterwegs nach Asien, wo inzwischen ein tiefgreifender Wandel vieles verändert hatte. Südkorea, Taiwan, Singapur und Hongkong waren moderne Industriestandorte geworden. Malaysia, Thailand und Indonesien waren auf dem Weg, wirtschaftliche Tiger zu werden. Die Volksrepublik China hatte nach der Kulturrevolution 1976 wirtschaftliche Reformen eingeleitet und sich als Markt zu öffnen begonnen.

Ähnlich wie bei Japans Sprung zur modernen Industriemacht in den sechziger Jahren, war die wirtschaftliche Entwicklung der neuen jungen Tiger Asiens in Europa anfangs kaum beachtet worden. Allzusehr war die EG von ihrer wirtschaftlichen Überlegenheit überzeugt und auf »Maastricht« konzentriert sowie mit den Folgen des Zerfalls der Sowjetmacht in Osteuropa befaßt gewesen. Erst zu Beginn der neunziger Jahre sollten sich die EU sowie die Bundesregierung und die deutsche Wirtschaft dem asiatisch-pazifischen Wirtschaftsraum aktiver zuwenden. Die in Asien erwachsene Konkurrenz, hohe Wachstumsraten, Wettbewerbsvorteile, veränderte Handelsstrukturen und die zunehmende intraregionale Zusammenarbeit der jungen Tiger im Rahmen des ASEAN-Verbundes und der asiatisch-pazifischen Wirtschaftskooperation APEC hatten Europas Aufmerksamkeit geweckt. Ich war gespannt darauf, was mich in Manila erwarten würde.

Nach über dreihundert Jahren unter spanischer Herrschaft waren die Philippinen 1898 amerikanische Kolonie und schließlich 1946 unabhängig geworden. Spanien hatte den christlichen Glauben und die USA hatten demokratische Institutionen in das pazifische Archipel der 7107 Inseln gebracht. Die Philippinen waren ein besonderes, das einzige christliche und das erste demokratische Land Asiens geworden. Die beiden westlichen Einflüsse waren auf urständige malaiische Traditionen gestoßen, haben sich teils damit vermischt und eigene Formen entwickelt. Dabei wurden weniger die westlichen Werte als christliche und demokratische Rituale übernommen. Die Demokratie war nicht von unten, sondern von oben her gestaltet worden. Die feudalen wohlhabenden Familien der besitzenden Oberschicht aus spanischer Zeit besetzten die Institutionen der Demokratie und regierten das Land patriarchalisch im Sinne einer Ständedemokratie. Mit ihren Regeln war Marcos 1965 zum Präsidenten gewählt worden. Statt jedoch am Ende seiner Regierungszeit sein Amt durch Wahlen einem anderen Clan zu überlassen, hatte Marcos das Kriegsrecht ausgerufen und mit menschenrechtsverachtender Diktatur an seiner Macht festgehalten. – Als er im Februar 1986 gestürzt und mit seiner Frau Imelda ins Exil nach Hawaii gebracht wurde, waren die Philippinen der »kranke Mann Asiens«. Marcos hatte das Land durch Mißwirtschaft und Korruption ausgebeutet, hochverschuldet und isoliert. Am Wirtschaftsaufschwung der Nachbarländer hatten die Philippinen nicht teilgenommen.

Die Nachfolgerin von Marcos, Präsidentin Corazon C. Aquino, hatte inneren Frieden, nationale Einigung, wirtschaftliche und soziale Reformen und vor allem Rückkehr zur Demokratie versprochen. Die Bundesregierung, zuletzt auf Abstand zu Marcos, war zu neuer tatkräftiger Zusammenarbeit mit den Philippinen bereit. Mich schien eine interessante konstruktive Aufgabe zu erwarten.

Auf dem Weg in die Philippinen dachte ich nicht daran, daß Manila mein längster, letzter und dazu auch noch ein turbulenter Posten werden würde. Auch konnte 1986 niemand ahnen, wie schnell und einschneidend sich Politik, Technik und Gesellschaft während meiner Jahre in Manila verändern würden.

In Manila gelandet

Wie ein riesiger Feuerball glitt die tropische Abendsonne glutrot am Horizont ins Chinesische Meer, als die Boeing 747 der Lufthansa am 28. November 1986 über der Bucht von Manila zur Landung ansetzte. Am Flugsteig begrüßte mich der philippinische Protokollchef Fernandez mit einem Blumenkranz aus betäubend duftenden Sampaguita-Blüten und wünschte mir »mabuhay!«: Willkommen, Glück und Erfolg in den Philippinen. – Trotz der stadtwärts wehenden Meeresbrise trieb mir die abendliche, feucht-schwere Tropenluft im Nu die Schweißperlen auf die Stirn. Protokollchef Fernandez trug den philippinischen Barong, das über der Hose getragene, bestickte Hemd, und riet mir, mich bald auf dieses leichte und auch bei offiziellen Anlässen übliche Kleidungsstück umzustellen.

Wir fuhren in die Stadt. Der Verkehr war zähflüssig, verwirrend und schien keinen Regeln zu folgen. Erst ging es vorbei an Slums, bis wir zur EDSA kamen, der damals einzigen Durchgangsstraße von Groß-Manila, die durch den Volksaufmarsch beim Sturz von Marcos weltbekannt geworden war. Wir gelangten nach Makati, in das Geschäfts- und Bankenzentrum, das beim ersten Anblick wie ein »Klein-Manhattan« auf mich wirkte. Einer Familie gehört dieser riesige Stadtteil, den Zobel-Ayalas, die spanischer und norddeutscher Herkunft sind und zu den ganz reichen großen Familien der Oberschicht zählen. Bis 1950 war in Makati der erste Flughafen von Manila gewesen – und sonst nichts. Erst 1960 war mit dem Bau von Hochhäusern begonnen worden. Eines der ersten war das Hotel Intercontinental, in dem ich bis zur Ankunft meiner Möbel wohnen würde und wo mich der österreichische Direktor Schober liebenswürdig empfing.

In Bonn hatte Manila noch den Ruf eines angenehmen lebenswerten Tropenpostens. Die ursprüngliche Hafen- und Handelsstadt war in spanischer Zeit Verwaltungssitz geworden, hatte saubere Strände und als Fortbewegungsmittel Pferdekaleschen. Seither war vieles anders geworden:

Am Ende des japanisch-amerikanischen Krieges war Manila 1945 nahezu dem Erdboden gleich und die am meisten zerstörte Stadt Asiens gewesen. Der Wiederaufbau erfolgte ohne Planung und nichtahnend, daß die Stadt mit sechzehn umliegenden Dörfern in fünfzig Jahren zu einer Zwölf-Millionen-Metropole zusammenwachsen würde. Große Probleme der Infrastruktur waren die Folgen.

Ich bewunderte die große Duldsamkeit der Bevölkerung, mit der sie die Schwernisse und Unbilden dieses Mega-Molochs zu ertragen schien. Ich fand in Manila nichts architektonisch Erhebendes, Schönes und nur eines menschlich: die Geduld, mit der die Bevölkerung den Alltag schicksalhaft hinzunehmen bereit war. Daran mußte ich mich erst gewöhnen.

Unbeschreiblich war das tägliche Verkehrschaos, am schlimmsten in der Regenzeit. Wenn die Straßen überflutet waren, stockte der Verkehr vollends. Einmal verbrachte ich die Nacht im Auto. Nur ein Zehntel des riesigen Stadtgebiets war kanalisiert. Unberechenbar die Fahrzeiten, weshalb ich oft zu spät ans Ziel kam. Unvorstellbar der gelbe, fühlbar schmierige Smog, der die Verkehrsschilder zur Unleserlichkeit verklebt hatte. Sechzig Prozent der gesamten philippinischen Industriebetriebe – Papier- und Zementfabriken, Kraftwerke und andere – waren im Stadtgebiet angesiedelt und hatten keine Filteranlagen – wie die Autos keine Katalysatoren. Wie viele andere hatte auch ich bald chronische Entzündungen der Atemwege. Es gab keine Parks und Grünanlagen, alles war verbaut worden. Nur auf dem großzügig angelegten Gelände des amerikanischen Friedhofs konnte ich manchmal spazierengehen. Es war auch am Wochenende schwierig, einmal dem Moloch Manila zu entkommen. Die in zumutbarer Zeit zu erreichenden Strände waren verschmutzt, andere waren zu weit entfernt.

Gegenüber von Makati, jenseits der EDSA, liegen die aus Sicherheitsgründen mit hohen Mauern eingefriedeten und an den Eingängen von bewaffneten Wächtern kontrollierten Wohnsiedlungen »Forbes Park« und »Dasmarinas Village«. Hier wohnt die philippinische Oberschicht, die auch Häuser an Ausländer vermietet. Die Bundesregierung hatte vor dreißig Jahren von einem in Kalifornien lebenden philippinischen Zuckerpflanzer aus Negros in Dasmarinas das Haus 2044 Lumbang Street gemietet. Hier zog ich im Februar 1987 ein.

Der einstöckige eklektische Plattenbau hatte etwas Spanisches, Kalifornisches und Asiatisches. Viele kleine Treppchen und Absätze sowie eine freistehende, drei Meter hohe Mauer aus düsterem Basaltgestein im Foyer. Sie würde böse Geister abwehren, ließ ich mir sagen. Die hohen großen Räume hatten Wände und Türen aus Sperrholz, Decken aus Styropor und ließen Gemütlichkeit vermissen. Die riesige Eingangshalle mit einer bis zum Dach durchbrochenen Decke, war als Salon wie zum Empfang offizieller Gäste gedacht und wirkte wie eine Bahnhofshalle aus wilhelminischer Zeit. Elektroleitungen und Steckdosen waren locker und ungesichert. Zweimal konnte ich mit St. Florians Hilfe die Ausbreitung eines Leitungsbrandes verhindern. Aus ähnlichem Grund war das Haus eines Mitarbeiters eines Tages in einer Stunde abgebrannt. Da das Haus 2044 Lumbang so wenig den Vorstellungen entsprach, die sich mit der Bezeichnung »Residenz« üblicherweise verbinden, sprach ich einfach von »der Lumbang«.

Kanzlei und Fahrer gesucht

Sieben deutsche Delegationen aus Politik, Wirtschaft, Kultur und Presse – mit 121 Teilnehmern – hatten sich schon vor meiner Ankunft für Februar 1987 zu Besuch angesagt und mußten von der Botschaft betreut werden. Da stand einiges ins Haus! Ich war neu und mußte selbst erst Fuß fassen. In den letzten Jahren unter Marcos war es ruhiger zugegangen. Jetzt, seit Cory Aquino im Amt war, drängte es alle Welt, nach Manila zu reisen. Die Botschaft schien auf diesen Ansturm und die ihr damit obliegenden Aufgaben nicht eingerichtet zu sein. An meinem ersten Arbeitstag fand ich in der Kanzlei überlastete Mitarbeiter, ein gespanntes Betriebsklima und administrative Probleme vor.

Es gab keinen mobilen Dienstwagen. Der PKW war wegen Hochwasserschäden zur Generalüberholung. Der deutsche Fahrer feierte Überstunden aus der Zeit meines

Vorgängers ab und bereitete – nach gerade einem Jahr in Manila – seine Rückkehr nach Bonn vor. Seine Familie war in Manila nicht zurechtgekommen. – Der zweite Wagen, ein altersschwacher Kombi, war unzuverlässig und hatte keinen Fahrer. Die philippinische Ortskraft war aus dem Urlaub in den USA nicht mehr zurückgekommen. Die einzige Aushilfe – Mr. Bong von der Paßstelle – hatte gerade erst vor vier Wochen den Führerschein erworben und kannte sich in der Stadt nicht aus. Bei meiner ersten Abendeinladung landete ich statt beim US-Botschafter beim größten Juwelier des Landes, wo mich die mir unbekannte Dame des Hauses freundlich empfing und gleich ihren zwei charmanten heiratsfähigen Töchtern vorstellte, ehe sie mir den rechten Weg wies. – Der Kombi blieb oft im Verkehr stehen. Ich mußte schieben und kam verschwitzt und verspätet zu offiziellen Antrittsbesuchen.

Auf meinem Schreibtisch fand ich die Kündigung der »City Bank«, die unsere gemieteten Büroräume selbst benötigte. Es galt, eine neue Kanzlei sowie zwei neue Fahrer zu suchen und anderes Administrative in Gang zu bringen. Das wäre eigentlich die Aufgabe des für die Verwaltung zuständigen Kanzlers gewesen. Doch der war gerade vor zwei Monaten neu aus Bonn gekommen und hatte sich in Manila auch nicht zurechtgefunden, war darüber fünf Monate krankgeschrieben worden und ging dann nach Bonn zurück. Sein Stellvertreter, der Konsularsachbearbeiter, war vom AA zur Vertretung in ein Nachbarland abgeordnet und fehlte in Manila an allen Ecken und Enden.

Meine Sekretärin – die Fremdsprachenassistentin Frau Fischer – war liebenswürdig und hilfsbereit, kannte sich aber auch nicht aus. Sie war neu in Manila und überhaupt im Metier. Sie hatte bis vor kurzem noch in der Werbeabteilung für Wella-Haarkosmetik in Kalifornien gearbeitet. Schreibtechnik und die protokollarischen Feinheiten wie die Anreden von Ministern und Staatssekretären, Botschaftern und Geschäftsträgern und die Unterschiede zwischen einem Brief und einer diplomatischen Note waren ihr fremd.

Bei den vielen Problemen und Fragen, die sich mir als Neuling stellten, lernte ich, Kenntnisse und Erfahrungen der deutschen und philippinischen Ortskräfte der Botschaft zu schätzen. Frau Koppetz, Frau Salceda und Frau Gonzalez lebten mit ihren Familien schon viele Jahre in Manila. Sie waren bei den häufigen und kurzfristigen Wechseln entsandter Mitarbeiter eine Säule der Kontinuität. Mit Frau Koppetz ging ich auf Kanzleisuche. Sie dachte an viele Einzelheiten, auch an die notwendigen Parkplätze. Sie riet mir, was bei der Anstellung von zwei neuen Fahrern und meines Hauspersonals zu bedenken und im Umgang mit ihnen zu beachten war. Sie wußte, wo Küchengeräte und Vorhangstoffe zu beschaffen waren.

Als Ersatz für den deutschen Fahrer hatte ich Rudy gefunden. Malaiisch-chinesischen Blutes und für einen Filipino von ungewöhnlich vierschrötiger Gestalt, sollte sich Rudy als Glücksgriff erweisen. Sieben Jahre hat er ungezählte offizielle deutsche Gäste und mich auf Schleichwegen durch das Verkehrschaos von Manila unfallfrei ans Ziel gebracht. Seine Ortskenntnis und die Überwindung mancher Hindernisse – auf philippinische Art – konnten von keinem deutschen Fahrer erwartet werden. Rudy wurde besser bezahlt als die meisten philippinischen

Fahrer anderswo, aber bekam weniger als ein Viertel seines deutschen Vorgängers. Ich belohnte seine Leistung zusätzlich.

Im August 1987 kam endlich ein neuer Kanzler. Herr Raum, von Herkunft Franke, erwies sich als erfahrener Mann der Tat. Die neue Kanzlei, die ich in der sechsten Etage der »Solidbank« in Makati gemietet hatte, war noch im Rohbauzustand. Ausbau und Einrichtung wären eigentlich Sache der Bundesbaudirektion Berlin gewesen, aber die hatte keine Zeit. Herr Raum übernahm Zimmerplanung, Ausschreibungen, Verträge mit Handwerkern für Mauern, Decken, Böden, Klimaanlage, Beleuchtung, Einbaumöbel und Sicherheitsvorkehrungen. Pünktlich am 2. Januar 1988 konnte der Dienstbetrieb in der neuen Kanzlei beginnen. Herr Raum hatte ein Meisterstück vollbracht. Unsere gute Zusammenarbeit wurde auch zur Grundlage für ein gutes Betriebsklima in der Botschaft. Als im März 1989 Inspekteur Dr. Koppenhöfer aus Bonn kam, gab er der Botschaft gute Noten.

Cory Aquino: »Ich bin nur eine Hausfrau«

Am 8. Dezember 1986 empfing mich Präsidentin Corazon C. Aquino zur Übergabe meines Beglaubigungsschreibens. Sie amtierte in einem bescheidenen Büro im Nebengebäude des historischen Regierungssitzes, des Malacañang-Palasts aus spanischer Zeit, wo Marcos regiert und mit Imelda Hof gehalten hatte. Cory – wie Volk und Presse die Präsidentin zutraulich nannten, und wie sie häufig auch von sich selbst sprach – wollte sich bewußt von dem pompösen Stil der Marcosfamilie absetzen. Im Malacañang konnte die Bevölkerung Imeldas Garderobe und ihre vielen Schuhe besichtigen.

Die Präsidentin war gerade zehn Monate im Amt – das ihr noch immer ungewohnt sei, sagte sie und betonte: »Ich bin nur eine Hausfrau«. – Dann erzählte sie einen Traum der letzten Nacht und fragte rhetorisch, was ich wohl an ihrer Stelle getan hätte: Marcos und Imelda seien aus Hawaii zurückgekehrt und am Flughafen Manila gelandet. Sie habe überlegt, ob sie die beiden empfangen und mit ihnen sprechen oder sie verhaften lassen solle. Sie habe gleich ihren Generalkonsul auf Hawaii angerufen, der ihr aber versichert habe, daß Marcos und Imelda noch dort seien. – Die Präsidentin erzählte dann, daß sie von einer deutschen Benediktiner-Schwester aus Tutzing erzogen worden sei.Bei ihr habe sie Disziplin und Pünktlichkeit gelernt. – Cory erinnerte an den Besuch von Hans-Dietrich Genscher, der sich als einer der ersten Außenminister gleich nach ihrer Amtsübernahme für die Karwoche angesagt hatte. Sie habe die Geste zu schätzen gewußt, jedoch gebeten, erst nach Ostern zu kommen, weil die Karwoche in den Philippinen eine heilige Zeit des Gebets und der Familie sei.

Schon bei meiner ersten Begegnung beeindruckte die offene Wesensart der Präsidentin. Es war leicht, ein vertrauensvolles Verhältnis zu ihr zu finden. Ich sah sie häufig, unter anderem, wenn ich deutsche Besucher zu ihr zu begleiten hatte. Einer der ersten war der Kölner Kardinal Höffner. Cory Aquino begann das Gespräch und würdigte die Verdienste der nahezu hundertjährigen deutsch-philippinischen kirchlichen Zusammenarbeit. Sie dankte besonders für die Förderung von »Radio Veritas«. Mit Hilfe dieses Senders hatte Kardinal Sin beim Sturz von Marcos beschwichtigend auf die Bevölkerung eingewirkt und dazu beigetragen, daß Blutvergießen vermieden werden konnte. – Der Kardinal fragte die Präsidentin, ob sie jetzt eine eigene christlich-soziale Partei gründen werde, um die philippinische Demokratie bei ihrer Wiedereinführung von unten her, auf Volksebene aufzubauen. Cory Aquino zögerte kurz und meinte: Parteien seien in den Philippinen eine besondere und komplizierte Sache des persönlichen Machtkampfes. Damit habe sie nur schlechte Erfahrungen gemacht. Sie wolle unparteiisch mit dem Mandat von people's power regieren, das ihr die breite Mehrheit aller Bevölkerungsschichten übertragen habe.

Cory Aquino sollte es schwer haben, mit der Allianz eines Kabinetts der »Nationalen Einheit« aller linken und rechten Kräfte zu regieren, die am Ende gemeinsam gegen Marcos agiert und für Cory votiert hatten. Traditionelle Machtgruppen und Gegensätze lebten wieder auf.

Für die Wahlen einer neuen Legislative hatten wieder – wie vor der Diktatur von Marcos – nur die Vertreter der besitzenden Oberschicht kandidiert. Als ich mit der Vorsitzenden des zentralen Frauenverbandes darüber sprach, meinte sie: »Was, im Bundestag sind auch unvermögende einfache Leute? Das ist ja reiner Sozialismus!« Und wieder zogen in die Ausschüsse von Kongress und Senat die traditionellen Vertreter der wohlhabenden Schicht ein: die Großgrundbesitzer in den Agrarreform-Ausschuß, die Baulöwen in den Bauausschuß. Reformvorhaben wurden in langen eloquenten Debatten hingezogen. Und kam es zu Beschlüssen, waren sie halbherzig und enthielten Schlupflöcher für die Wahrung alter Besitzstände.

Die reformorientierten Nicht-Regierungsorganisationen (NRO) waren von der Regierung Aquino enttäuscht und gingen auf Abstand. Die linke Guerillabewegung aus den Marcos-Jahren beendete den Waffenstillstand und nahm ihren Kampf gegen das »Establishment« erneut auf. Gewalt und Terror verunsicherten wieder Stadt und Land. Im rechten Flügel der Streitkräfte, der wesentlich zum Sturz von Marcos beigetragen hatte, rumorte es. Die rechten Militärs fühlten sich von Cory Aquino vernachlässigt und nicht genügend an der Macht beteiligt. Sechsmal sollten die Renegaten gegen die Präsidentin putschen. Cory Aquino hatte zu den Streitkräften – wegen deren Menschenrechtsverletzungen unter Marcos – ein distanziertes Verhältnis.

In diesem Zustand innenpolitischer Labilität kamen Reformen und der wirtschaftliche Wiederaufbau nicht in Gang. Zudem war 1987 eine Energiekrise gekommen. Kraftwerke waren zwanzig Jahre nicht gewartet worden und brachen eines nach dem anderen zusammen. Täglich unvermeidliche Stromabschaltungen bis zu zwölf Stunden lähmten den Großraum Manila und weite Teile der Provinzen. Unvorstellbar die Folgen für das Leben in Manila: keine Straßenbeleuchtung und Verkehrsampeln, Kühltruhen, Klimageräte und Fahrstühle fielen aus, die Büros in den Betonkästen in Makati wurden zu Backöfen! Unermeßlich auch die Ausfälle für die Wirtschaft: Computer und Maschinen – ganze Fabriken – standen still, bis sich Großbetriebe im Laufe der Zeit eigene Dieselaggregate beschafften. Sechs Jahre hielt die Krise an! Als wäre all das nicht genug gewesen, wurden die Philippinen auch noch von einer Serie von Naturkatastrophen heimgesucht: die schwersten Taifune seit Menschengedenken, 1990 das zerstörerische Erdbeben in Nordluzon und 1991 der Ausbruch des Vulkans Pinatubo, dessen Folgen bis heute noch zu spüren sind. Manche, die 1986 Cory Aquino zugejubelt und sie gewählt hatten, begannen zu rätseln und zu tuscheln: »Ist Gott noch mit Cory?«

Der Regierung Aquino war kein Reformwerk an »Haupt und Gliedern« gelungen, sondern nur die Wiedereinführung von Institutionen der Zeit vor Marcos – eine Restauration. Immer wieder hatten Krisen und ihre Bewältigung im Vordergrund der Arbeit gestanden, auch in der Botschaft. Beispielsweise die Rettung Deutscher beim Erdbeben: ein britischer Freund der Botschaft flog die Kranken und Verletzten des zerstörten Altersheims »St. Scholastika« mit dem Flugzeug einer amerikanischen Firma unter großem Risiko von Baguio nach Manila. – Bei Taifunen und dem Vulkanausbruch hatte humanitäre Soforthilfe Vorrang vor anderen Aufgaben: die Beschaffung und Verteilung von Medikamenten, Decken, Zelten und Nahrungsmitteln...

Humanitäre Krisenhilfe: alle legten Hand an

Präsidentin Corazon C. Aquino, Staatsbesuch in Bonn 1989 (Foto: BPA)

»Wo ist mein Koffer, Herr Botschafter?«

So viele Einladungen zu offiziellen Veranstaltungen wie ich in den Philippinen erhielt und die mich zur Teilnahme verpflichteten, hatte ich bisher nirgends erhalten. Ich habe sie nicht gezählt, aber die Karten gesammelt und gewogen – es waren am Ende 7,3 Kilo geworden. Konferenzen, Seminare, Symposien, Gedenktage, Flaggenhissungen, Paraden, Jubiläen, Auszeichnungen, Einweihungen, Eröffnungen, Übergabe abgeschlossener oder »Spatenstiche« für neue Projekte, ja auch Gottesdienste sowie Reisen der Präsidentin und Minister in die Provinzen – all dies war in den Philippinen Anlaß zur ausgeprägten zeremoniellen und zeitaufwendigen Darstellung. Die philippinische Führung wollte der Bevölkerung Verbundenheit und Tatkraft zeigen. Und dabei durften die Botschafter nicht fehlen! Kein Tag der Woche verging für mich ohne eine solche Präsenzpflicht, und meistens waren es täglich mehrere. Wenn ich dabei nicht selbst etwas zu tun hatte – eine Rede halten, etwas überreichen oder ein Band durchschneiden mußte – bedrückte mich anfangs der Zeitaufwand für eine stundenlange Komparsenrolle, wenn ich an meine Arbeit dachte. Doch nach kurzer Zeit entdeckte ich darin auch einen Vorteil.

Die häufigen Begegnungen mit der Präsidentin und ihren Ministern führten bald zu freundschaftlichen persönlichen Kontakten, die meiner Arbeit zugute kamen. Kurzerhand konnte ich am Rande solcher Veranstaltungen dienstliche Angelegenheiten erledigen und – auf der Basis des gefundenen Vertrauens – auch jederzeit mit der

Präsidentin oder einem Minister telefonisch sprechen. Auf diese Weise konnte ich Weisungen aus Bonn zügig ausführen und mehr Hintergründiges in Erfahrung bringen, als dies meinen Kollegen in den Hauptstädten der Nachbarländer möglich zu sein schien, wo die Gepflogenheiten des Umgangs weit förmlicher waren als in Manila. Einmal mußte ich den Arbeitsminister während der Kabinettssitzung telefonisch um dringende Hilfe bitten. Ein anderes Mal ließ sich eine komplizierte Frage mit Außenminister Romulo am zweiten Weihnachtsfeiertag in der Badehose am Strand einer Insel auf den Weg der Lösung bringen.

Offizielles und Persönliches, Ernstes und Unterhaltsames waren nach philippinischer Lebensart eng miteinander verbunden. Konferenzen oder Seminarprogramme wurden durch eine »special number«, den Auftritt eines Chores oder einer Sängerin unterbrochen, »um Abstand zu gewinnen, Probleme zu entschärfen«, ließ ich mir sagen. Außenminister Doy Laurel pflegte seine Gäste bei offiziellen Diners aufzufordern, ein Lied vorzutragen. Mir fiel das schwer, weil ich in der mir ungewohnten Lage Probleme mit dem Text bekam. Ersatzweise half ich mir mit meiner Mundharmonika. Einmal mußte ich damit beim Neujahrsessen der Präsidentin vor dreihundert Gästen als – freilich sehr mäßiger – Solist auftreten. Der Nachfolger von Doy Laurel, Außenminister Raul Manglapus, hatte eine eigene Combo, mit der er öffentliche Konzerte gab und auch Staatsgäste zu unterhalten pflegte. Ich lernte die den Filipinos und Filipinas im Blut steckende Fähigkeit und Lust zur Darstellung kennen.

In Manila war ich stets im Trab und unterwegs. Waren es keine philippinischen »Präsenzpflichten«, mußte ich deutsche Delegationen am Flughafen abholen, sie ins Hotel bringen, sie auf ihren Besuchszweck einstimmen, anderntags zu Gesprächspartnern und Besichtigungen begleiten und am Abend bewirten. Im Zeitgeist der Reiselust und eines gesteigerten individuellen Bedürfnisses, sich selbst direkt zu informieren, hatten nicht nur die »Informationsreisen« zugenommen. Mit ihnen waren auch die Erwartungen an die Betreuung durch die Botschaft gewachsen. – Bei den Fragen der Gäste, für die ich auch gelegentlich dolmetschte, dachte ich manchmal im Stillen, ob das nicht müheloser in Berichten der Botschaft oder anderer Stellen zu Hause zu lesen gewesen wäre. Für Fragen wie »was macht die Agrarreform?« oder »wie hoch ist der Anteil der Verteidigungslasten am Gesamthaushalt?« bräuchte niemand die Strapazen und Kosten einer Reise nach Fernost auf sich zu nehmen. Ich fragte mich auch, wie Besucher die auf solchen Reisen gewonnenen Erkenntnisse auswerten würden, was zum Beispiel neun Mitglieder des Bundestags-Ausschusses für Raumordnung- und Städteplanung in dem planlos gebauten Moloch Manila lernen könnten? – Oder: Wie sollte der Bonner Zeitungsleser und Steuerzahler die Meldung verstehen, daß ein Mitglied des Haushaltsausschusses in finanzieller Notzeit 1993 nachdrücklich auf Unterbringung in einem »Hotel der Luxusklasse« in Manila insistierte? Seinen Reisegrund hätte die Botschaft ohne ihn in einer Stunde erledigen können und viel Geld gespart.

Bei großen Delegationen, wenn Minister mit sechzig bis achtzig Begleitern aus Presse und Wirtschaft mit einem Sonderflugzeug kamen, oder, wie einmal, 54 Gäste des Europaparlaments, war der ganze Stab der Botschaft auf den Beinen. Mochte auch in wochenlanger Vorbereitung alles noch so gut organisiert worden sein, gab es ad hoc doch immer wieder neue Probleme und Anliegen: Terminverschiebungen, Sonderprogramme für einzelne Begleiter, oder, »wo ist mein Koffer?«, »ich brauche einen Zahnarzt«, oder: der Hoffotograf hatte seine Kamera im Bus liegen gelassen. – Mehrere Begleiter beanspruchten das Zimmer neben dem des Ministers. Es wollten mehr Begleiter beim Präsidentengespräch dabei sein oder beim Essen am Haupttisch sitzen, als dies möglich und ortsüblich war. Auf anderes war behutsam hinzuweisen: Gastgeschenke nur sorgsam verpackt und förmlich zu überreichen – nicht eine Gedenkmünze des Bundestags im bloßen Etui aus der Jackentasche ziehen. Für alle Fälle hatte ich immer einen Bogen Geschenkpapier bei mir. Und bitteschön: dem Hotelpersonal, den Chauffeuren und Sicherheitskräften nicht mit einem Kugelschreiber danken. Sie erwarten – und benötigen – Bargeld. Nicht so übertrieben viel wie der Sultan von Brunei zu geben pflegt, nämlich fünfhundert Dollar pro Person, aber doch etwas mehr als zwei Mark fünfzig für die Putzfrau nach fünf Übernachtungen in einem erstklassigen Hotel.

Seit es unter der Regierung Ramos wirtschaftlich aufwärts zu gehen begann, kamen zunehmend mehr Vertreter der deutschen Wirtschaft nach Manila. Neben solchen, die Geschäftskontakte suchten, waren es – mehr denn je zuvor – Vorstände großer Unternehmen, die auf der Suche nach einem Standort für Investitionen waren. In früheren Jahren deutscher Hochkonjunktur hatten deutsche Unternehmer wegen Kapazitätsauslastung zu Hause im Ausland investiert. Jetzt verlagerten sie ihre Produktionsstätten wegen zu hoher Kosten von Deutschland nach Asien.

Eine Studie aus Singapur hatte die Lohn- und Nebenkosten für den Acht-Stunden-Tag eines Facharbeiters der gleichen Branche mit 500 Mark in Deutschland und 25 Mark in den Philippinnen ermittelt. Besucher wie der damalige Finanzvorstand des Daimler-Konzerns, Liemer, waren beeindruckt. Heinz Dürr, der damalige Vorstandsvorsitzende der deutschen Temic, hatte sich nach zwei Stunden in meinem Büro entschlossen, ein zweites Werk – für ABS-Produktion – in Manila zu errichten. Ich hatte meiner Aufgabe entsprochen, die deutsch-philippinischen Beziehungen zu fördern und deutsche Besucher zu beraten. Ich konnte dabei dennoch nicht umhin, an die steigende Zahl von Entlassungen deutscher Arbeiter zu denken.

Deutsche Wirtschaftsvertreter waren immer in Eile. Wie schon dreißig Jahre zuvor in Japan, hatten sie auch jetzt in Manila selten die in Asien wichtige, notwendige Muße, um Vertrauen zu begründen und damit Geschäftsmöglichkeiten zu erschließen. »Achtzehn Stunden nur«, hatte der Deutsche dem philippinischen Gesprächspartner auf die Frage geantwortet, wie lange er Zeit für die Philippinen mitgebracht hätte. Der Filipino verlor das Interesse an diesem Gast und wandte sich einem anderen zu.

Der Lufthansa-Verkaufsvorstand v. D. hatte aus Zeitnot gebeten, ihn am Sonntag bei einem Abendessen in meinem Hause mit dem Präsidenten der philippinischen Luftfahrtgesellschaft PAL, Sonny Dominguez, für Kooperationsgespräche zusammenzuführen. Schon einmal zuvor war an meinem Eßtisch um Mitternacht das Protokoll von Verhandlungen zwischen Lufthansa und PAL paraphiert worden, die während des Tages zu keinem Ergebnis gelangt waren. Sonny war trotz des Wochenendes am Sonntag abend in die Lumbang gekommen. Als er jedoch einige Wochen später im Auftrag von Präsident Ramos in Bonn über einen Airbus-Erwerb sprechen wollte, war es überaus schwierig, einen deutschen Regierungsvertreter und, auch für Lufthansa, unmöglich, einen Gastgeber für ein Mittagessen zu finden. Airbus-Konkurrent Boeing hatte den Besuch seines Präsidenten bei Staatspräsident Ramos durch US-Präsident Clinton telefonisch vorbereiten lassen. Europäer taten sich noch immer schwer, auf Usancen asiatischer Partner einzugehen.

Unter den vielen Besuchern, die ich während meiner Jahre in Manila zu betreuen hatte, gehörte Willy Brandt zu den problemlosen und denkwürdigen Gästen. Er war im Mai 1990 zu einer Regionaltagung der SPD-nahen Friedrich-Ebert-Stiftung nach Manila gekommen. Es dürfte eine seiner letzten, oder gar die letzte Auslandsreise seines Lebens gewesen sein. Obwohl Willy Brandt ohne offizielles Amt war, wurde er in den Philippinen als »elder statesman« wie ein Staatsgast betreut. Er wurde von Präsidentin Aquino, Außenminister Manglapus und Senatspräsident Salonga empfangen und von der größten Universität der Philippinen mit der Ehrendoktorwürde ausgezeichnet. Bei diesem Anlaß hielt Willy Brandt eine Rede, die wie ein Vermächtnis klang und die er am nächsten Tag bei einem Abendessen vor 200 Gästen im Auszug wiederholte:

»Manche von Ihnen mögen das nicht gerne hören, was ich Ihnen sagen will, aber einem alten Mann mögen Sie seine Offenheit abnehmen und verzeihen. Es wird in Zukunft nicht mehr möglich sein, im Norden hart verdientes Steuergeld in gleichem Umfang in südliche Entwicklungsländer zu geben, wenn nicht diese Länder eigene Anstrengungen unternehmen, ihre fälligen Steuern zu kassieren;

wenn Länder, statt in ihre eigene Entwicklung, in Aufrüstung investieren; wenn Länder wie eines, an das ich denke und dessen Präsident mein Freund ist (wobei Brandt den rot gewordenen venezuelanischen Geschäftsträger anblickte), Gelder nach Wall Street transferieren, deren Summe so hoch wie ihre gesamte Auslandsverschuldung ist; wenn Länder ihre Bevölkerungs- und Geburtenpolitik nicht den begrenzten Ressourcen dieser Welt anpassen. Wir können zwar die Produktion von Nahrungsmitteln noch steigern, aber nicht mehr Luft und Wasser machen. Ich bin mir bewußt, daß ich in einem Lande bin, das sich von meinen Worten angesprochen fühlen mag, und ich bitte nochmals um Verständnis.«

Stehende Ovationen von Ministern, Senatoren, Abgeordneten und vielen anderen.

Als 1992 die Nachricht vom Tode Willy Brandts Manila erreichte, kam Präsident Fidel V. Ramos zwei Stunden später in die Lumbang, um sich als erster in das Kondolenzbuch einzutragen.

Willy Brandt vor seinem Gespräch mit Präsidentin Aquino

Kondolenzbesuch: Präsident Ramos in der Lumbang

Mit einer Rebellin beim Rosenkranz – und dann dieser »kudeta«

Rudy hatte seine ganze Fahrkunst aufbringen müssen, um den letzten Teil der zerklüfteten Wegstrecke zu bewältigen. Der deutsche Bischof Etspüler und Pater Eugen hatten mich gebeten, nach Bangued, in die Bergprovinz Abra zu kommen, um das Bewässerungsprojekt zu besichtigen, das sie für 3000 Kleinbauern angelegt hatten und das beim letzten Erdbeben Schäden erlitten hatte. Bischof Etspüler begrüßte mich mit Sorgenfalten und meinte, er hätte mich gebeten, meinen Besuch zu verschieben, wenn er nur ein Telefon hätte – in der Umgebung seien wieder Rebellen aufgetaucht.

Wir hatten uns kaum in dem kargen Arbeitszimmer des Bischofs gesetzt, als unverhofft eine junge Frau in olivgrünem Tarnanzug erschien. Ob er sich noch an sie erinnere, fragte sie den Bischof. Sie sei vor drei Jahren Studentin im Missions-College in Bangued gewesen, habe sich dann aber der Widerstandsbewegung angeschlossen, und jetzt brauche ihre Kampfgruppe Geld. Der Bischof zögerte, zog dann eine Schublade auf, in der sich nichts als ein Rosenkranz befand, und meinte zu der Frau: »Missionare sind arm. Ich verstehe Ihre Nöte, aber ich habe kein Geld.« Er sagte, was wichtiger für sie sei, und was sie vielleicht lange nicht mehr getan hätte, sei zu beten. Und damit begann der Bischof, den Rosenkranz vorzubeten. Die Rebellin schwieg andächtig mit gesenktem Kopf – und ging am Ende wortlos von dannen. – »Eine zweischneidige Sache«, sagte der Bischof nach einer Weile. »Ich möchte ja gerne helfen. Aber gebe ich Geld, und die

Polizei erfährt davon, werde ich der Unterstützung der Kommunisten verdächtigt. Gebe ich nichts, riskiere ich, daß die Rebellen zu gewaltsamer Selbsthilfe greifen und requirieren.« Bischof Etspüler war als junger Missionar des Steyler Missionsordens (SVD) vom Bodensee in die Philippinen gekommen und kannte sich aus.

Wie in den Provinzen war auch das Leben in den Städten wieder unsicher geworden. In Manila mordeten die berüchtigten »Spatzen« als Scharfschützen am hellichten Tage auf offener Straße. Der Innenminister, ein amerikanischer Diplomat und viele andere wurden zu Opfern. Im Januar 1988 schossen Attentäter kaltblütig auf meinen französischen Kollegen Jacques Leclerc, dessen Wagen aber zusatzgesichert war, sodaß Jacques mit dem Schrecken davonkam. Drei Wochen später, ich kam spätabends von einem Essen in der Nachbarschaft zu Fuß in die Lumbang zurück, berichteten die Wächter aufgeregt: Unbekannte mit Waffen hätten nach mir verlangt und seien erst wieder abgezogen, nachdem sie sich von meiner Abwesenheit überzeugt hätten. Dieser Vorfall und der Anschlag auf den französischen Kollegen konnten nie aufgeklärt werden – wie viele andere ähnliche Vorkommnisse.

Es war ratsam, auf der Hut zu sein, dabei aber auch die Ruhe zu bewahren. Eine perfekte Sicherung war nicht denkbar. Wer es auf mich abgesehen hätte, konnte mich überall erwischen. Die Frau meines belgischen Kollegen war beim Friseur überfallen worden. Ich folgte einem Rat, der sich bewähren sollte: keine Feinde und viele Freunde zu machen. – Durch gute Behandlung, materielle Aufmerksamkeiten und Hilfestellungen entwickelte ich zu den Wächtern der Lumbang wie zur Schutz- und Verkehrspolizei persönliche Beziehungen und bekam damit einen Leumund in dem Sinne: »der ist nett, dem sollte nichts geschehen«. Damit bin ich buchstäblich gut gefahren. Die Verkehrspolizisten an den täglich zu überquerenden Kreuzungen – wo es bei Staus Überfälle gegeben hatte – honorierten einen monatlichen Kasten Bier mit freier Fahrt, wenn sie Rudy kommen sahen.

Nicht nur die »Spatzen« der linken Guerilla und Kriminelle, auch die rechten Renegaten des Militärs verunsicherten den Alltag in Manila. Fünfmal hatten sie schon seit 1986 zu putschen versucht. Schießereien in den Garnisonen waren ohne nennenswerte Behelligung der Zivilbevölkerung nach ein, zwei Tagen durch Verhandlungen von Ramos, der Cory Aquino die Treue hielt, beigelegt worden. Ende 1989 lag wieder Spannung in der Luft.

Ich war am 30. November gerade eingeschlafen, als mich kurz vor Mitternacht schwere Detonationen aufschreckten. Unten in der Halle standen meine drei Angestellten im Nachthemd und riefen mit zitternder Stimme: »Sir, kudeta!« Ich war noch verschlafen und fragte: »Was ist los?«, bis ich begriff, was sie meinten: »Coup d'Etat« – ein Staatsstreich!

In der Nacht war nichts Genaues zu erfahren. Die Explosionen auf dem an Dasmarinas grenzenden Garnisonsgelände gingen bis zum Morgen weiter. Um sechs Uhr früh fuhr ich ins Büro nach Makati. Wegen vieler Barrikaden und Schießereien in anderen Stadtteilen hatten nur wenige Mitarbeiter die Kanzlei erreichen können.

In den frühen Morgenstunden hatten Aufständische der Luftwaffe den Regierungssitz bombardiert. Cory Aquino war unversehrt geblieben und appellierte über Fernsehen mit tränenerstickter Stimme, zu Ruhe und Ordnung zurückzukehren. Die EG war von der Präsidentin – wie in vorausgegangenen Fällen – wieder um eine Solidaritätserklärung gebeten worden. Die EG-Botschafter berieten unter dem Vorsitz von Jacques in der französischen Kanzlei: in Manila war es Freitag zehn Uhr morgens, in Brüssel drei Uhr in der Nacht. Bis dort zwölf EG-Mitglieder beraten und sich auf einen Text einigen würden, wäre es in Europa Wochenende – und für Cory Aquino vielleicht zu spät. Deshalb entschieden wir uns dafür, die gleiche Erklärung noch einmal abzugeben, wie sie Brüssel beim letzten Putschversuch gebilligt hatte. In Manila würde bei dem Trubel die Identität des Textes kaum bemerkt und nicht beanstandet werden. Hier war Eile geboten, und an der positiven Einstellung der EG zur Regierung Aquino hatte sich nichts geändert. Später, als alles vorüber war, dankte Cory Aquino der EG, und die Botschafter in Manila erhielten aus Brüssel einen Rüffel – wegen Eigenmächtigkeit!

Die Kämpfe zwischen loyalen und aufständischen Truppen konzentrierten sich auf den Nordteil von Manila und hielten bis Samstag an. Aufständische der Luftwaffe nahmen noch einmal Kurs auf den Regierungssitz, wurden aber von amerikanischen Jägern mit »Übungsflügen« abgedrängt. Die Botschaft hatte rund um die Uhr Bereitschaftsdienst. Samstag war ich an der Reihe, Kanzler Raum in der Kanzlei abzulösen. Als fernmeldetechnischer Begleiter hatte sich spontan Frank Denner gemeldet. Ich dachte an dessen junge Frau und ihr ein Jahr altes Kind, die in Ungewißheit in Dasmarinas zurückbleiben würden. Frank Denner wehrte ab und meinte: »Schon gut, ich gehe mit Ihnen.«

Makati wirkte bei unserer Fahrt zur Kanzlei wie ausgestorben. »Die Ruhe ist verdächtig, irgendetwas ist im Busch«, meinte Herr Raum, als er uns die Krisenkladde übergab, in der er alle Telefonate und Vorkommnisse festgehalten hatte. Kaum war Herr Raum gegangen und hatten wir uns installiert, begann über Makati ein Feuerhagel von Raketengeschossen und MG-Salven niederzugehen. Was war geschehen? Während die loyalen Truppen von kämpfenden Rebellen zwei Tage im Norden von Manila gebunden worden waren, hatten sich nachts andere, in Zivil getarnte Putschisten mit einem umfangreichen Waffenarsenal unbemerkt auf die Dächer zahlreicher Hochhäuser von Makati geschlichen. Die Rebellen beherrschten Makati von den Dächern aus, das Geschäfts- und Bankenzentrum der Philippinen war in ihrer Hand. Die überraschten loyalen Truppen, die erst verspätet an den Rand des Krisenkessels kamen, waren im Nachteil.

Ich ahnte zu diesem Zeitpunkt noch nicht, daß Frank Denner, zwei Beamte des Bundesgrenzschutzes und vier philippinische Ortskräfte zusammen mit mir vier Tage und Nächte – praktisch als Geiseln zwischen den Fronten – in der Kanzlei eingeschlossen sein würden. Feuersalven der Rebellen Tag und Nacht, knapp an unseren Fenstern vorbei, zielten inzwischen auf Hotels in Makati, wo zu dieser Zeit auch Deutsche abgestiegen waren. Ihnen und den in Manila wohnhaften Deutschen galt meine Sorge. Ich telefonierte mit den mir befreundeten Hotelchefs und bat sie, alles erdenklich Mögliche zu tun, um die deutschen Gäste zu schützen und zu beruhigen, weil es mir unmöglich war, ihnen zu helfen. Ich telefonierte mit Ramos, mit Außenminister Manglapus, mit dem Präsidialminister von Cory Aquino und ihren zwei einflußreichen Ratgebern: Kardinal Sin und meinem amerikanischen Kollegen Nick Platt, dessen Botschaft außerhalb von Makati lag und voll aktionsfähig war. Immer wieder rief ich an und bat, den freien Abzug der Deutschen aus dem Krisengebiet zu ermöglichen.

Frank Denner und ich waren pausenlos am Telefon. Deutsche in Manila suchten Rat, ihre Angehörigen sowie Vertreter der Presse und des AA riefen aus Deutschland an. Staatssekretär Sudhoff sprach Mut zu. Bonn hatte eigene Sorgen: der Chef der Deutschen Bank, Herrhausen, war ermordet worden. – An Schlaf war vier Tage und Nächte nicht zu denken. Meine in der Eile aus der Lumbang mitgebrachten Konserven mit Ölsardinen und das Brot waren längst gegessen. Gut, daß die versandbereiten Weihnachtsgeschenke – Stollen und Gebäck – bereits in der Kanzlei waren.

Feuersalven, Pausen, Telefonate und widersprüchliche Nachrichten wechselten einander ab. Von einem Waffenstillstand war die Rede, auch von einem Sturmangriff. Dann, es war Mittwoch früh um sechs Uhr, war der Adjutant von Ramos am Apparat: in einer Stunde würden die Loyalen angreifen und Makati stürmen, die Solidbank – unser Kanzleigebäude – sei im Zielbereich. Wir sollten in Deckung gehen! Kaum hatte ich aufgelegt, sagte mir Nick Platt das gleiche. Verrückt, dachte ich, das kann ein riesiges Blutbad geben, und rief in den Hotels und bei den Deutschen in Makati an, um sie zu warnen.

Dann gingen wir acht Mann vom sechsten Stock nach unten, um in der Tiefgarage Schutz zu suchen. Ich gab zu bedenken: Die Krise könnte noch Tage dauern; in der Garage hätten wir kein Wasser und keine Toilette. Ob wir stattdessen den Ausbruch wagen sollten? Alle waren dafür. Als wir jedoch das Gebäude verlassen wollten, war das Gittertor blockiert. »Schicksal«, meinte ich, »wir bleiben also hier!« Doch Frank Denner: »Versuchen wir das andere Tor der Einfahrt.« Das öffnete sich! Denner gab Vollgas, und wir rasten raus. Hinter uns MG-Salven, doch wir entkamen ungetroffen. – Später erfuhr ich, daß eine loyale Truppeneinheit vor der Ausfahrt postiert war und uns für flüchtende Rebellen gehalten hatte. Hätte das Ausfahrtstor funktioniert, wären wir in ihre MG-Läufe gefahren und sicher nicht so ungeschoren davongekommen.

Im »Manila Hotel«, weit von Makati entfernt, mieteten wir zwei Zimmer und richteten eine »Notkanzlei« ein. Ich ging zuerst zum Rasieren und dann unter die Dusche. Unser Ausbruch war im Rundfunk gemeldet worden. Die Telefonistin der Botschaft, Perla Santos, hatte die Nachricht zu Hause gehört, war sofort zum Einkaufen gegangen und brachte uns Nützliches ins Hotel, unter anderem für jeden einen Satz frische Unterwäsche. Eine hygienische Wohltat und eine umsichtige Geste! Als ich am Ende der Krise, zwei Tage später, am Freitag in das Kanzleigebäude zurückkehren konnte, hatte die Fassade der Solidbank ungezählte Einschüsse. Das neue Mobiliar der Schweizer Botschaft in einem der oberen Stockwerke war zertrümmert. In unserer Kanzlei zählte ich 18 Einschüsse – ein Projektil lag auf dem Besuchertisch meines Büros.

In der Lumbang hatten Wächter und Hausangestellte ausgehalten. Als ich nach einer Woche zurückkehrte, war alles in bester Ordnung. Todmüde war ich dabei, in mein Bett zu sinken, da läutete das Telefon: Leni aus Bruneck in Südtirol wollte wissen, wie es mir ergangen sei. Sie und ihr Mann Dario hätten sich große Sorgen um mich gemacht. Ich war gerührt und fiel dann in einen schier endlosen Tiefschlaf.

Für uns war in dieser gefährlichen Krise letztlich alles gutgegangen. Keinem Deutschen war etwas zugestoßen. Dennoch kamen Fragen und Klagen zuhauf: ich hätte dieses und jenes noch tun müssen. Wo denn der deutsche Botschafter in diesen Tagen gewesen sei? Ich sei telefonisch nicht zu erreichen gewesen ... sei vermißt worden! Frust – dachte ich im Stillen und zitierte aus der Krisenkladde, wie oft und lange ich gerade mit dem telefoniert hatte, der mich angeblich nicht erreichen konnte. Vier Tage und Nächte war ich – als einziger Botschafter – in Makati am Schreibtisch präsent gewesen.

Allen, die mir in der schwierigen Lage beigestanden und geholfen hatten, die Pflicht der Botschaft zu erfüllen, dankte ich mit Präsenten oder Prämien. Nick Platt erhielt eine Sonderpackung »Königsberger Marzipan«, das er so mochte. Herr Raum bekam das Bundesverdienstkreuz. Herr Denner sei dafür noch zu jung, befand man in der Ordenskanzlei in Bonn. Sein Einsatz wurde aber auf andere Weise gewürdigt. Ich erhielt ein Schreiben des politischen Abteilungsleiters Schlagintweit.

Die sonst so frohe Weihnachtsstimmung kam 1989 in Manila nicht auf. Die Menschen waren verängstigt und die Wirtschaft war erneut zurückgeworfen worden. Als kurz nach Neujahr der Präsident des Deutschen Industrie- und Handelstages, Herr Stihl, Präsidentin Aquino aufsuchte, meinte er; jetzt müsse die Präsidentin hart durchgreifen und die Rädelsführer bestrafen. Das erwarte von ihr die an Zusammenarbeit mit den Philippinen interessierte deutsche Wirtschaft. Cory Aquino nickte wortlos und wußte, daß in ihrem Land andere Regeln galten – was auch ich erst langsam zu begreifen auf dem Wege war.

»Yes, Sir,« – aber nur bitte keine Konfrontation

»Gehen Sie stets davon aus, daß die philippinische Grundhaltung davon beseelt ist, einen guten Eindruck zu vermitteln und Sie zufriedenzustellen. Vergessen Sie aber nie, daß Filipinos anders denken und empfinden als wir«, hatte mir der deutsche Pater German Mehler gleich in den ersten Tagen in Manila mit auf den Weg gegeben. An diesen Rat sollte ich nicht immer denken, aber oft erinnert werden, wenn etwas schiefgegangen oder mir unverständlich war. Von meinen drei Hausangestellten in der Lumbang konnte ich täglich lernen.

Bel war mit zwanzig Jahren als eines von acht Kindern einer Fischerfamilie vor sechs Monaten von der »Pirateninsel« Romblon nach Manila in den Haushalt meines Kultur- und Pressereferenten gekommen. Von seiner Frau hatte sie im Handumdrehen deutsche Gerichte kochen und backen gelernt: Knödel, Rindsrouladen und Biskuitrolle. Als mein Mitarbeiter im Mai 1987 versetzt wurde, engagierte ich Bel für die Küche in der Lumbang. Für die Pflege des Haushalts und die Wäsche hatte ich Peregrina und ihre Cousine Laureta von meinem Vorgänger übernommen.

Wie Pater German gesagt hatte, die drei waren rührend bemüht, im Hause alles gut zu machen. Immer schoß es aus ihrem Munde: »Yes, Sir!«, auf was immer ich zu ihnen sagte oder worum ich sie bat. Und ich glaubte, verstanden worden zu sein. Wenn dann doch eine Sache ganz anders laufen sollte, als ich gemeint hatte, lernte ich, den Fehler bei mir zu suchen. Ich hatte zu schnell und nicht mit der üblichen, philippinischen Umschweifigkeit gesprochen und versäumt, alles noch einmal zu wiederholen. Warum hatten sie mich dann nicht gefragt? Fragen wäre eine peinliche Konfrontation und mit ihrer widerspruchslosen Grundeinstellung unvereinbar gewesen. War etwas schiefgelaufen oder gar etwas zerbrochen: Nur nicht laut werden, keine Konfrontation! Wer die Klinge des Silbermessers – und warum – abgebrochen habe, hatte ich die drei anfangs gemeinsam gefragt: Schweigen und Tränen. Als ich sie einzeln befragte, gab jede einer der gerade Abwesenden die Schuld.

Solche untauglichen Aufklärungsversuche ließ ich dann bald bleiben. Ich lernte »Umwegskritik« zu üben, Negatives mit Positivem zu verbinden: die Suppe heute, die hatten wir neulich schon mal, die war hervorragend. Die heute war auch nicht schlecht, aber das nächste Mal lieber so wie neulich. Damit hatte ich den richtigen Ton getroffen. Es war anfangs mühsam, uns in der Lumbang aneinander zu gewöhnen. Daß das Waschpulver ausgegangen war, merkte ich daran, daß Laureta das Waschen eingestellt hatte und die frische Wäsche ausblieb. Mir rechtzeitig mitzuteilen, daß die Vorräte zur Neige gehen, wäre peinlich und eine negative Nachricht gewesen, die mich nicht erfreut hätte! Vorratsdenken kannten die drei nicht. Hatte ich von meiner Reise aus Deutschland damals in Manila noch nicht erhältliche Raritäten wie Vanilleschoten oder ähnliches mitgebracht, die für besondere Anlässe gedacht waren und bis zur nächsten Reise reichen sollten, so waren diese Sachen anfangs im Nu verbraucht.

»Heute« zählt in den Philippinen. Was da ist und die Natur gerade gibt, wird aufgebraucht. Morgen ist ein anderer Tag. »Laß uns über die Brücke sprechen, wenn wir am

Fluß angekommen sind«. Dieses Sprichwort beschreibt tief verwurzelte philippinische Denkweisen. So manches ließ sich damit und am Verhalten meiner drei Hausangestellten entschlüsseln: die allgemeine Sorglosigkeit über die Zukunft, der Raubbau beim Holzschlag, Brandrodung, Fischen mit Dynamit, auch die Tatsache, daß Kraftwerke zwanzig Jahre lang nicht gewartet wurden, bis sie schließlich zusammenbrachen.

Damit in der Lumbang alles gutgehen möge, versuchte ich, den drei einige meiner Vorstellungen von Umsicht zu vermitteln. Ich erlebte schrittweise Erfolge: Laureta gewöhnte sich an, mir rechtzeitig – wenn auch stets verschämt, als sei es ihre Schuld – zu melden, wenn das Waschpulver zur Neige ging. Peregrina nähte lockere Knöpfe fest, ehe ich sie verlor. Und dann Bel: Sie fragte mich um Rat, wenn ihr beim Studium meiner Kochbücher etwas unklar geblieben war oder ihr ein neues Gericht nicht auf Anhieb gelingen sollte – was selten war. Bel lernte disponieren, pünktlich und warm zu servieren und war nach einem Jahr eine beispielhaft gute Köchin geworden. Gesetzte Essen für bis zu 48 Personen mit fünf Gängen – und Empfänge für 200 Teilnehmer waren für sie problemlos. Sie war talentiert und ideenreich. Bei Salaten, Desserts und beim Dekorieren der Speisen entwickelte sie Phantasie. Als ich Bel eines Abends nach dem Essen wie üblich den Gästen vorstellte, errötete sie und war voller Stolz: Miguel Cerqueda, der Direktor des altehrwürdigen »Manila Hotel« bat Bel um das Rezept und ihre Zustimmung, den Salat des Abends in seine Speisekarte aufnehmen zu dürfen.

Peregrina war eine Künstlerin im Blumenstecken und mit Laureta beim Tischdecken und Servieren selbständig geworden. Bei großen Einladungen mit vielen

Die »Engel« der Lumbang: Laureta, Bel, Peregrina und Cousinen

Gästen kamen Cousinen oder Freundinnen der drei als zusätzliche Helferinnen. Wenn ich dann, meist erst kurz vor den Gästen, in die Lumbang kam, war es für mich beruhigend und eine Freude zu sehen, wie eine Equipe von acht bis zehn unter dem Kommando von Bel in der Küche schnipselte, garnierte und wußte, was noch zu tun war. Für mich blieb nur noch, die Tischordnung festzulegen. Ich honorierte die Leistungen durch weit überdurchschnittliche Löhne, mit zusätzlichen Prämien und weiteren Sachzuwendungen. In Krankheits- und Notfällen half ich den Angestellten wie auch ihren Angehörigen.

Solche Fürsorge gab den Angestellten Sicherheit und entsprach einem philippinischen Grundbedürfnis, das mit »utang na loob« umschrieben wird und dem lateinischen »do ut des« ähnlich, in den Philippinen aber von einer weitaus größeren Bedeutsamkeit ist. Im Zeichen von »utang na loob« werden gezielt Beziehungen aufgebaut, die ein Schuldverhältnis begründen. Durch eine Vielzahl von Patenschaften bei Taufen und Hochzeiten werden intrafamiliäre Verbindungen geknüpft. Sie verpflichten beide Seiten lebenslang zu Beistand. Patronage und Gunsterweis aller Art und Größenordnungen erklären sich aus diesem »utang na loob«. Das öffentliche Leben, die Wirtschaft, alle Schichten der Gesellschaft sind davon geprägt – auch die Justiz: Mir war unverständlich, daß sich wichtige Prozesse des Obersten Gerichts ungewöhnlich lange hinzogen und bei einigen offenbar kein Interesse bestand, die Wahrheit zu finden und Straftaten zu ahnden. Die Ermordung von Senator Benigno Aquino, dem Ehemann von Cory, der 1983 bei seiner Rückkehr aus den USA am Flughafen in Manila erschossen wurde, ist bis heute nicht abschließend aufgeklärt. Rädelsführer und Hintermänner der Putschversuche wurden – wie Enrile 1989 – zwar angeklagt, aber dann nicht weiter verfolgt. »utang na loob«: da mag es noch weitere, bisher nicht genannte Mitwisser oder Mitschuldige geben, die dem Kläger nahestehen und besser nicht bekannt werden. Sie oder gar der Gegner könnten bei einem »Wechsel der Allianzen« wieder für neue Koalitionen gebraucht werden. So ist es nützlicher, die Konfrontation mit der Wahrheit zu meiden, abzuwarten bis Zeit vergangen ist, um schließlich zu vergessen und am Ende zu vergeben. So erklärt sich auch, daß Imelda Marcos inzwischen Kongress-Abgeordnete ist, daß 5000 Putschisten amnestiert und Hintermänner der Putsche wie Enrile und Honasan Senatoren sind. Konfrontation und Aufklärung zu meiden, hatte ich im Kleinen in der Lumbang erlebt und mit diesen Alltagserfahrungen manche anderen Fragen zu begreifen gelernt.

Und jeden Morgen zwei Getreue:
Bel mit buchstäblichen Aktenkörben – zum Lesen kam ich nur spät abends

Rudy stets höflich

Deutsche Pioniere – alter und neuer Zeit

In den Philippinen war ich wie auf früheren Posten wieder Spuren von Deutschen – und in Person älteren noch lebenden – begegnet, die in Vorzeiten unserer heutigen Beziehungen Pionierarbeit geleistet, Gutes damit verbunden, Vertrauen begründet und als Vorbild für deutsches Ansehen gewirkt haben. Ich glaubte, in der Sache jedenfalls, Kontinuität zwischen damals und heute festzustellen, in den Bedürfnissen und Aufgaben, denen wir nachgehen, wenn diese auch vielfältiger, die Methoden und Träger auch ganz andere geworden sein mögen.

Der deutsche Jesuit und Botaniker Kamel hatte 1687 in Manila die erste Apotheke der Philippinen eingerichtet. Er nahm sich der Kranken an und hat Armen kostenlos geholfen. Heute helfen wir in der Not mit Medikamentenspenden, arbeiten deutsche Experten in Gesundheitsprojekten der Entwicklungshilfe, opfern deutsche »Ärzte für die Dritte Welt« ihren Jahresurlaub für einen unbezahlten Hilfseinsatz in den Philippinen – und in Manila praktiziert seit 1952 Dr. med. Heinz Varwig.

Ein halbes Jahrhundert, auch mit 76 Jahren noch – von Arm und Reich vielgesuchter Hausarzt, ist Heinz Varwig jeden Tag von sechs Uhr früh bis spät für seine Patienten auf den Beinen. Wenn wir Sonntag abend Skat spielten und sein Piepser tönte, ließ Heinz auch einen »Grand mit Vieren« sausen und eilte, um zu helfen. Die vielen Patienten aller Schichten vertrauten dem vorbildlichen Pflichtgefühl ihres deutschen Hausarztes, der mit seiner Erfahrung, seiner Fürsorge und Hilfsbereitschaft allein schon deshalb manchem das Leben retten konnte, weil er immer sofort zur Stelle war.

Wenn Filipinos von der Nachkriegszeit erzählten und davon, wie trostlos damals alles in Manila gewesen sei, begannen ihre Augen plötzlich zu glänzen, wenn sie auf das Restaurant »New Europe« zu sprechen kamen. Das sei wie eine Oase zwischen den Trümmern der Stadt gewesen, sagten sie und schwärmten nach so langer Zeit immer noch von Küche und Keller – und von Heinz Woelke. Der habe seinen Gästen ihre Wünsche von den Augen abgelesen und jeden auf seine Weise geistreich und humorvoll zu unterhalten verstanden. Heinz Woelke war in Deutschland als Vollwaise aufgewachsen, hatte Kellner gelernt und war dann als Steward der »Potsdam« auf ihrer Ostasienroute zur See gefahren. Als das Schiff eines Tages – im Jahr 1938 – wieder einmal in Manila angelegt hatte, blieb Heinz Woelke in den Philippinen. Mit Glück überlebte er den Pazifischen Krieg und am Ende in Manila ein Massaker. Die Japaner hatten in ihrer Panik – ungeachtet der deutschen »Achsenpartnerschaft« – den Deutschen Club zerstört und viele zivile Deutsche – auch Missionare, umgebracht. – Heinz Woelke hatte seine Unternehmungslust bewahrt. 1946 eröffnete er ein eigenes Restaurant, das er »New Europe« nannte. »Das war damals das beste Lokal in Manila und Treffpunkt von MacArthur und Eisenhower. Mein Vater hat im »New Europe« die Staatsgäste bewirtet, die in jenen Jahren nach Manila kamen«, sagte Außenminister Romulo, dessen Vater schon damals philippinischer Außenminister gewesen war.

Als Heinz Woelke im Alter das »New Europe« 1975 geschlossen hatte, ging er nach Baguio und widmete seine

Ersparnisse und Tatkraft am Lebensabend einer Stiftung für erblindete Kinder. Das Schicksal wollte es, daß er inzwischen selbst erblindet ist. Die Bundesregierung und Präsident Ramos haben ihn geehrt. Heinz Woelke hat als Privatmann dem Gemeinwohl gedient und staatlicher Fürsorge Last abgenommen. Der Ruf, den er in schwierigen Zeiten als Pionier deutscher Gastronomie begründet hatte, lebt fort. Das »New Europe« hat einen Nachfolger: »Le Soufflé« – das Restaurant des jungen Deutschen Andreas Katzer und seiner Partner. Es zählt heute zu den ersten Adressen als Treffpunkt im neuen Manila – wie einst das »New Europe« im alten.

Als die Spanier im Jahre 1898 aus den Philippinen abzogen, fehlten katholische Lehr- und Sozialkräfte. Es gab noch kaum philippinische, und aus den USA neu gekommene waren überwiegend protestantisch und in dem katholischen Lande nicht zurecht gekommen. Deshalb waren Tutzinger Benediktinerinnen und Patres wie Brüder des Steyler Ordens SVD in die Philippinen gerufen worden. Sie lehrten in Grund- und Oberschulen, später auch an Universitäten, und hatten dazu soziale und andere Aufgaben übernommen. Die Ordensbrüder vermittelten handwerkliche Grundkenntnisse als Schreiner, Schmied, Maurer und Drucker -Berufsausbildung, die heute deutsche Experten mit Projekten unserer Entwicklungshilfe – neueren Bedürfnissen und fortschrittlichen Methoden angepaßt – erfolgreich fortsetzen.

Etwa 600 Benediktinerinnen und Steyler waren von 1906 bis zur Vorkriegszeit in die Philippinen gekommen. Ihr Leben war ärmlich, opferreich und einsam gewesen. Es gab damals in den entlegenen Gebieten weder Straßen noch Autos, weder Strom noch Kühlschrank, nur wenig zu beißen und keinen Arzt. Viele waren von der Malaria dahingerafft worden, andere im Krieg durch Japaner umgekommen. Als Mittler von Wissen und Werten waren sie im buchstäblichen Sinne als Entwicklungshelfer Vorboten unserer heutigen Experten.

Als ich 1986 nach Manila gekommen war, gab es etwa noch 120 deutsche Missionare verstreut im Lande. Ich folgte dem Brauch meiner Vorgänger und habe sie jedes Jahr im Advent zu einem vorweihnachtlichen Treffen in die Lumbang eingeladen. Das war für sie die einzige Gelegenheit, einmal zusammen zu kommen. Wie bei einem Bienenschwarm ging es da zu! Was hatten sie sich alles zu erzählen! Ich wiederum konnte von ihnen vieles über die Lage in den von Manila entfernten Provinzen erfahren. Nach Kaffee, Stollen und Weihnachtsgebäck sangen wir Advents- und Weihnachtslieder. Dann konnte ich Jubilare, die 80 Jahre alt oder über 50 Jahre im Lande gewesen waren, mit dem Bundesverdienstkreuz ehren. Danach gab es ein Buffet mit zünftigen deutschen Spezialitäten und Frankenwein vom Zang aus Sommerach. Beim Abschied gab ich noch Weihnachtskörbe mit auf den Weg, und da hieß es immer wieder: »Wir freuen uns schon auf's nächste Mal in einem Jahr!« Viele der Alten waren über ein halbes Jahrhundert – seit ihrer ersten Reise in die Philippinen – nie mehr in Deutschland gewesen. Bei jeder Adventsfeier fehlten einige, die seit letztem Jahr gestorben waren. Wenn eine Beerdigung in Manila und es mir zeitlich möglich war, nahm ich daran teil. Bei Pater Georg kam ich in letzter Minute. Andere hatten nach philippinischer Tradition eine Blume oder einen Rosenkranz in den noch offenen Sarg gelegt. Ich hatte nichts Derartiges bei mir, nur meine »Dunhill«-Zigaretten und erinnerte mich, wie Pater Georg beim Adventstreffen oft gefragt hatte: »Haben Sie noch eine, Herr Botschafter?« Ich gab ihm meine Packung mit auf den letzten Weg.

Jüngere, noch aktive deutsche Missionare, besuchte ich bei Provinzreisen. Der Weg auf ein Plateau im Zentralmassiv von Mindoro hatte Steigungen bis zu 45 Grad. Schweißtriefend war ich auf allen Vieren gekraxelt. Pater Dinter hatte Übung. Seit Jahren arbeitete er hier oben unter den Mangyanen, einer der größten noch verbliebenen philippinischen Urethnien, die als einzige eine Schriftsprache hat. »Die Mangyanen kennen kein Wort für Mord oder Krieg, aber sie haben eine wunderschöne Poesie«, meinte der Pater. Er hatte Gedichte übersetzt, aber kein Geld für den Druck einer Antologie. Mit 3000 Mark konnte die Botschaft helfen. – Ich war zur Einweihung der ersten Schule gekommen, die Pater Dinter für seine Schützlinge mit deutschen Mitteln gebaut hatte. Vier Jahre später kamen die ersten Absolventen bei einem Wettbewerb in Manila unter die Preisträger!

Andere Patres hatten neben Pastoralaufgaben andere Hilfsprojekte: Pater German Mehler sorgte für die Operation mit Hasenscharte geborener Kinder. Pater Lohrengel kaufte mit Spenden aus seiner Heimat Kälber, die er arbeitslosen Familien zum Grasen an Wegerändern gab. Vom Erlös schlachtreifer Tiere bekamen die Familien einen Teil und vom anderen kaufte der Pater neue Kälber. Pater Leo Schmitt hatte ganz Armen am Rand von Manila Unterkünfte und Schulen gebaut. Nach dem Krieg waren kaum neue deutsche Ordensleute in die Philippinen gekommen. Nur drei Benediktiner aus Münster-Schwarzach und St. Ottilien hatten in Digos auf Mindanao noch ein Kloster gegründet.

Ursprüngliche missionarische Pastoral-, Lehr- und Sozialaufgaben sind indessen überwiegend von philippinischem Nachwuchs übernommen worden. Die frühere Vermittlung praktischer Handwerkskenntnisse durch Ordensbrüder ist als »Transfer technischen Wissens« Teil unserer offiziellen Entwicklungspolitik geworden. Die Aufgaben spezialisierter Experten sind Inhalt und Ziel zahlreicher Projekte: biologischer Pflanzen- und Nachernteschutz (»gutes Insekt vertilgt schädlichen Maisbohrer«), Kopratrocknung unter Vermeidung der Bildung des giftigen Aflatoxins, Erosionsschutz der Terrassen-Landwirtschaft, Wiederaufforstung, Nutzung von Sonnenenergie, Schaffung neuer Habitate für küstennahe Fischgründe – wo Dynamitfischen die Korallenriffe zerstört hat, Werkstätten zur Wartung und Reparatur medizinischer Apparate und Geräte, Berufsausbildung von Facharbeitern. Dies waren nur einige der über 30 Projekte meiner Zeit, die alle ein gemeinsames Grundziel hatten: Werterhalt, produktivere und schonendere Nutzung von Ressourcen, Förderung der unteren Einkommensschichten.

Bei Provinzreisen besichtigte ich unsere Projekte und fand, daß sie im Vergleich mit denen anderer Geberstaaten weitestgehend selbstlos und auf die Bedürfnisse der Bevölkerung ausgerichtet waren. Zu den Experten der GTZ und des DED hielt ich Kontakt und lernte von ihren Erfahrungen. In letzter Zeit zeigten sich einige besorgt über allzu häufige Reformen, Wechsel von Schwerpunkten, Strategien und Zielvorstellungen, die von zu Hause ausgingen. Die immer wieder neuen Veränderungen kämen dem erfolgreichen Fortgang eines laufenden Projektes nicht zugute. – Bei den Jahrestagungen der Experten konnte ich Fragen stellen und Überlegungen einbringen.

Wir diskutierten über Möglichkeiten einer engeren Zusammenarbeit der verschiedenen Projektträger untereinander und – wo sich dies wie beispielsweise bei der Berufsausbildung anbot – auch mit der deutschen Wirtschaft in den Philippinen. Mir ging es um eine bestmögliche Nutzung vorhandener, aber nicht überall voll ausgelasteter Kapazitäten und Potenzen. Der Gedanke hat Fuß gefaßt:

Claus Sudhoff hatte – nach zwanzig Jahren Asienerfahrung als Textilfachmann – in der Nähe von Manila eine eigene Fabrik zur Herstellung von Hemden hoher Qualität gegründet. Als ich das Unternehmen mit ihm am 1. Juli 1990 einweihte, begann es mit 45 Mitarbeitern. Fünf Jahre später war die Firma C. S. Garments zu einem der modernsten Betriebe der Branche in Südostasien geworden, hatte 550 Mitarbeiter und produzierte über eine halbe Million Hemden für die Ausfuhr. Ein wesentlicher Teil des Erfolges beruhte auf der soliden Fachausbildung der Mitarbeiter, die Claus Sudhoff im Zusammenwirken mit Experten anderer Projektträger aufgebaut hatte. Präsident Ramos und später Bundeskanzler Kohl waren bei ihren Besuchen von C. S. Garments gerade von diesem Aspekt der gezielten Fachausbildung angetan. Ausbildung erbringe bessere Leistung, dem Arbeiter höheren Lohn, sichere Qualität und Absatz, sagte Claus Sudhoff.

Ausbildung als Schlüssel zum Erfolg – das ist auch die Devise von Albert Robert. Er beliefert die philippinische Industrie mit pneumatischen Steuergeräten des schwäbischen Herstellers FESTO. Ehe Albert Robert verkauft, bildet er in Manila die künftigen Benutzer der Geräte aus. Nach dem Verkauf sichert er Wartung und Kundendienst.

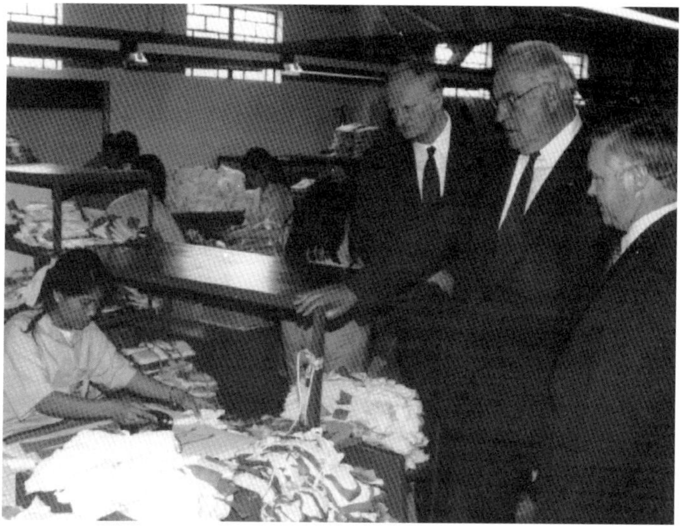

Bundeskanzler Kohl – mit Claus Sudhoff – von der Fachausbildung angetan

Mit Außenminister Manglapus: Vertragsunterzeichnung über Ausbildung von Facharbeitern

Cory Aquino hatte mir von der Benediktinerin aus Tutzing – ihrer Lehrerin – erzählt, ihr Handelsminister vom deutschen Ordensmann, bei dem er Philosophie gehört hatte. Wohin auch immer ich kommen sollte, auch in entlegene Orte der Provinzen, war hier die Schule, dort die Krankenstation oder das Spital Zeugnis deutscher Pionierarbeit. Ihr Ruf lebt fort und wird weitergetragen von Experten unserer Projekte oder beispielhaften Vertretern der deutschen Wirtschaft, deren Ansehen in den Philippinen der Botschaftsarbeit sehr geholfen hat.

Philippinische Märchen und eine Euroschule

Meinen ersten Heiligabend in Manila hätte ich 1986 beinahe allein in meinem Hotelzimmer verbracht, wenn nicht Uwe Schmelter, der Leiter des Goethe-Instituts, nachmittags angerufen und mich dann in sein Haus geholt hätte. Auch den alleinstehenden niederländischen Botschafter hatte Uwe eingeladen. Fürsorge und Umsicht sollte ich bei meiner Zusammenarbeit mit Uwe Schmelter noch oft erfahren. Nach dem Abendessen waren wir zur Christmette nach St. Antonio gefahren, wo Uwe im Orchester mitwirkte. Uwe hatte Musik studiert und im übrigen viele Talente, war ideenreich und schien über eine unerschöpfliche Energie zu verfügen. Als eines Tages Frau Hamm-Brücher bei ihrem Besuch in Manila im Goethe-Institut gewesen und mit Uwe Schmelter bekanntgeworden war, meinte sie anschließend: so einen Mann würde die Kulturabteilung des AA benötigen, der würde etwas bewegen. Das Goethe-Institut hatte den Ruf des aktivsten ausländischen Kulturinstituts in Manila.

Während die Sprachausbildung in den Händen seines Vertreters lag, konzentrierte Uwe Schmelter seine Kraft auf Rettung, Erhalt und Pflege alter – vernachlässigter – philippinischer Kulturwerte und auf die Förderung junger Talente. Nach der pompösen Kulturpolitik propagandistischer Selbstdarstellung der Imelda Marcos, wollte Uwe mit schöpferischer und partnerschaftlicher kultureller Zusammenarbeit zur Bildung eines demokratischen nationalen Selbstbewußtseins beitragen, das in den Philippinen kaum entwickelt war. Unter meinem Vorgänger war das sozial-revolutionäre Werk des philippinischen Nationalhelden Rizal (»Noli me tangere«) ins Deutsche übersetzt und der Druck von Vertretern der deutschen Wirtschaft in Manila finanziert worden. Rizal hatte das Buch – während seines ophtalmologischen Studienaufenthalts Ende des letzten Jahrhunderts – in Berlin in spanischer Sprache veröffentlicht. Nach Rizals späterer Hinrichtung in Manila war Noli me tangere erstmals verfilmt worden. Uwe Schmelter forschte und fand die letzte noch existierende Kopie, die in einem deplorablen Zustand war. Dem Bundesarchiv Koblenz gelang die Restaurierung des historischen Films, der 1989 Präsidentin Aquino bei ihrem Staatsbesuch in Bonn als Gastgeschenk und später philippinischen Schulen für den Geschichtsunterricht übergeben wurde.

Weckung und Fortbildung junger Talente lagen Uwe Schmelter besonders am Herzen. Kamen deutsche Dirigenten oder Solisten zu Aufführungen nach Manila, führte er sie anschließend mit philippinischen Nachwuchskräften zusammen. Gemeinsame »Werkstatt-Arbeit« war ein Schwerpunkt des Goethe-Instituts. Deutsche Experten kamen für ein bis zwei Wochen nach Manila, um philippinische Bibliothekare, Archivare, Journalisten, Pressefotografen, Cinéasten und andere fortzubilden. Die Ergebnisse dieser Zusammenarbeit waren ermutigend. Der junge philippinische Film kam in Berlin und Cannes wieder zu internationaler Geltung, was den Cinéasten unter Marcos nicht vergönnt gewesen war.

Ein anderes Projekt sollte zu einem anfangs ungeahnten Erfolg führen. Uwe Schmelter hatte von der Existenz philippinischer Märchen gehört, jedoch nirgendwo ein philippinisches Kinderbuch finden können. Märchen wurden hier und da noch auf dem Lande erzählt und drohten, in Vergessenheit zu geraten. Uwe sah eine Aufgabe: er brachte deutsche und philippinische Autoren zusammen. In dreiwöchiger Werkstattarbeit entstanden drei druckreife Manuskripte in Wort und Bild. Da für ihren Druck kein Geld verfügbar war, halfen wieder die Vertreter der deutschen Wirtschaft in Manila. Als ich Präsidentin Aquino die ersten drei Exemplare überbrachte, war sie überrascht und sagte: »Mr. Ambassador, ich wußte gar nicht, daß es philippinische Märchen gibt. Ich bin in meiner Kindheit nur mit amerikanischen aufgewachsen.« Das Echo von Kindergärten und Schulen auf die ersten frei verteilten dreitausend Exemplare war überwältigend positiv. Der Verlag Cacho witterte eine Chance. Er druckte die drei Bücher nach und gab philippinischen Autoren Aufträge für weitere Manuskripte – die auch modernere, erzieherische Themen wie Umweltschutz und andere haben sollten. Vier Jahre später – 1993 – war der Verlag

Cacho erstmals mit philippinischen Kinderbüchern auf der Frankfurter Buchmesse und konnte unerwartete Liefer- und Lizenzabschlüsse mit Partnern aus den USA, Italien, Großbritannien und Deutschland verbuchen. Es war eine gute Idee von Uwe gewesen, altes Kulturgut aufzuspüren und mit wenigen Mitteln wieder ins Leben im Gastland einzuführen. In Frankfurt hatte es den Weg über die Grenzen der Philippinen hinaus in die Welt gefunden.

Das Verhältnis zwischen Goethe-Institut und Botschaft war kooperativ und problemlos, zwischen Uwe und mir freundschaftlich. Wenn Uwe seine deutschen und philippinischen Projektpartner – gewöhnlich Sonntag abends – in sein gastfreies Haus einlud, war ich meistens dabei und konnte einem ganz anderen als meinem üblichen Gesprächskreis begegnen.

Mit einem anderen Kulturprojekt in Manila war das Goethe-Institut nicht, die Botschaft aber umso mehr befaßt. Der deutschen Schule waren ihre Räume gekündigt worden. Die Suche einer neuen Unterbringung war schwierig und warf viele Fragen auf: Anmietung oder Kauf? Wer finanziert? Beim Standort waren Verkehr und Sicherheitsfragen zu bedenken. Ein geeignetes Mietobjekt schied aus, weil die benachbarte Garnison in die zurückliegenden Putschversuche einbezogen war. Schulvorstand, Eltern, Lehrer, die Kulturreferentin der Botschaft und ich berieten und diskutierten viele Abende im Deutschen Club – oft bis Mitternacht. Ähnlich erging es – durch Zufall gleichzeitig – der französischen Schule, ohne zu einer Lösung zu gelangen. Keine der beiden Seiten hatte ein für sie geeignetes neues Objekt gefunden. Da zog ein Silberstreifen auf: zum Verkauf stand ein fast neuer Schulkomplex, der jedoch für jede der beiden Schulen zu groß, für beide zusammen aber geeignet erschien. Der deutsche Schulleiter Janek sprach mit seinem französischen Kollegen Heissat und ich mit meinem, Botschafter Olivier Gaussot. Dabei gab es keine Frage: wir sollten den Schulkomplex gemeinsam erwerben, nutzen und verwalten und bei jeweiligen Lehrplänen soweit wie möglich – beim Sport, bei der Kunsterziehung, in Labors, Bibliothek und anderem – zusammenarbeiten. Die Regierungen in Paris und Bonn, die beiden Elterngemeinschaften und Schulvorstände in Manila stimmten zu. Nach weiterer Kärrnerarbeit konnte der Eurocampus ein Jahr später bezogen und am 31. Oktober 1992 von Außenminister Kinkel und seinem französischen Kollegen mit philippinischen Ehrengästen, Eltern und Kindern eingeweiht werden.

Nachdem der gemischte Schulchor die philippinische Nationalhymne, die Marseillaise und das Deutschlandlied gesungen hatte, sagte Außenminister Romulo: »Ich bin tief bewegt. Hätte mir jemand – als ich vor 40 Jahren als Kind in Paris war – gesagt, daß eines Tages deutsche und französische Kinder unter einem Schuldach in Manila ihre Nationalhymnen gemeinsam singen würden, hätte ich ihn für einen Phantasten gehalten. Was ich heute hier erlebe, davon können wir Asiaten für unsere Zusammenarbeit nur lernen«.

Die philippinische Presse schrieb: »Ein vereintes Europa durch Erziehung«, »Drei Kulturen verbinden sich«, »This project is without precedent, an exercise in diplomacy«.

Mein um eine Generation jüngerer französischer Kollege Olivier hatte angeregt, daß wir beide eine textgleiche

Mit Außenminister Roberto R. Romulo und dem französischen Botschafter Olivier Gaussot im »Eurocampus«

Die beiden Schulleiter und Botschafter nach einer gemeinsamen deutsch-französischen Geschichtsstunde anlässlich der Feier: »30 Jahre Elysée-Vertrag«

Rede halten. Ich sollte sie als Älterer entwerfen, er würde meinen Text – an dem er kein Wort geändert hat – übersetzen. Er würde die deutsche, ich sollte die französische Fassung vortragen. Nie zuvor hatte ich deutsch-französisches Einvernehmen so überzeugend wie in jenen Stunden erlebt. Der Eurocampus in Manila war weltweit der erste seiner Art in einem Drittland. Ich dachte an Carlo Schmid und daran, wie er sich wohl gefreut hätte, in diesen Stunden dabei sein zu können.

Der Eurocampus, dem sich inzwischen weitere europäische Schulzweige angeschlossen haben, hatte unter gutem Stern begonnen, der seinen Erfolg bis heute begleitet hat.

Radio Veritas Asia – ein Sender für alle und alles

Asiatische Bischöfe hatten überlegt und 1960 mit deutschen Bischöfen und Bundeskanzler Adenauer beraten, wie die vom »Bambusvorhang« isolierten Menschen Asiens mit Informationen erreicht werden könnten. Die Errichtung eines Kurzwellensenders, der auf den Philippinen stationiert werden und Radio Veritas heißen sollte, wurde beschlossen. Der Deutsche Bundestag hatte der Förderung des Projekts zugestimmt. Ehe ich 1993 in Manila mit Präsident Ramos, Kardinal Sin und anderen Vertretern der Asiatischen Bischofskonferenzen das 25-jährige Jubiläum von Radio Veritas begehen konnte, hatte der Sender bewegte Zeiten durchgemacht.

In den Tagen des Februar 1986, als Marcos gestürzt wurde, hatte Kardinal Sin den landesweit einzigen intakten Sender benutzt, um die aufgebrachte Bevölkerung von Gewalt und Blutvergießen abzuhalten. Nachdem Marcos außer Landes gebracht worden war, hatten jedoch ihm noch ergebene Sicherheitskräfte in ihrer Enttäuschung die Sendeanlage aus Wut zerstört. Als sich die Lage in Manila wieder beruhigt hatte, waren sich die bisher an Radio Veritas Beteiligten einig und beschlossen seinen Wiederaufbau. Die Deutsche Bischofskonferenz und Kardinal Höffner persönlich wollten dabei helfen. Auch mein Vorgänger hatte sich für die Förderung des Projekts ausgesprochen. Beim Erzbistum Köln nahm der asienkundige Prälat Michel Planung und Koordinierung in die Hand. Der neue Sender Radio Veritas Asia sollte sein künftiges Programm und seinen Ausstrahlungsradius erweitern. Neben kirchlichen Programmen könnte RVA auch weltliche Nachrichten und entwicklungsbezogene Beiträge senden, überlegte ich, als ich mit dem Projekt zu tun bekam. Ich dachte an Themen wie Familie, Würde der Frau, Kinderpflege, Gesundheit, Hygiene, Umweltschutz und an solche unseres Landfunks wie Viehzucht, Ackerbau, Pflanzen- und Nacherntеschutz und ähnliches mehr. Für die Vermittlung solchen Wissens hätten wir in vielen Entwicklungsländern Projekte und Experten stationiert. Wenn RVA eine ähnliche Mittlerrolle übernehmen und die Bevölkerung in den sich noch immer gegen freien Zugang sperrenden Ländern erreichen würde, schien mir eine staatliche finanzielle Beteiligung am Aufbau von RVA gerechtfertigt zu sein. Ich setzte mich für RVA ein.

RVA ist in wenigen Jahren mit einem breit gefächerten Programm zu einem der weltweit stärksten Kurzwellensender geworden. Sein Radius deckt ganz Asien ab und reicht über China hinaus bis in die asiatischen Gebiete der früheren Sowjetunion. Drei Milliarden Menschen, die Hälfte der Weltbevölkerung, können die Sendungen empfangen. Im Studio in Manila gehen täglich im Schnitt 200 Hörerbriefe ein, überwiegend aus informationsbeschränkten Ländern wie der VR China, Vietnam und Myanmar, und zu einem großen Teil von nichtchristlichen Hörern anderer Glaubensrichtungen. Aus ihren Fragen und Anregungen hat sich mit den Autoren der Programme ein lebendiger Dialog entwickelt. Die Sendungen werden im Studio in Manila, dem eine Frau, die Filipina Ms Erlinda So vorsteht, in siebzehn der wichtigen asiatischen Sprachen von professionellen Frauen und Männern verfaßt. Sie kommen aus den Empfängerländern und kennen die Nöte und Bedürfnisse ihrer Bevölkerung.

Der neue Sender von RVA wurde – fünf Stunden von Manila entfernt – in der Provinz Zambales an der Küste des Südchinesischen Meeres errichtet. Seine Leistungsstärke und Reichweite wurde von dem belgischen Missionar Father Hugo konzipiert, der den Aufbau leitete und den Sender bis heute weiter betreut.

Father Hugo war aus Antwerpen in die entlegene Bergwelt der Kopfjäger im Norden der Philippinen gekommen. Hier hat er Schulen und Krankenstationen eingerichtet, gepredigt, getauft, gesegnet und geweiht – und war dabei immer wieder auf die tiefe Verwurzelung animistischer Traditionen gestoßen. Wenn seine Schützlinge erst ihn geholt hatten und anschließend zum Zauberdoktor gingen, war das für den Pater enttäuschend. Sein Leben war entbehrungsreich. Eines Tages hatte ihn sein Orden nach Baguio geholt und mit der Einrichtung einer lokalen Rundfunkstation beauftragt. Mit diesen Erfahrungen war Father Hugo 1973 zu Radio Veritas gerufen worden. Viele suchen bis heute seinen Rat, selbst die Experten der »Stimme Amerikas« kommen dafür aus Washington. Sie sind von der störungsfreien Sendetechnik und den niedrigen Betriebskosten von RVA beeindruckt. Nur 14 Mark kostet eine Sendeminute, sechs bis sieben Millionen Mark betragen die jährlichen Gesamtkosten für Studio- und Sendebetrieb.

Radio Veritas Asia, eine Stimme für alles und alle in Asien, ist ein Mittler geistlicher und weltlicher Informationen für jeden Menschen geworden. Für die große Mehrheit jener, die arm und weitab vom Weltgeschehen ohne Fernsehen und Internet leben müssen, aber doch einen Kurzwellenempfänger haben. Gäbe es Radio Veritas Asia nicht, müßte es erfunden werden!

Oft denke ich an meine freundschaftlichen Gespräche mit Father Hugo zurück, der das Weltgeschehen aus dem Abstand seiner Einsamkeit in Zambales beobachtet und seine Beurteilung an den Erfahrungen seines Lebens mißt. Nach dem Fall der Mauer in Berlin und dem späteren Zerfall der Sowjetunion meinte Father Hugo, jetzt bedürfe es einer idealistisch gesonnenen, einsatz- und opferbereiten jungen Generation, um eine neue bessere Ordnung aufzubauen! Und als wir eines Abends auf dem Balkon seines entlegenen Hauses auf die Weite des Südchinesischen Meeres blickten und übers Paradies sinnierten, meinte Father Hugo humorvoll: »Mr. Ambassador, nach meinem besten Wissen ist bis heute noch niemand von dort zurückgekommen, um sich darüber zu beklagen.«

Die Schwangerschaft hätte ich feststellen müssen!

In der Botschaftskanzlei in Manila ging es tagaus, tagein immer hektischer zu. Die Arbeit war mehr, die Anliegen einzelner waren vielfältiger und die Petenten anspruchsvoller geworden. Das Telefax hatte weitgehend die Luftpost ersetzt und die Zeit des bisher üblichen Postweges von Tagen auf Sekunden reduziert. Die Schnellebigkeit der neuen Technik hatte sich auf die Absender übertragen: sie erwarteten umgehende Erledigung, und jeder einzelne hatte begonnen, seine Sache als die wichtigste und einzig dringliche zu sehen. Ungeduld und Unmut kamen häufig allein schon deshalb auf, weil die Botschaft keine Mittel für eine Korrespondenz per Telefax hatte und ihre Antworten noch überwiegend mit Luftpost absandte. Dafür gebrach es manchem Steuerzahler an Geduld und Verständnis. Auch die Weisungen aus Bonn firmierten zunehmend häufiger als »Priorität«. Bei meinem Bemühen, der Vielzahl sich überlagernder Prioritäten gerecht zu werden, sah ich mich oftmals mehreren, in verschiedene Richtungen fahrenden Zügen gleichzeitig nacheilen.

Priorität der Prioritäten war immer die konsularische Pflicht, Deutsche zu schützen, ihnen in Not zu helfen und sie zu betreuen: Kranken ärztliche Versorgung zu vermitteln, sie in schweren Fällen heimzuschaffen, den in Konflikt oder sonst in Not Geratenen juristisch beizustehen, sie im Gefängnis – wie die Kranken im Spital – zu besuchen, sie mit Zahnpasta, deutschen Zeitungen und anderem zu versorgen, Mord- und Unfälle aufzuklären, Tote zu überführen oder in den Philippinen zu bestatten, Nachlässe zu regeln ... Dies und vieles mehr waren die Alltagspflichten von Frau Sievers und später ihrem Nachfolger, Amtmann Triller. Beide Mitarbeiter erfüllten ihre Aufgaben mit Umsicht und Fürsorge. Was da alles zu jeder Tages- und Nachtzeit und an Wochenenden passiert war:

Der Mord aus Eifersucht am Strand von Boracay, ein anderer im Strandcafé von Puerto Galera: ein deutscher Tourist war von einem vorbeigehenden Filipino wegen einer Zigarette erschossen worden. In einem Hotel in Manila hatte ein Deutscher eine Filipina mit einem Aschenbecher erschlagen und die Leiche im Bettkasten deponiert. Eines Tages brachte ein Taxifahrer einen nur mit Unterhose bekleideten Deutschen betäubt und ausgeraubt in die Kanzlei. In einem anderen Hotel, wo Präsident Ramos gerade mit Pressevertretern sprach, war ein verstörter Deutscher nackt durch die Halle getanzt...

Manila war ein heißes Pflaster für Drogen und andere Versuchungen, und die exotische Inselwelt barg Risiken und Gefahren, denen Unerfahrene und Leichtfertige zum Opfer wurden. Einzelfälle wurden zur »Chefsache«, wenn mit ihnen politische Implikationen verbunden oder wenn sie auch nur in die Presse gelangt waren.

Ein deutscher Journalist und ein Schweizer Fußballspieler waren am zweiten Weihnachtstag mit einem Auslegerboot von der Insel Mindoro nach Boracay aufgebrochen, dort jedoch nicht angekommen. Mein Schweizer Kollege, Max Dahinden, und ich alarmierten die philippinische Marine, die lokale Küstenwacht und beauftragten zusätzlich den privaten Rettungsdienst eines inselerfahrenen Deutschen. Das Ergebnis der Suche war spärlich: in jenen Tagen sei schwere See und das Boot überladen gewesen.

Alles deutete auf Schiffbruch hin. Die Frau des Skippers und die Angehörigen der anderen verschollenen Bootsinsassen hatten sich auf philippinische Art nach zwei Wochen mit ihrem Schicksal abgefunden und trauerten um ihre – vermutlich – Toten. »Das Meer gibt und es nimmt«, heißt es in den Philippinen. Max und ich aber suchten weiter. Die Presse spekulierte. Von Entführung und Mord war die Rede. Phantasiereiche Informanten wollten die zwei Vermißten – hier im Dschungel, dort am Strand – gesehen haben und erwarteten für solche Gerüchte eine Prämie. Max und ich forschten noch drei Monate, ohne jedes Ergebnis. Das Schicksal der Zwei blieb ein Geheimnis von Wind und Wellen.

Nicht viel später beschäftigte mich ein anderer Fall: Pastor Schmidt war aus Deutschland mit der Absicht nach Manila gereist, um sich aus Solidarität mit der linken Insurgentenbewegung für einige Zeit in ein von den Guerillas besetztes Gebiet zu begeben. Ich bat den Gast dringend, von seinem Plan abzusehen. Kontaktnahme mit Rebellen stand unter Strafe. Pastor Schmidt ließ sich jedoch davon nicht beeindrucken. Als er einige Wochen später aus dem Rebellengebiet zurückkehrte, wurde er in Lucena – vier Autostunden von Manila entfernt – in U-Haft genommen. Der Fall wurde in Manila politisch und juristisch anhängig, kam in die Presse, und wurde für die Botschaftsarbeit zur Priorität. Mehrmals in der Woche mußte einer meiner Mitarbeiter den Pastor in Lucena besuchen, um ihn zu betreuen, während ich in Manila nahezu täglich mit der Regierung und Justiz über eine humane und justizkonforme Lösung verhandelte. Als ich nach drei Monaten Erfolg hatte und Pastor Schmidt ausreisen durfte, wollte er nicht. Er wollte bleiben und weiter wirken. Nur mit großer Mühe gelang es, ihn zum Heimflug zu bewegen. Für die Wiedergewinnung der aus freien Stücken und wider guten Rates riskierten Freiheit eines Idealisten hatte die Botschaft 120 Arbeitsstunden aufwenden und Anliegen anderer hintanstellen müssen.

In der Paß- und Visastelle der Botschaft war immer Hochbetrieb. Zwischen 150 und 300 persönlich oder schriftlich eingereichte Visaanträge waren täglich zu bearbeiten. Geschäftsreisende und bona-fide-Touristen galt es zügig zu bedienen. Schwierig war dabei, Anträge zu erkennen – und abzulehnen, die touristische oder geschäftliche Absicht vortäuschten, um zu unerlaubter Arbeitsaufnahme oder anderen dunkleren Zwecken in Deutschland einzureisen. Die Antragsteller waren erfindungsreich!

Eines Tages wurden Visa für zwanzig Filipinas beantragt, die in Deutschland für eine in den Philippinen – angeblich – neu gegründete Fluggesellschaft als Stewardessen ausgebildet werden sollten. Der Antragsteller war zuvor in Deutschland gewesen und hatte mit der Lufthansa über das Leasing von zwei stillgelegten Maschinen verhandelt. Der Lufthansa-Vertreter in Manila, Skatbruder Keilich, hatte mich gebeten, bei der Überprüfung der Bonität des philippinischen »Unternehmers« behilflich zu sein. Dabei hatte ich herausgefunden, daß es keine Gründung einer neuen Fluggesellschaft gab und die Verhandlungen mit der Lufthansa nur zum Schein geführt worden waren, um Filipinas für andere Zwecke nach Deutschland zu schleusen.

Bei der Vielzahl von Anträgen, dem Einfallsreichtum der Antragsteller und der täglichen Hektik war es nicht immer leicht, die Spreu vom Weizen zu scheiden. Das galt auch für Versuche von Deutschen, mit zwar formgerechten, jedoch fiktiven touristischen Besuchseinladungen Filipinas als Hausgehilfinnen nach Deutschland zu bringen. Ergab die pflichtgemäße Antragsprüfung den wahren Grund, mußte die Botschaft das Visum verweigern. Die Ablehnung löste gewöhnlich eine Flut von Beschwerden und Klagen aus. Der verärgerte deutsche »Sponsor« schrieb an den Bundespräsidenten, den Außenminister oder seinen Abgeordneten und nicht selten an alle drei. Die Botschaft mußte zu jeder dieser Eingaben Stellung nehmen und ihre Entscheidung ausführlich begründen. Da nach Sach- und Gesetzeslage nicht zu helfen war, klagten viele der Beschwerdeführer beim Verwaltungsgericht. Hier hatte die erste und meistens auch noch die zweite Instanz über das Für und Wider der Gewährung eines Visums zu befinden und sollte mit Schriftsätzen bis zu 25 Seiten – zu meiner Zeit stets – die Rechtmäßigkeit der Botschaftsentscheidung bekräftigen. Unermeßlich der Aufwand an Zeit und Kosten für Stellungnahmen und die Vorlagen gerichtsfähiger Akten durch die Botschaft! Unvorstellbar die kriminellen Verbalinjurien und Androhungen physischer Gewalt, die meine Mitarbeiter und ich hinzunehmen hatten. Die Pflicht, Mitarbeiter zu vertreten sowie unsere Arbeit zu rechtfertigen, beanspruchte in Manila immer mehr Zeit und Kraft.

Immer häufiger erhielt die Botschaft Schreiben deutscher Krankenkassen, die um Verifizierung von philippinischen Arzt-, Krankenhaus- und Medikamentenrechnungen baten, deren Beträge exorbitant waren. Es hatte sich bei gewissen deutschen Touristen eingebürgert, sich bei ihrem Aufenthalt in Manila gefälschte Rechnungsbelege zu beschaffen, deren Erstattung durch die Krankenkassen die ganze Urlaubsreise finanziert hätte.

Alle möglichen Anliegen wurden an den Botschafter persönlich gerichtet: Briefmarken, Münzen, eine Polizeimütze und ähnliches mehr, oder auch handgezeichnete Fotos von Präsidentin Aquino zu beschaffen und zu übermitteln. Wenn es bei diesen Wünschen auch nicht um eigentliche Botschaftsaufgaben ging, haben wir stets zu helfen versucht. Nicht immer waren die Erwartungen Deutscher erfüllbar: Einmal schrieb ein enttäuschter Urlauber nach seiner Rückkehr aus Deutschland, er habe geglaubt, in Manila die Frau seines Lebens gefunden zu haben. Nun habe er festgestellt, daß sie schon vor seiner ersten Begegnung mit ihr schwanger gewesen war und schloß daraus: »Das hätte der Botschafter feststellen müssen, ehe sie ein Visum bekam!«

Unter Ramos sollte es aufwärts gehen

Als ich 1992 von Manila noch einmal an einen anderen Posten versetzt werden sollte, zögerte ich und überlegte: In den Jahren seit 1986 war es in den Philippinen von einer Krise zur nächsten gegangen. Es war eine bewegte und für mich erfahrungsreiche, aber keine sehr schöpferische Zeit gewesen. Vor allem die deutsch-philippinischen Wirtschaftsbeziehungen waren kaum vorangekommen. Bei der monatlichen Wirtschaftsrunde im Deutschen Club mit den in Manila ansässigen Vertretern der deutschen Wirtschaft und in Gesprächen mit Besuchern aus

Deutschland hatten überwiegend Hiobsnachrichten im Vordergrund gestanden. Die Energiekrise, die Unsicherheit in Stadt und Land, Naturkatastrophen und Klagen über Handels- und Investitionshemmnisse waren die immer wiederkehrenden Themen gewesen. Wer in den Philippinen neu zu investieren bereit war, um für den Inlandsmarkt zu produzieren, kam nicht zum Zuge. Ein deutsches Projekt zur Herstellung von Hammern scheiterte – ähnlich wie andere Absichten – am Widerstand einer einflußreichen Familie, die Holz für Hammerstiele nach Taiwan ex- und von dort fertige Hammer importierte und ihr Monopol verteidigte. Über hundert Unternehmer einer Delegation, die investieren wollten, hatten 1991 »Absichtserklärungen« unterzeichnet. Kein einziges dieser geplanten Projekte konnte verwirklicht werden. Meine Bemühungen, der deutschen Autoindustrie wieder die Tür zum philippinischen Markt zu öffnen, den sie am Ende der Marcoszeit verloren hatte, waren auf Widerstand der japanische Fahrzeuge vertretenden Familienkreise gestoßen und ergebnislos geblieben. Nach enttäuschenden Jahren hoffte alle Welt auf Besserung nach den nächsten Wahlen.

Anfang 1992 hatte Fidel V. Ramos beschlossen, sich um die Nachfolge von Cory Aquino zu bewerben, die nicht mehr kandidierte. Sie unterstützte Ramos, der während der turbulenten Zeit der Putsche zu ihr gehalten und der Versuchung widerstanden hatte, durch Gewalt zur Macht zu gelangen. Ramos war seit 1986 Generalstabschef und anschließend Verteidigungsminister gewesen. Mehrmals jährlich war er Gast der EG-Gesprächsrunde und auch einige Male in der Lumbang gewesen. Ich hatte mit ihm oft dienstlich zu tun gehabt, woraus sich zwischen uns ein freundschaftliches Verhältnis entwickelt hatte. Vor den Wahlen hatten wir über die wirtschaftlichen Probleme der Philippinen gesprochen: die protektionistischen Konservativen in der Legislative müßten zur Einsicht gebracht und davon überzeugt werden, daß ihre althergebrachten Privilegien und Besitzstände in einer Zeit regionaler und globaler Zusammenarbeit verkümmern müßten, wenn sich das Land nicht durch Liberalisierung und Deregulierung dem Wettbewerb öffnen würde... Solche Gedanken sollten sich im Wahlprogramm von Ramos wiederfinden und nach seinem Sieg in der Regierungserklärung. Der neue Kurs versprach, den »kranken Mann Asiens« auf die Beine – und der Entwicklung der deutsch-philippinischen Beziehungen Auftrieb zu bringen. Darauf hatte ich seit 1986 hingearbeitet. Sollte ich jetzt wechseln und an einem neuen Ort – wie schon so oft in meiner Laufbahn – wieder mit Antrittsbesuchen, Kontaktsuche und Einarbeitung noch einmal ganz von vorne beginnen? Ich entschied mich dafür, die in schwierigen Jahren in den Philippinen gewonnenen Erfahrungen und Beziehungen zu amortisieren und bat die Personalabteilung des AA, mich in Manila zu belassen. Ich wollte meine Tätigkeit im Auswärtigen Dienst nach vierzig Jahren beenden und würde 1994 auf eigenen Antrag ausscheiden, statt mit 65 Jahren 1995 in den gesetzlichen Ruhestand geschickt zu werden.

Diese Entscheidung habe ich bis heute nie bereut. Meine letzten Jahre in Manila unter der Regierung Ramos wurden eine ereignisreiche, aktive Zeit und für mich ein befriedigender Abschluß meiner Laufbahn. – Die Regierung Ramos löste die Energiekrise, verbesserte die innere Sicherheitslage, bewegte die Legislative zu Liberalisierung und Deregulierung und gab damit dem Investitionsklima und der internationalen Zusammenarbeit in kurzer Zeit spürbaren Auftrieb.

Ein neues Problem hatte sich ergeben und war zu bewältigen. 1991/92 hatten die USA ihre militärischen Stützpunkte auf den Philippinen – auf denen seit der Jahrhundertwende die Entwicklung der Vereinigten Staaten zur Weltmacht basiert hatte – aufgegeben. Mit einem Schlag waren 50000 Filipinos arbeitslos geworden und jährliche Finanzleistungen der USA in Höhe von 800 Millionen Dollar weggefallen. Sonderbeziehungen zwischen Manila und Washington waren beendet worden. Erstmals in der Geschichte sahen sich die Philippinen allein und auf eigene Füsse gestellt. Es gab keinen »großen Bruder« mehr, der die Regierung oft gegängelt, ihr aber in der Not immer als erster geholfen hatte.

Erstmals konnten – und mußten – die Philippinen eine unabhängige, eigene Außenpolitik gestalten! Die Regierung Ramos stellte sie unter das »Primat« der Wirtschaft: die Philippinen aktivierten ihre wirtschaftliche und politische regionale Zusammenarbeit mit dem ASEAN- und dem 1989 neu gegründeten südostasiatisch-pazifischen APEC-Verbund. Manila signalisierte Brüssel und Bonn Interesse, die Zusammenarbeit mit Europa auszuweiten. Die Bundesregierung hatte gerade ein »Neues Konzept der Asienpolitik« beschlossen. Die deutsche Wirtschaft hatte den »Asiatisch-Pazifischen Ausschuß« (APA) gegründet. Der Besuchsaustausch in beide Richtungen belebte sich. 1992 trafen die EU- und ASEAN-Außenminister unter philippinischem Vorsitz in Manila zusammen. Ramos und sein europaerfahrener Außenminister Romulo besuchten Bonn. Bundesaußenminister Kinkel war 1993 noch einmal zu Konsultationen mit Romulo nach Manila gekommen. Die Philippinen waren ein aktiver Partner unserer Zusammenarbeit, für die politische Beurteilung der regionalen Entwicklung in Asien bedeutend, für Gespräche und Berichte interessant, und als christlich demokratisches Land in Asien ein Mittler in Menschenrechtsfragen geworden. – Als Außenminister Romulo im Gespräch mit Kinkel bemerkte, die deutsch-philippinischen Beziehungen seien noch nie so gut gewesen, dachte ich im Stillen: dies ist der richtige Zeitpunkt, an meinen Abschied zu denken.

»Dies ist mein Zweittaschentuch für Sie«

Bei meinem Abschied von der »Wirtschaftsrunde« im Deutschen Club stellten die Damen und Herren noch einmal Fragen. Sie wollten von mir hören, was sich in den vierzig Jahren meiner Zugehörigkeit zum Auswärtigen Dienst für den Botschafter verändert hätte. Ich sagte: »allzu vieles!«

In nahezu einem halben Jahrhundert, seit Neubeginn des Auswärtigen Amtes nach dem Zweiten Weltkrieg, ist so manches anders geworden: zum Beispiel die Aufgabenstellung, die Arbeitstechnik. Vor allem aber haben Staat und Gesellschaft sich gewandelt und damit auch die Funktion des Botschafters. Der Staat hat im Trend demokratischer Pluralisierung nicht nur im Inland, sondern auch im Ausland viele seiner Kompetenzen neuen Trägern übergeben und Einzelnen politischen Gestaltungsraum überlassen. Die Stiftungen aller politischen Parteien haben eigene botschaftsähnliche Repräsentanzen und politische Kontakte im Gastland. Das Goethe-Institut ist weitgehend selbständiger Mittler der Kulturpolitik. Die »Gesellschaft Für Technische Zusammenarbeit«, der »Deutsche Entwicklungsdienst« und andere Nicht-Regierungsorganisationen (NRO) wirken im Ausland entwicklungs- und gesellschaftspolitisch. Mit dieser Pluralisierung der Außenpolitik ist ein ganzes Netz neuer Träger von außenpolitischen Funktionen entstanden. Obwohl sie vom Steuerzahler finanziert werden, sind sie selbständig, arbeiten im Ausland unabhängig von der Botschaft und werden von zu Hause durch niemanden koordiniert. Auf den ersten Blick mag es scheinen, daß sie der Botschaft Arbeit abnehmen; tatsächlich ist vieles komplizierter geworden. Die Vielfalt neuer Träger schließt rivalisierende Aktivitäten ein, führt nicht selten zu Interessenskonflikten, zu Mißverständnissen und letztlich zu Kosten, die vermeidbar wären. In Togo war ich in einen solchen politischen Konflikt geraten und dessen Opfer geworden. – Ist der Etat vieler Träger durch Grundkosten in ihrer Summe schon gewaltig, tun viele zudem das Gleiche, nicht zuletzt, um sich zu profilieren. In Manila entstanden trotz guter Zusammenarbeit mit den anderen Trägern kostentechnische Pannen. Zum Beispiel erfuhr ich erst nachträglich, daß zwei Projektträger ein- und denselben philippinischen Minister innerhalb kurzer Zeit zu zwei getrennten Informationsreisen nach Deutschland eingeladen hatten, ohne sich zuvor untereinander, geschweige denn die Botschaft verständigt zu haben. Ein anderes Mal hatten zwei sich politisch nahestehende deutsche Veranstalter im gleichen Monat einen ähnlichen Gästekreis zu einem themengleichen Symposium eingeladen. Außenminister Romulo fragte ebenso irritiert wie amüsiert, ob er bei beiden die gleiche Rede halten könne.

Die Möglichkeiten des Botschafters zu koordinieren und damit auch Kosten zu sparen, sind gering. Er soll zwar den unabhängigen Projektträgern auf Wunsch helfen, soll sich aber jeder Einmischung in ihre Arbeit enthalten. Das gilt betont für die NRO. Deutsche NRO sind frei in der Wahl ihrer Partner und Projekte im Gastland. Sie verkehren oft nur brieflich und beantragen und erhalten finanzielle Zuwendungen unmittelbar in Bonn. Die Botschaft ist nicht beteiligt, auf ihre Ortskenntnis wird verzichtet. Von vielen solcher Aktivitäten erfährt die Botschaft nur zufällig, meistens nachträglich und kursorisch, nicht selten überhaupt nichts. Die vom Staat unabhängige Eigenständigkeit der NRO-Arbeit soll nach außen gewahrt bleiben, obwohl sie vom Staat finanziert wird. Zufällig konnte ich einmal Mißbrauch verhindern: für ein bereits von Holland mit fünf Millionen Gulden finanziertes Projekt hatte die NRO noch einmal drei Millionen Mark direkt in Bonn beantragt. Zudem ging es dabei nicht um behauptete »Pinatubo-Hilfe«, sondern um die Einrichtung des Büros eines linken Politikers. Ein anderes Mal hatte eine Filipina in Bonn für die Einrichtung ihrer »Öko-Küche« in Cebu 100.000 DM beantragt, um für ein Jahr »Öko-Kochstunden« geben zu können. Mit diesem Betrag konnte sie ihr ganzes Haus finanzieren. Hat sie je eine Kochstunde gegeben? Niemand hat das je nachgeprüft. Die Botschaft durfte es nicht. NRO-Projekte unterliegen keiner Erfolgskontrolle. Staatliche »Gängelung« soll vermieden werden. Anders und lobenswert dagegen sind Einzelinitiativen wie diese: die norddeutsche Lehrerin Frau Gödicke hat über 15 Jahre private Spenden gesammelt. Jährlich ist sie damit auf eigene Kosten in ihren Ferien nach Negros gereist. Dort hat sie die Versorgung der Bevölkerung von Sagay mit Trinkwasser und anderem Lebensnotwendigen in die Hand genommen und selbst für die ordnungsgemäße Mittelverwendung gesorgt.

Wie früher ist der Botschafter im Gastland der persönliche Vertreter des Bundespräsidenten. Aber auch hierbei ist seine Rolle eine andere geworden. Hoheitsfunktionen sind in den Hintergrund getreten. Reise-, Telefon-, Konferenz-, die »Direkt-Diplomatie« haben seine klassischen Aufgaben als Verhandlungspartner und Sprecher seiner Regierung im Gastland und auch als Berichterstatter verändert. Anders als vor vierzig Jahren gibt es vielfältige Quellen und Mittler von Informationen. Unter ihnen ist der Botschafter nur einer von vielen und hat dennoch eine Aufgabe: bei der Vielzahl und Vielfalt unterschiedlicher Meldungen und Meinungen hat er ein Bild des ausgewogenen Zusammenhangs sicherzustellen.
Die Förderung deutscher Wirtschaftsinteressen war stets Schwerpunkt der Botschaftsaufgaben. Sie hat sich jedoch grundlegend gewandelt. Es gilt heute als selbstverständlich und wird vom Botschafter erwartet, daß er auf Wunsch jeden einzelnen deutschen Unternehmer zum Präsidenten oder Minister im Gastland begleitet, um durch seine Präsenz die individuellen Interessen dieser Firma zu unterstützen. Das war in den Anfangsjahren der Bundesregierung geradezu unerwünscht: nach der staatlichen Gängelung der Privatwirtschaft in der NS-Zeit sollte der Wettbewerb unserer jungen freien Marktwirtschaft nicht durch Einzelförderung zum Nachteil anderer Firmen gestört werden. Damals hatte der Botschafter das gesamtwirtschaftliche deutsche Interesse, das Gemeinwohl zu vertreten und zu fördern. Er sollte Einzelnen nur in Notlagen behilflich sein. Heute geht er mit dieser und morgen mit jener Konkurrenzfirma zum Präsidenten – er muß es pflichtgemäß – und setzt sich Fragwürdigkeiten aus. In Manila kam ich öfters in eine solche Lage, unparteiisch zu sein und doch jeden zu fördern. Betreuungspflichten haben zugenommen und sind prioritär geworden. Die Ansprüche Reisender und Hilfesuchender sind

gewachsen. Vom Botschafter und seinen Mitarbeitern werden ständige Präsenz und Verfügbarkeit erwartet, auch an Wochenenden, Feiertagen und zu Zeiten, wo in der Heimat kein Bürger es wagen würde, sich an seinen Landrat zu wenden.

Die Lebensumstände des Botschafters sind weniger angenehm als vielfach vermutet: in den zahlreichen Staaten militanter innenpolitischer Auseinandersetzungen und verbreiteter Kriminalität lebt er mit dem Risiko, Opfer gewaltsamer Erpressung zu werden. Banditen und Rebellen haben noch eine offiziell längst verblichene Wertschätzung von Botschaftern. Notwendige Sicherheitsmaßnahmen beengen sein dienstliches und privates Leben. Und stets ist der Botschafter im Rampenlicht und öffentlicher oder privater Kritik ausgesetzt.

Der interne Arbeitsablauf der Botschaft ist nicht mehr derselbe wie früher. Ich hatte in jungen Jahren meine Berichtsentwürfe dem Botschafter zur Billigung und Unterschrift vorlegen müssen. Eine kohärente Berichterstattung war damit gewährleistet. Heute sollen Referenten und Sachbearbeiter ihre Berichte nicht nur selbst unterschreiben, sie müssen sie nach Einführung der Computertechnik auch schreibtechnisch selbst auf den Weg bringen. Dafür hatte ich Ende der 50iger Jahre als Sachbearbeiter in Ottawa eine eigene Sekretärin. Ich konnte damals meine ganze Zeit und Kraft der Sach-Arbeit widmen. Als Botschafter in Manila hatte ich dagegen am Ende keine eigene Sekretärin mehr, sondern nur einen »Schreibherrn«, dessen Dienste ich mit anderen teilte. Wenn er beschäftigt war, schrieb ich Briefe selbst, machte Ablichtungen und servierte Besuchern Kaffee. Wie andere, ist auch der Auswärtige Dienst vom Lehrsatz der Arbeitsteilung abgegangen, den der britische Ökonom

Ricardo vor 200 Jahren entwickelt und damit Freihandel, Vollbeschäftigung und Wohlstand begründet hatte. »Do it yourself« hat auch in der Botschaft Manila Arbeitsplätze abgebaut und die Tätigkeit verändert.

Die nachhaltigste Neuerung aber scheint mir vom Zwang der modernen Kommunikationstechnik, dem sie treibenden Geist der Hektik auszugehen: »Sofort« heißt die Devise. Irgend etwas umgehend mitzuteilen und darauf zu antworten hat Vorrang. Für gründlich ausgewogene Überlegungen läßt der Druck des technologischen Zeitgeistes kaum noch Zeit. Statt mit fundierten Erkenntnissen zu arbeiten, werden wir mit unverdauten sich überstürzenden Informationen und Veränderungen überflutet und verwirrt.

Zeitdruck, auch Lässigkeit haben zugenommen. Gründlichkeit und Präzision haben gelitten. Wie konnten beispielsweise sonst neun Zeilen der englischen Übersetzung eines offiziellen Schreibens aus Bonn an Außenminister Romulo zehn Fehler enthalten? Das Auswärtige Amt galt einst als elitär. Briefe waren Visitenkarten eines Staates, Ausdruck seiner Verläßlichkeit. Überhaupt waren Umgangsformen, Aufmerksamkeit, Umsicht, Rücksichtnahme und Höflichkeit bewährte Tugenden von hohem Rang. Sie waren mir als Kind zu Hause und vor Jahrzehnten noch einmal als Attaché bei der Ausbildung im AA eingeprägt worden: Sich stets für eine Einladung am nächsten Tag noch einmal zu bedanken. Oder: stets ein Taschentuch dabei zu haben und nie frei in die Gegend oder die bloße Hand zu niesen. Das hat sich geändert. Niemand denkt sich etwas dabei, seine Bazillen zu verteilen oder die noch feuchte Hand zu reichen, mit allen guten Wünschen! Und das ist üblich geworden in einer Zeit, in der täglich die große Angst vor Krankheiten und Ansteckung grassiert. George Grundmann und Dieter Horneber, die Experten eines unserer Gesundheitsprojekte, hatten zugehört und reagierten humorvoll. Neben einem Bild vom »philippinischen Adler« gaben sie mir als Abschiedsgeschenk auch dreißig Taschentücher mit dem Aufdruck: »Dies ist mein Zweittaschentuch für Sie!«. Ich sollte sie in kurzer Zeit verteilt haben.

Zeitläufe eines halben Jahrhunderts haben Rolle und Stellung des Botschafters nachhaltig verändert. Frühere seiner Aufgaben haben andere übernommen, neue sind hinzugekommen. Zwei Dinge sind dem Botschafter geblieben: Wie früher trägt er für ein störungsfreies gutes Verhältnis in den bilateralen Beziehungen die politische Gesamtverantwortung. Sie gilt auch für deutsche Aktivitäten anderer im Gastland, auch für solche, zu denen der Botschafter Abstand halten soll oder über die er bewußt nicht unterrichtet wird.

Geblieben ist dem Botschafter aber auch die Chance und der Freiraum, persönlich als Mensch für Deutschland zu werben. Dafür waren die Philippinen ein schier unbegrenztes wie dankbares Arbeitsfeld. Hastige Besuchsdiplomatie von Politikern, Beamten und Wirtschaftsvertretern unter Zeitzwang ist kein Ersatz für mehrjährige Landes- und Personenkenntnis des Botschafters. Das mögen jene Kritiker des Auswärtigen Dienstes bedenken, die meinen, auf Botschafter könnte der Staat verzichten. Man wird sie weiter brauchen, nicht nur, um die Koffer der Besucher zu tragen, oder, um die Falten auszubügeln, die Blitzbesucher hinterlassen. Langfristige Vertrauensbildung ist für unsere Auslandsbeziehungen unverzichtbar und sollte vorrangige Aufgabe des Botschafters bleiben.

»Ende einer Dienstfahrt«

Die letzten Wochen in Manila waren arbeitsreich und zudem mit Verabschiedungen ausgefüllt. Präsident Ramos hatte mich zu einer letzten tour d'horizon empfangen und nach zwei Stunden als »Datu« – mit der Würde eines Stammeshäuptlings – entlassen. Mit Außenminister Romulo unterzeichnete ich ein letztes vieler vorausgegangener Projektabkommen und dachte dabei im Stillen an mein allererstes und die schwierigen Umstände in Kambodscha vor dreißig Jahren. Am Abend hatte Minister Romulo alle EU- und ASEAN-Botschafter und persönliche Freunde von mir zu einem festlichen Abschiedsessen eingeladen. Bei seiner Rede und meiner Erwiderung waren unsere Stimmen schwächer und die Augen feucht geworden. Kardinal Sin hatte mich als Ritter des Gregoriusordens verabschiedet. Andere Abschiedsessen und -empfänge waren gefolgt: beim Doyen, dem päpstlichen Nuntius, im Deutschen Club, im Eurocampus, bei Kollegen und Freunden. Ich hatte zu einem letzten Empfang in die Lumbang eingeladen.

Dann waren Möbel und Koffer gepackt, der 31. Mai war gekommen. Als wäre es ein Tag wie jeder andere, fuhr ich mit Rudy in die Kanzlei. Hier hatte ich noch einige Formalitäten zu erledigen. Dem Kanzler übergab ich meine Schlüssel, das »Krisenhandbuch« und die GOV – die Geschäftsordnung der Verwaltung. An allen meinen Posten – von Colombo bis Manila – war sie mir bei Ankunft gegen Unterschrift übergeben und bei Abreise wieder abgenommen worden, und nicht einmal hatte ich dieses Brevier des Beamten aufgeschlagen – und mit Hausverstand offenbar doch nicht allzu vieles falsch gemacht.

Dann übergab ich meinem »Ständigen Vertreter«, der bis zur Ankunft meines Nachfolgers die Botschaft leiten würde, die »Dienstgeschäfte«. Er überreichte mir die Urkunde, mit der ich vom aktiven Beamtenverhältnis in den Ruhestand versetzt wurde, und einen Brief des Staatssekretärs, mit dem er mir für vierzig Jahre Mitarbeit im Auswärtigen Dienst dankte und mich verabschiedete. In den Anfangsjahren waren Botschafter noch vom Minister und später vom Staatssekretär in Bonn persönlich verabschiedet worden. Arbeitsdruck und die Zahl der Botschafter waren inzwischen so groß und die Zeit zu knapp für einen letzten Händedruck und kurzen Augen-Blick geworden.

Ab 17 Uhr war die Lumbang »offenes Haus« für Freunde und Mitarbeiter zu einem Kehraus und letzten Lebewohl. Noch einmal war es so wie oft in den vergangenen siebeneinhalb Jahren, während deren meine »Engel«, Bel, Peregrina und Laureta, meine Gäste betreut und von Amts wegen 15.454 Besucher zu zählen gehabt hatten. Gegen 19 Uhr tippte mir Evelyn del Rosario von der Lufthansa auf die Schulter und meinte, es sei nun Zeit, zum Flughafen zu fahren. Es erschien mir unmöglich, noch jedem die Hand zu reichen. Von der Treppe zum Ausgang sagte ich allen gemeinsam noch einmal Dank, mabuhay und auf baldiges Wiedersehen! Nur meine drei Engel, die draußen an der Wagentür standen und »Rotz und Wasser« schluchzten, umarmte ich. Dann fuhr mich Rudy zum Flughafen, wo wir in den letzten Jahren ungezählte Male gewesen waren, um deutsche Delegationen zu empfangen oder zu verabschieden. Mein engster Mitarbeiter, Herr von Goetze, begleitete mich bis ins Flugzeug.

Meine letzte Dienstreise, dachte ich, als ich erschöpft in den Sitz der Lufthansa-Boeing gesunken war. Während die Maschine zum Start rollte und dann zu steigen begann, wich die Anspannung der letzten Stunden. Mich überkam plötzlich ein befreiendes Gefühl großer Erleichterung und Dankbarkeit. Alles war gut gegangen in den schwierigen Jahren in Manila, überhaupt in den ganzen vierzig Jahren an so vielen Posten. Gott und das Leben waren mir stets gnädig gewesen, und viele Menschen, die es gut mit mir meinten, hatten mir in Krisen, Krankheit wie in Glücksfällen beigestanden.

In dieser Stimmung dachte ich noch einmal daran, wie alles im Auswärtigen Dienst für mich angefangen hatte: wie ich 1953 zögernd auf der Koblenzerstraße 125 gestanden und dann Mut gefaßt hatte, einfach reinzugehen und mich zu bewerben. Wie mich Dr. Andreae liebenswürdig empfangen, ermuntert und beraten hatte... Dann war der »Einberufungserlaß« gekommen, und am 1. März 1954 hatte der Dienst im AA begonnen. Einfach waren die Büros und die Arbeitsmittel geradezu primitiv gewesen, in Bonn und an den ersten Auslandsposten. Es gab noch keine der heute selbstverständlichen hochtechnischen Apparate. Wissen hatte man noch nicht abrufen können, man mußte es sich erarbeiten und im Kopf parat haben. Wenn ich beispielsweise an die mir unvergeßliche Szene an Silvester auf der verschneiten Treppe der Botschaftskanzlei in Ottawa zurückdachte: da hatte mich Botschafter von Etzdorf bei meiner Ankunft – müde nach durchflogener Nacht – nach den Zahlen der VW-Produktion gefragt, um meine Kompetenz als Wirtschaftssachbearbeiter zu prüfen.

Mühsamer war damals vieles und bedächtiger als heute gewesen. Die Arbeit aber war reizvoll: Ausland war damals Neuland. Ganz von vorne, von unten – praktisch bei Null hatte es angefangen mit unseren Auslandsbeziehungen. Und dann war es Jahrzehnte stetig aufwärts gegangen. Ich hatte eine große Chance gehabt, dabei gewesen – und allen Grund, dankbar zu sein, dachte ich, als mir die Flugbegleiterin der Lufthansa eine Decke brachte und eine gute Nacht wünschte.

Nach der Landung auf dem Rhein-Main-Flughafen in Frankfurt schlenderte ich am nächsten Morgen seit Jahrzehnten zum ersten Mal ohne Hast durch die endlosen Hallen dieses Mega-Umschlagplatzes von Millionen, die in alle Himmelsrichtungen reisen. An der gleichen Stelle hatte 1950 nur eine kleine Holzbaracke und davor das Flugzeug gestanden. Keine zehn Minuten hatte meine Abfertigung gedauert. Dann war ich eingestiegen, und los war es gegangen: zum ersten Flug meines Lebens in das damals mir unbekannte und unendlich weit entfernt anmutende Afrika. Eine Woche hatte die DC-3 bis Johannesburg gebraucht...

Seither haben Verkehrs- und Nachrichtentechnik Distanzen und Zeiten verkürzt. Sind sich die Menschen dadurch näher gekommen? Haben sie mehr Zeit und Verständnis füreinander, hat all das zu einer friedlicheren, besseren Welt beigetragen? Ich habe sie noch erleben dürfen, als viele meiner Posten noch exotisch und unerschlossen waren, und hatte »Gott sei Dank« alles gut überstanden.

Abschiedsgeschenk der philippinischen Mitarbeiter der vielgeplagten »Pass- und Visastelle« der Botschaft. In den Jahren der Energiekrise waren sie dankbar für Erfrischungen. Philippinisches Talent der Darstellung!